2022
中国少数民族
文学之星丛书

对　河

马笑泉 著

作家出版社

编委会名单

主　任：邱华栋

副主任：彭学明　黄国辉

编　委：刘　皓　赵兴红　翟　民　党然浩

以民族的情意，打造文学的星辰

——"中国少数民族文学之星"丛书总序

邱华栋　彭学明

"中国少数民族文学之星"丛书是中国作家协会少数民族文学发展工程的一个新项目，于2018年开始实施，由中国作家协会创作联络部具体组织落实。出版"中国少数民族文学之星"丛书的目的，是重点培养少数民族文学中青年作家，打造少数民族文学精品，为那些已经在少数民族文学界和全国文学界成绩斐然、广有影响的少数民族中青年作家再助一力，再送一程，从而把少数民族文学最优秀的中青年作家集结在一起，以最整齐的队伍、最有力的步伐、最亮丽的身影，走向文学的新高地，迈向文学的高峰，让少数民族文学的星空星光灿烂，少数民族文学的长河奔流不息。以文学的初心，繁荣民族的事业；以民族的情意，打造文学的星辰。

入选"中国少数民族文学之星"丛书的作家，必须是年龄在50岁以下的、在少数民族文学界和全国文学界广有影响的少数民族作家。不管是否出版过文学书籍，只要其作品经过本人申请申报、各团体会员单位推荐报送、专家评审论证和中国作协书记处审批而入选的，中国作协将在出版前为其召开改稿会，请专家为其作品望闻问切，以修改作品存在的不足，减少作品出版后无法弥补的遗憾。待其作品修改好后，由中国作协统一安排出版，并进行广泛的宣传推广。

中国是一个多民族的大家庭。每一个民族都沐浴着党的民族政策的光辉、感受着党的民族政策的温暖，都在党的民族政策关怀下，蓬勃发展，欣欣向荣。在这个伟大的新时代，我们正创造着中华民族的新辉煌。每一个民族的发展与巨变，每一个民族的气象与品质，都给我们提供了生生不息的创作源泉。我们每一个民族作家，都应该以一种民族自豪感，去拥抱我们的民族；以一种民族责任感，为我们的民族奉献。用崇高的文学理想，去书写民族的幸福与荣光、讴歌民族的伟大与高尚；以文学的民族情怀，去观照民族的人心与人生、传递民族的精神与力量。

我们期待每一位少数民族作家，都能够到火热的生活中去，到广大的人民中去，立心，扎根，有为，为初心千回百转，为文学千锤百炼，写出拿得出、立得住、走得远、留得下的文学精品。不负时代。不负民族。不负使命。

目 录

构建自己的文学世界　　贺绍俊　/1

对河　/1

离乡　/51

诗兄弟　/95

笼中人　/202

构建自己的文学世界

贺绍俊

差不多是二十年前吧，马笑泉初涉文坛，我读到了他的小说《愤怒青年》，就被他的充满血性和刚毅的文字惊住了。以后陆续看到他拿出了一部又一部新作，一步又一步地在文学的山路上跋涉和成长。如今他已是当代文坛的一名非常有实力的作家，他在小说、散文、诗歌等领域都有所造就，即以小说为例，就出版了多部长篇小说以及中短篇小说集。这一次他告诉我他又有一本小说集要出版了，并将整理好的电子版发给我看，我却一点也不觉得惊奇了，因为这对于马笑泉来说，无非是水到渠成的事情。他像一位勤劳的农夫，日复一日地耕耘在土地上，同时他从土地上得到的收获也是非常丰沃的。

我一直很欣赏马笑泉的小说，这当然不只是因为他的勤劳，更因为他在艺术上有一种不断开拓新空间的执着劲。《愤怒青年》是马笑泉的首秀，这篇小说也是他的自然天性的真实呈露，他带着一名湘中汉子的刚烈和淳朴，用冷凝的笔，挑开了一个特定时代的征象，这篇小说让我想起了美国作家塞林格的经典作品《麦田里的守望者》，马笑泉所塑造的愤怒青年楚小龙作为一个时代的征象，为当代文学提供了一个典型化的文学形象，这一形象可以接续到以塞林格《麦田里的守望者》为代表的坏孩子形象谱系中，为世界文学提供了中国元素。愤怒青年由特定时代形塑而成，但他表现出的冷峻、刚毅的品格却是人类历史性的精神存在。马笑泉成长于一个文化迷乱的年代，他若继续以《愤怒青年》的方式，书写这个年代的精神乱象，也许能成为中国的"塞林格"。但马笑泉并不想把自己困在一种固定的模式和风格里，他接下来写的《银行档案》仿佛像四川的"变脸"一样完全换了一副笔墨。他不满足于像《愤怒青年》那样真性情地自然书写，而是把重点放在形式上面，自觉探索小说的形式感。小说借用档案的文体形式，给银行的二十余位职员重新立了二十余份档案。因此它也被人们称为"档案体"小说。这种档案体看似没有主人公，没有中心事件，但作者通过这种形式找到了散点透视的视角，每一份档案或人物就是一个视点，每一个视点又从不同的角度折射出整体。另外，从意识层面说，马笑泉的"档案体"其实是反档案的意识，体制内的人事档案是苍白的，它用层层伪装把活生生的人包裹起来。马笑泉反其道而用之，他为某银行职员书写的档案，是把他们身上的伪装层层剥去，直到裸露出他们的灵魂。这样的书写是一种毫不留情面的书写，它让我们感到了文学的力度。《银行档案》的写作让我们看到了马笑泉完整的文学观：一方面，他立足于自己的家乡体验，在文化内涵上进行深入开掘；另一方面，他将小说当成一件艺术精品仔细打磨。长篇小说《放养年代》是他对自己的童年记忆进行一次文学化的修饰。长篇小说《巫地传说》则是他对自我基因的一次文化溯源。《巫地传说》取材于家乡的异人轶事和民间习俗，如放蛊、落洞、通灵、还愿、鲁班术、梅山术等，既不是严格的写实，又不是神话式的想象，用作者本人的话说，他要超越唯物与唯心，找到一种"唯象"的世界观，也就是说，他从家乡亦真亦幻的传说里，看到了一种介乎物质与精神之间的"象"，我想，马笑泉所看到的"象"，可以说就是历史岁月附着在这些传说中的文化密码。马笑泉的家乡属于梅山文化的范畴，梅山文化即蚩尤文化，在湖南中部地区影响深远，马笑泉显然意识到梅山文化对于自己文学写作的重要性，他未必就没有过认为自己坐拥着一座宝山的窃窃自喜。他在很多作品中对梅山文化做出了自己的诠释。他所说的"唯象"可以说就是领悟梅山文化的一种收获。长篇小说《迷城》也许是他下功夫最足的一部作品，在这部作品中，他就对家乡的文化和历史做了较为深入的开掘。但这部作品是发生在一座小城市里的现实故事，对家乡文化和历史的开掘只是为了对现实的把握更加透彻。我在这部反映现实的小说里，看到了马笑泉深沉的政治情怀。马笑泉的政治情怀不是由教科书或领导培育出来的，而是向民间学习的结果，因此他是从政治的角度去观察世俗人生。按他在小说中的说法是："官方有官方的政治，民间有民间的政治，两者互相渗透。"他以这样的政治情怀去观照自己生活过的城市，最终落笔在民生和民情上。其实每一个作家都有自己的政治情怀，只不过有的作家在写作中要尽量掩饰自己的政治情怀，马笑泉则将自己的政治情怀当成一副开垦现实生活的犁铧。因此他没有像有些青年作家那样完全走内心，纯粹去叩问心灵世界，他既走内心，又投奔外面世界，他的文学空间不仅非常大，而且也是开放的，只要他有精力，完全可以无限地扩张。若说到马笑泉以后的创作，也许更重要的不是扩张，而是如何在广袤的空间里，寻找到几个最坚实的立足点。

这一回出版的是一部小说集。马笑泉已出版过多部小说集。我发现，马笑泉对待小说集也是非常认真的，或者说，他总是将小说集当成一次新的写作目标来对待，具有比较统一的主题，或是对某种文学构想的系统尝试。比如《回身集》，收录了八个短篇小说，都是以武术为题材的，又如《幼兽集》，收录了十二个短篇小说，都是以南方小城飞龙县为背景，刻画一群不同阶层的县城少年。前者马笑泉是由武术进入到中国传统的术文化，并进行哲学层面的思考，后者则是马笑泉在小说中追求诗意的尝试。收到这本《对河》的文稿，我就在想，这一回马笑泉给自己定了什么目标呢？

　　《对河》的书名就很有意思。我看到这个书名，心中不由自主地用湖南方言念了一遍。"对河"应该是湖南方言中的一个熟语，而且在南方其他省份的方言中也普遍流行。但在我的印象中北方似乎不说这个词语。我特意查了一些字词典，都没有"对河"的条目。"对河"是一个关于地域的词语，是指一条河流的对岸。《现代汉语词典》收有"对岸"的条目，其释义为："一定水域互相对着的两岸互称对岸"，这条释义完全可以搬来解释"对河"。马笑泉这本小说集的目标显然与"对河"有关。其中有一篇小说名就是"对河"，写的是一座县城里有一条河流过，县城的主体在河这一边，对河虽然也属于县城，但在童年时的"我"眼里，那是一个神秘的地方，有一座桥通往对河，"我"总想从桥上走到对河去，但似乎最终会有一股神秘的力量阻止了"我"。后来"我"的文学与爱情都和对河建立起了联系，"我"最初最崇拜的诗人就来自对河，去城里读书时遇到一位心仪的女孩也是住在对河的。小说的结尾却是假期里"我"兴致勃勃地去对河寻到女孩的家里时，女孩惊恐地将"我"拒之门外。"我"返回桥上时，"怀着越来越深的后悔和悲凉，离那个对河越来越远。"这篇小说表现出马笑泉在面对现实与理想、物质与精神、虚与实之间的冲突时一种困惑和追问。小说集里的另外三篇作品大致上都与这一主题有关联。《离乡》中的雷安野练就了铁布衫的武功，以为就可以放心闯天下了，但他走出去所遭遇的一切完全不是他所预料的。《诗兄弟》中的诗人廖独行确实是一个特立独行的人物，他与世俗的一切似乎完全格格不入，小说最终是以他烧死在洞中的悲剧而结束。《笼中人》的"我"进入县地税局当公务员，"我"不满于笼中人的生活，最终凭着自己的文学才华考取了南京大学作家班。这几篇小说写于不同的时期，可见在马笑泉的心头一直萦绕着那些精神性问题，这大概也证明了他一直在研习梅山文化吧。如果一名作家不仅要将自己的家乡作为自己的文学原乡，而且要从哲学和精神的层面上去探测家乡的文化基因，那他就有可能构建起一个自己的文学世界。马笑泉就是朝着这个方向努力的。

对 河

一

　　长期以来，我都把对河看成另一个地方。实际上，它跟河这边同属于一个镇。而我们的镇又是县委县政府驻地，所以其实它也是县城的一部分。但许多河这边的人，恐怕和我一样，在潜意识里便把对河的人与我们区分开来。其实这种看法在我出生之前就已存在，它只不过是在我身上得到一次延续和扩散而已。谴责其中包含的歧视色彩无济于事，因为连那边的人每逢被询问住哪时，也总是不假思索地说，对河。当他们准备穿过大桥来这边时，总是会说，到街上去，似乎那条弯月形的街算不得街。但他们也没把自己当成乡里人，若是那样，说法会变为：到城里去，或是，到县里去。总之，它是介于县城和乡村之间的一块地方，一个边界和归属都难以确定的过渡地带。而长期以来，在我的感觉里，它就像一个近在咫尺的梦境，既贴近又遥远，既亲切又神秘，仿佛会在瞬间飘走，但一伸手又能触及。后来又像一个曾在远方漂泊多年回乡定居的亲戚，日渐熟悉的面容下总藏着些永难摸清的陌生，而这陌生感又吸引着我用各种方式去接近和打探。

　　大约是读小学一年级的时候，或者比这更小，幼儿园大班，我就想去对河。但每次到了水边，面对那道大桥，我都没有勇气踏上去。也不知是谁在我的意识中画下一道深深的边界线。但这道边界线是移动的。起初，它就在桥的这端。只要我踏上桥头，便意味着走出县城，进入一个陌生之境。很多次我都久久站在桥的这边，脚尖和桥头挨得很近，却没再往前挪动半分。在那时的打量中，大桥长得仿佛没有尽头，尤其是在雾气氤氲或暮色弥漫之际。仿佛只要我踏上去，就会一直走，一直走，永远到不了桥的那边。这也是我迟迟跨不出第一步的重要原因。而只要转过身，就会看到两边熟悉的悬铃木，树叶手掌下悬挂着黄绿色的绒毛铃铛，三五成串，仿佛只要风吹过，便会发出脆响。树荫下幽凉的街道缓缓地铺展开来，往前走上五六分钟，一定会到路口。路口的斜对面是车站，而往右一转，即进入繁华的大街。再前行两百米，右边就是大人和小孩都无限向往的县电影院。对这一切我都很有把握。尽管它会让刚进城的乡里人眼花缭乱，甚至晕街，但在年幼的我眼中，早已条理分明，连看似流动的小摊小贩，其实都有一个相对固定的位置。大桥其实更为固定、清晰，但它通向的是一个我没有丝毫把握的地方。我徒然地羡慕着在上面自如穿梭的人们，尤其是那些年岁与我相仿的小孩。他们有的牵着大人的手或跟在其身边，有的是几个结伴同行，有的则孤单地走着。最后一类让我格外注目，我从他们身上看到了那个理想中的我。我长久地凝视着他们的背影，有时暗自希望当中的某个回过头来，向我招手，这样我会迅速奔过去，顺便也上了大桥。但没有谁向我回首致意，这愈发印证了对河于我的彻底陌生：那里没有一个亲戚，没有一个朋友，没有一个同学。看清这点，畏惧和向往的感觉同时加深。

我问妈妈，有没有带我去过对河？她不明白我为何会提这个问题，但见我的表情空前严肃，显然不能敷衍作答。凝神回想了片刻后，她摇摇头。奇怪的是，我并没有觉得失望。我又问她去过对河没有。她当然去过，而且很早的时候就去过，那时大桥还没有修起来咧。这个无意中泄露的真相让我大吃一惊。我本以为大桥五百年前就横在那里了。我赶紧追问，桥是什么时候修起的？妈妈说，刚好是你出生那一年。原来雄伟神秘的大桥竟是跟我同一年来到这个世界的，这让我怅然若失，以至于忘记了问妈妈那时候去对河做什么，没有桥又是怎么过去的？

也就是在这一天，朱兵兵告诉我，其实对河跟我们这边的分界不是桥头，而是桥中央，我们跟对河的人其实各占桥的一半。用不着他发誓赌咒，我已经信了。朱兵兵有个亲戚住在对河，是他爸爸那边的亲戚。尽管他妈妈不爱搭理这门亲戚，但终究否认不了他家跟对河的关系。所以关于对河，他的任何说法，在小伙伴中都是有权威性的。更何况那么长的桥，又是我出生时修的，凭什么让对河的人全占了去？面对我毫不犹豫和毫无保留的相信，朱兵兵发出了邀请，星期天一起去对河玩。我晓得他那个亲戚自从被他妈用冷饭招待过一次后，很久没有上门了，而朱兵兵非常挂念他做的麦芽糖。街上随处可见卖麦芽糖的，但没有一家有他亲戚做得那么好吃。朱兵兵曾经慷慨地分了我小半块。透着醇香的甜，吃着不腻，软硬恰到好处。确实是世界上最好吃的麦芽糖。我点了点头。

那个星期天我并没走到对河。一路上朱兵兵兴奋地说个不停，口水屡屡溅到我脸上。但他说得越多，我就越感到他心里其实没底。我甚至怀疑他并不记得亲戚到底住在对河哪里。他所能确定的是，对河街上。再具体一些，就是，离供销社没好远。此外便不能说得更详细。他起劲地描述亲戚家支着口大锅的后院和摇着尾巴的小黄狗，反而让我觉得这一切变得虚无缥缈起来。我甚至觉得他滔滔不绝的样子有些可怜和可笑。但这并非我没有陪他过桥的主要原因。上桥的时候，我既没有超前也没有落后，和他并排迈出了那一步。脚步落在桥上的时候，我听到了自己心跳的声音。随后就是长风从江面吹来拂过耳际的声音。虽然我们称那边为对河，却把它叫作江。这确实是条大江，又宽又长。它是从苗疆的山岭间流出来的，到了我们这里，还只能算上游。苗疆的那两个县，在我们所有人的印象中，都显得异常遥远、偏僻，完全是另外一个世界。我们跟它却都在这条江的上游。那么，这条江不晓得还要过多少道滩，拐多少道弯，才能走到中游，奔向下游。这种长度远远超出了当时心灵的容纳范围，我只有尽量避免去想象，甚至不敢把目光投往下游方向。我努力望着前方。桥面辽阔，只有零星的单车或缓慢或快速地驶过，我和朱兵兵却老老实实地走在桥边的人行道上。越来越接近中间了，我的脚步不由自主地放慢。其实并没有一条准确的线摆在那里，我只是凭着目测加感觉。拉开五六步的距离后，朱兵兵才意识到了，回过头来，嘲笑我慢得像乌龟。也许是这嘲笑使我改变了想法。往前走了三步，我告诉他，我不过去了，就在桥上等他回来。朱兵兵脸上的疑惑跟早上的雾气一样浓。他劝了我好一阵，我却只是摇头。后来他横着眼睛说，我要到那里玩很久的，还要在他们家里吃饭。我说，我讲了等你就等你！起码等到太阳落山！我的声音又大又坚决，充分表明了我其实是个讲义气的人。至于为什么不肯过桥，我自己也说不清。朱兵兵也没有问，只是气哼哼地说，你等就等喽。扭头往前走了两步，他又回过头来说，等着我，给你带糖来。我又一次大声说，你放心呢！我就在这里！

　　望着他窄窄的背影越来越小，最后缩成一个黑点，我心里到底生出些愧疚来。其实我明白他很想我陪他过去。但那道无形的边界线拦住了我。边界线那边有他的亲戚，而我没有。也许我一开始就只想走到这条新的边界线。大桥的一半已足够长足够宽，这新的领地能让我暂时心满意足。我踩着栏杆底，双手攀住上面的横栏，探出大半个头。江面有无数大大小小的漩涡。看得久了，每一个漩涡里都仿佛有一只手伸出来。这种幻觉把我吓了一跳。赶忙闭上眼睛，过了好一阵才睁开。还好，漩涡只是漩涡，而且离我那么远。漩涡下面有另外一个世界。至少我晓得江里面住着可怕的水猴子，最喜欢把小孩拖到水底。这是大人说的，他们以此告诫我们不要到水里去。当然，大白天在岸上还是安全的。如果是夜晚，水猴子们会成群结队到河滩上来乘凉，那时连岸边也不能去。据大人们描述，它们浑身长毛，眼睛发着绿色的光。这种形象让所有的小孩都不寒而栗。当然，它们也不是没有弱点，只要有阳光，它们便不敢现身，只能躲在水里。我抬头望了眼太阳，阳光虽然淡，但终究让我感到安心。

目光回落的时候，很多条巨龙从远处游了过来。双手一软，我差点一屁股坐在桥面上。透过栏杆的间隙，那些巨龙缓缓地然而又无可阻挡地游过来。我想大喊，喉咙却紧张得发不出声音。左右扭头看了看，两边都有人走动，这让我放松了一些，镇定了一些，目光中的景物也随之变得清晰起来。那是木排，前后相接，左右相连，从天际慢慢地爬出来，探入水中，浩浩荡荡顺流而下。更近一点，便能看到排上还搭着一痕一痕的棚子，每组排上都有两三粒人。过县城这段江又开阔又舒缓。等人影越来越大的时候，排也越来越慢，最后靠边停住，然后一条一条的木板伸出来，搭在滩上。排上除了留下看棚子的人外，其他人都上了岸。让我感到自豪的是，排都停在我们这边。这意味着即使是远方的放排人，也明白我们这边才是繁华好玩的街上。我想他们应该是从苗疆来的。这么长这么大的排，得砍多少根树才能扎成。只有全部是山的地方才一次拿得出这么多树。排停在半边街到老码头一带。我只要往回走到桥头，再下一道坡，走过采沙场，就到了半边街上。半边街建在高地上，在土坡上还砌了许多层青石块。虽然从街边一跃而下就可到河滩上，但太高，估计只有城里最猛的好汉才敢这样做。至于从河滩直接蹦到半边街上，那恐怕只有霍元甲陈真燕子李三才做得到。不过半边街只有四五百米长，那一头就是老码头。只要再花费几分钟，便可沿着老码头长长的石板路下到江边，到木排上去看一看。但我并没有挪动脚步。我跟朱兵兵说好等他，就一定会在这等他。就算要去木排上，我也会等着和他一起去。他在木排上肯定没有亲戚没有朋友，完全和我一样，那样子我很乐意。

那天我没有等到朱兵兵。我眼睁睁地看着占据了半个江面的排重新游动，分别穿过三个巨大的桥洞，经过漫长的时间才全部过去。我看清了棚顶上当瓦盖的树皮，还发现有几张排上蹲着黑色的大鸟，它们居然不会飞走，而是像蹲在自家的门槛上，悠闲地打量着江水，似乎想发现些什么。我明白这些排、这些人，会一直漂，漂到下游的尽头。只要稍微想象一下那种遥远，我的心就变得又酸又软。所以我没有跑到桥的那边，目送它们消失在拐弯的地方。对于我那时微小而脆弱的承受力而言，对河这么远的距离才是适合的，我有足够的勇气去凝望它，揣摩它，一点一点去接近它。这天我来到了桥的中央，完成了重大突破，已经足够满意。等太阳完全沉入江中，暮色四合，到了水猴子出现的时候，我就撤退了。我想等到这个时候，够意思了，朱兵兵没有什么好怪我的。

朱兵兵没有怪我。事实上，他绝口不提那天的事，当然，也没有给我麦芽糖。后来我想，他可能没进他亲戚家，或者是没有受到欢迎，所以灰溜溜地从桥的另一边回去了。我并不感到失望，甚至有种隐秘的欢喜。我其实有些嫉妒他跟对河的联系，现在释然了。至于大人，我倒很乐意听他们和对河的往事。但大人们并不怎么在意对河，他们喜欢谈论街上或单位里的事。对河虽然有条街，却没有谁觉得那是街上。既不是街上，也不是乡里，那就只能是对河，这是它唯一贴切的名字。

我终于记得去问妈妈当年是怎么去对河的。妈妈说，坐船去的。在哪里坐呢？老码头。这不出我的意料。出乎意料的是，妈妈说当年大舅下放的时候，在对河打过铁。大舅可是我的偶像，头发很长很先锋的画家，居然在对河打过铁。这让我一下子兴奋起来，瞬间觉得跟对河建立起一种曲折但坚固的联系。我无数次想象大舅光着膀子，站在对河街边铺子里打铁的场景。等过年大舅从北京回来的时候，我缠着他打听当年的事。他哈哈一笑，说当年本想不下放到云南新疆，起码也要去苗疆那样的地方，结果下放到离城只有十多里的天福乡，一点意思都没有。后来想办法跟着队上的人出来搞副业，到对河街上打铁，虽然只待了很短一段时间，但学会了喝白酒。妈妈说，你还记得那年你差点淹死在江里吗？大舅更是笑得两眼放光。竟然还有这样的事，我更加要问个明白了。原来大舅当年得空的时候，喜欢去江里游泳。他游泳的本领，同伴中没有一个比得上，尤其擅长栽闷子，栽得又深又久。有次他一个闷子栽进江里，等到浮出来时，发现头顶竟然一片乌黑。原来是上游放排下来了。还好他当时脑筋异常清楚，摸清了排向，横着游向岸边。这口气憋得空前的长，等到终于能探出头，整个人几乎虚脱。上岸后，躺在草地上睡到太阳快落山，才能爬起来走回去。大舅说，如果当时慌了神，没搞清方向，那就真的游不出来了。我想象着木排那几乎没有尽头的长度，心里发颤，再看看大舅神采飞扬的脸，更添崇敬。如果大舅提出去对河看看，我一定会跳着陪他去。但他一点这个意思都没有，接下来忙着接待陆续前来拜访的老朋友和城里的艺术青年们。这让我有说不出的失望，却又不敢表露出来。老朋友和艺术青年们都向他打听北京的美术界动向，对河这种地方的事，压根儿不在他们的谈论范围之内。我听了一会儿，就闷闷地走开了。但不管怎样，我总算更了解大舅的对河往事，显然也加深了自己跟那个地方的关系。

　　此后我在城里待得腻了，便会去大桥上站一站，望望对河，也望望江的上游。如果正好碰上放排，我会站上许久，直到排全部穿过桥洞。我有很多次机会可以去排上转一转，却总是没有迈开那一步。也许是每次都想着随时可以去，不急着这一次，也许是跟我的天性有关。对于引起憧憬的事物，我总爱保持一定的距离，哪怕这距离只是一指长。这样我就可以继续憧憬并享受这种憧憬的美好。我似乎害怕一旦真的接触，会发现事物不像我憧憬的那样。为了逃避这种失望，我宁可长久地逡巡在那条临界线前，哪怕只需轻轻地再往前挪动一小步就能触到。应该是这样的，否则无从解释当年在那么长的时间里，我为什么没有过桥。但我也并非完全没有行动。我一点点地把独属于我个人的边界线往桥那头推。每次推进几米，便觉得此行有了收获。成绩最大的一次是推进了十几米，但这反而让我志忐，迅速撤了回来，并立刻后悔这次走得太远了。虽然只是一点一点推进，虽然大桥在我的感觉中，好像跟排一样长，但有一天我终于站在了桥尾，只要再跨前一步，就会踏上对河的土地。那一刻我突然生出悚然之感，转身迅速往回跑。跑到桥的中间，心才安下来。在这个位置，即使有人拽我，或者在后面推上一把，我也不会跟跄着踏上那块土地。我更习惯站在边界线这边，看着对河的人走过来，观察他们的穿着打扮、走路的姿势、说笑的口音。他们跟我们并没有什么不同，但又有那么点不一样，因为他们是对河的人。看得久了，看得多了，我总结出对河的男人比我们稍微显得土气。这种土气并非因为打扮得不时髦，相反，对河很多青年比街上的人穿得更加街上。飘裤、花衬衣、蛤蟆镜、电子手表，街上的青年还没怎么穿戴他们就亮出来了，但就是因为太使劲、太刻意，反而暴露了他们的对河身份。但对河的女人更好看。或许是因为她们笑起来更明朗、更放肆，或者是因为她们脸上的红霞更鲜艳、更润泽，总之，有种让我怦然心动的新鲜感。我靠在栏杆边，等着她们走近，有时从我身边擦过。我闻到了她们身上的气息，散发着自然的芬芳。她们比城里的女人更接近田野和青草，又不像乡里女人那样成天陷在牛粪味里，所以，这样的气息是最好闻的。我最喜欢看那些跟我年纪相仿的女孩。她们比城里的女孩似乎要腼腆一些，又似乎要大胆一些。她们见我傻傻地站在桥上，总是用又黑又亮的眼睛深深地瞅上一眼。回来的时候如果发现我还在，又会瞅上一眼，仿佛在问，你站在这里干什么呀？如果我胆子大一点，跟她们攀谈，她们也许会在短暂的羞涩后，叽叽咯咯地告诉我想知道的关于对河的一切。但我只是傻傻地看着她们走过，用眼睛映照着她们可爱的脸。我那时拥有一对又大又亮的眼睛，还有一张清秀得像女孩子的脸，完全不像现在这样油腻狰狞。舅母曾打趣说我像欧阳奋强，长大后跟小时候完全不同。对此我无言以对，只能徒然地伤悲。但那时我完全没有意识到自己好看，或者对此毫不在乎，从没想过要利用这点。我只是感到女孩子们愿意跟我玩，这让她们愉快，也让我愉快。但那时有那么多对河的女孩子从面前经过，我却没能上前一步，结识当中的任何一个。那时我们都还是祖国的蓓蕾，美丽的欲望含在内心深处，自己都看不清楚。那时我只是老老实实站在桥上，认真又茫然地看着这一切，任清澈缓慢的时光从身上淌过。

大约是十岁左右，大人认为可以带我去江里洗澡了。尽管男的会肩着汽车内胎当游泳圈，年轻或不那么年轻的阿姨们会在江边换上蓝白相间的泳衣，大家还是管这叫洗澡而非游泳。这是整个炎天县城人们的盛大节目，从六月开始，一直延续到二十四个秋老虎完全消隐。对于上学的小孩而言，幸福的时光没这么长，他们只能在暑假期间跟着大人前去参加这集体的狂欢。也并非每个家长都这么开明，于是有些小孩会趁家长上班时，顶着巨大灼热的太阳，结伴偷偷前往。因为耳朵进了水，回来时一路单脚侧头蹦跳。运气好的在路上能把水倾出，运气不好的到了家里还在摇头晃脑，难免被大人觉察，挨上一顿痛骂或是"笋子炒肉"。运气最不好的便永远埋葬在江水中。每年城里都会发生几起这样的溺亡事件，被大人们反复引用，告诫我等不要偷偷下河。我一方面喜欢独自游荡，有着惊人的倔强和不张扬的野性，另一方面又是个听话的小孩，至少父母和老师的话都会刻在心上，而不像有些小孩子那样，把它们当成耳边风。所以我从来没有偷偷去江里洗过澡，充其量只是在工厂澡堂的水池里扑腾一阵，喝上几口真正的洗澡水。但对山与水的向往是每个人的天性，因为人类是从山里走出来的，而在这之前，那些源头性的生物是从水里爬到陆地上来的。回到水里就是回归最初的源头。这种天性隐秘又强大，驱使着一代又一代的人带着莫名的欣喜奔向水中，即使不会游泳，扑腾几下也会感到畅快。所以听到大人的允许时，我根本就坐不住了，在堂屋和里屋之间不停穿梭，焦灼地等待他们准备停当，根本没去思考接下来要面临的一个问题。

我们这边的江，水要深许多，水面下藏着不少凶险的大漩涡。城边临江的地方，不是高坎就是泥滩，只有老码头以人力加青石板砌出一条并不宽敞的通道。而对河那边的江岸，有大片大片平坦的鹅卵石滩，或者舒缓的草坡。最关键的是，有段一里多长的区域，快到江面三分之一的时候，还是浸不到大人的肩膀。这个地方自然成了天然游泳场。即使不会游泳，在这里也是安全的。那些泳技精湛或自以为精湛的男人们，把女人和小孩留在这里练习游泳或玩水，自己可以放心地往江心游去。也就是说，我要想参与这期待已久的戏水盛宴，必须到对河去。当我快看到桥的时候，陡然意识到了这点，蹦跳着的脚步立刻缓了下来。但大人们没有注意到，他们谈笑风生，依旧阔步向前。小伙伴们也领会不了我的心思，只顾着叽叽喳喳。我们是和邻里要好的两家一起出动的，阵容浩大。尽管心生犹豫，但我被裹挟在集体的步伐中，无法逃离。实际上，我也不想逃离。前面的诱惑太大，而且，回来的时候，离桥头只有十几步远的冰厂门市部，还有爽口的冰绿豆沙等着我。如果我溜掉了，不过是令大人少出两毛钱而已。只是这显然并非我想象中的第一次去对河的方式，但到底怎么去，我其实也没怎么想好。在我还没来得及认真准备的时候，就到了大桥的另一头，然后，踏上了对河的土地。这是一条毛马路，不仅坑坑洼洼，还夹杂着许多探头探脑的石头。但仅仅是走了两三步，大人们就拐向右边。我松了口气，又夹杂着丝丝遗憾，跟着他们沿着一条长长的狭窄的青石阶梯走下去。阶梯连着田埂。田埂左边是青中透黄的稻田，右边是缓慢下倾的草坡。草坡横连着宽阔的鹅卵石滩。看到更辽阔的江面，我复杂的心绪顿时变得单纯和明朗起来，带头欢呼着奔向鹅卵石滩。

那天傍晚的时光仿佛一瞬间就滑过去了。当夕阳洒落最后一把碎金，风中也开始透着凉意，我站在水里，突然有些恐惧。那些成群的水猴子会不会突然冒出头来？但江边依然热闹，不少大人还在江心施展他们的泳技，看上去他们一点也不担心水猴子的事。我不能说出我的忧虑，只悄悄往岸边挪动了几步，待在水深及腰的地方。这样就算水猴子出现，我也能够迅速跑到岸上。头顶的蚊子越来越多，它们远没有水猴子那么可怕，但让我感到厌烦。深吸一口气，再次把全部身体扑进清凉的水中。我不会游泳，只能以这种方式短暂地漂浮。等到憋不住的时候，方从水里站起来，抖落满头满肩的水珠。

天快完全黑下来的时候，我们上了岸。妈妈和阿姨们再次在草坡上那棵大树下展开床单，轮流换好衣服。走到阶梯顶端，我扭头望向右边，那里街道寂静，许多昏黄的灯光凝固在大大小小的窗口后。那些灯光映照着一些陌生的人和陌生的事，我却来不及去探究，便被大人们带着上了桥。就这样，我来了对河，却又像没有来过一样。等到坐在冰厂门市部的冷饮室，喝着那碗闻名遐迩的黏稠扎实的绿豆沙时，我感觉自己并没有真正进入对河，只不过是去江里洗了个澡而已。

此后许多回，我都以这种方式擦过对河。渐渐地，我把整条江都看成是我们这边的。我始终没有学会游泳，连笨拙的狗刨也没有，唯一的长进，是在水中憋气的时间长久了些。那些认识或不认识的年轻阿姨或大姐姐们白嫩的长腿吸引着我一次又一次潜入水中。我试图着靠近。但不管我靠得多近，这些长腿是属于那些同样年轻的叔叔或大哥哥们的。他们无所顾忌地托着这些散发着迷人光泽的身体，指导她们在水中摆动长腿，有时突然放手，惹出一串串清脆的叫声。他们偶尔也顺便摸摸我的脑袋，仿佛是对我辛苦潜水而来的犒劳。这种漫不经心的大度反而让我生气，后来我尽量避开这些沉浸在欢乐中的叔叔阿姨哥哥姐姐们，往人迹相对稀少的上游方向走上几十米，再顺流漂下来。我已经不担忧水猴子的事，甚至开始怀疑它们到底存不存在。水里只有长长的油滑的草和同样滑手的鹅卵石，还有无数的螺蛳和细小的鱼。有时我站在水中，呆呆地望着远处夕阳，明明不远的打闹声和欢笑声却仿佛离我很遥远。孤独的感觉原来是在热闹中产生的，只是当时我并没有意识到这点，只是不自觉地品尝到了它的滋味。后来我又想到，其实对河的人们是孤独的。他们孤独地活在那块狭窄地带，既不能真正融入城里，也无法回到更广大的乡村。但它的独特魅力，也源自这种两边不靠的状态。在这种状态中，它获得了一种边缘性的自由。在这样的地方长大或生活过的人，懂得如何在严密的社会组织构架中，获取这种自由。

二

后来我认识了一位来自对河的诗人。他那时已不住在对河，而是栖身于县文化馆仿若深井的回字形楼房里。他是当时全县的头牌诗人，作品居然能够在我们简直无法想象的台湾报刊上发表，据说获得过洛夫和余光中的赞赏。我那时已经上初中，因为首次参加年级作文比赛就得了头名，被吸收进校文学社。其实我对作文没有太大兴趣，一碰之下便陷入狂恋的乃诗歌。文学社以诗人自居或立志成为诗人的起码有十来个，我迅速和他们打成了一片，并试图把头发留长。但妈妈曾经当过理发员，还保留了一套理发工具，我没办法逃避她的刀剪。有次我勇敢地举出大舅做例子以图反抗。大舅每年只理一次发，夏天剪个平得不能再平的平头，到了冬天回乡，长发如乱草，被款式永远别致的帽子勉强压住。我的举例如此真实有力，但妈妈只是撇撇嘴说，等你成了艺术家再讲，就令我哑口无言。我对画画不感兴趣，一心要做诗人。诗人也是可以留长发的。但我尚未成为大家公认的诗人，所以只能默默忍受一个月理一次西式头的摧残。我首次被文学社指导老师带领着去文化馆拜访诗人时，便是在理头的第二天。能够前往的，皆是社内精英，至少也是大有希望的文学苗子。我是精英中最小的一个，藏在其他人背后，怀着崇敬和激动走进诗人拥挤的房间。

诗人住在二楼，一个双房套间，外面客厅里面卧室。这格局跟我们厂里的工人平房差不多。但诗人住的是水泥楼房，显然比厂里的瓦房要高级。最关键的在于这是诗人住的地方，就算再普通再寒酸，也会处处透出令人仰慕引人深思的细节。靠窗的桌子上满是书和稿纸。指导老师的办公桌上也满是书和稿纸，但码得整整齐齐，跟诗人桌上的散漫无序形成鲜明对比。一盏台灯白天也亮着，仿佛构成某种象征。诗人坐在桌边，脸一小半被灯光打亮，大半沉浸在幽暗的光线中，有着古堡的深邃和沧桑（这个比喻来自于诗人自况）。其实诗人那时还年轻，只有三十出头，长发微卷，上唇的小胡子尚未留起来。他仿佛还没完全睡醒，靠在椅子上，有一搭没一搭地跟指导老师聊天。他们已认识多年，有着老朋友相处时的散淡与随意。而我们尽管有满腹的话，却谁也不敢开口提问，包括以诗人继承人自居的社长。他总是盯着诗人的脸，不放过他的每一句话和每一个表情。但诗人回避或者说反感这种灼热的崇拜，眼皮下垂，似乎根本没有觉察到。有时他抬起眼皮，目光却漫过另一些人的脸，让社长鼓足勇气准备发起对话的企图熄灭在这种貌似漫不经心的无视中。最后还是指导老师说，你给他们讲讲怎么写诗吧？诗人发出一阵爽朗的大笑，诗怎么是写出来的呢？诗是从心底流出来的。指导老师露出充分理解同时不打算放弃的微笑，那怎么只看到从你心底流出，不从我心底流出呢？诗人双手一摊，这个问题你要去问天空，问河流，问大山才行。他的脸上同时闪烁着无辜和得意，还有一丝狡黠。指导老师只能叹息道，老天爷不公平啊，开了你的窍不开我的窍。

　　拜访结束后，诗人送了指导老师一本新出的诗集，小小的、薄薄的，设计得考究，还享受了奢侈的压膜待遇。指导老师慷慨地借给我们传阅了半个月，实际上是给予抄录的机会。我利用整天的课间时间，抄了十几首，而那些最好的句子，不知不觉已经录在心里。多少年过去后，我还能大致不差地背诵一些：

"懒鬼，还不起来呵"
她喊着，在门外
早晨，清澈见底的脸。
这是诗人描写立春到来。

父亲，捶着风湿的腿
里面，有一种极悠远的疼。
这是诗人描写雨水时分。

而到了冬至，他是这样写的：
灰色天幕
一条长长长长的路
孩子手中的甘蔗
越来越短
越来
越短
短。

　　都是在瞬间凭借不可思议的直觉抓取出乎意料又十分恰切的印象或意象，然后凝成简洁至极的诗句，其美学效果仿佛夏夜的月光从树叶间洒落，富有悠远的韵味和令人惊奇的发现。当然，那时的我并不能像现在这般进行煞有介事的阐释，那时的我只是觉得这样简单朴素得像是小学生也能划出来的句子，却越读越有味，读了还想读。社中的诗人和准诗人们经过了各自研究后又进行了集体讨论，最后一致承认：如果不是他写出来，其他人打破脑袋也掏不出这样的句子。社长尽管受到诗人的漠视，崇拜的狂热却一点也未消减。他开始对自己花里胡哨的诗风进行深刻反思，着手削掉那些多余的修饰。但我发现他的诗歌去掉那些花里胡哨的东西后，就没剩下什么了。估计他自己也觉察到了这点，陷入长期的纠结和痛苦中。这导致他并不出色的成绩急剧下滑，后来高考惨败，又无心复读，便去沿海打工。在那里他备尝人世艰辛，获得了真实的疼痛感，作品发生质变，逐步成为一个不大不小的打工诗人，被一家文学杂志招聘去当了编辑，总算实现了学生时代的理想。

当时我们谁也无法预知日后的命运，但其实都在为命运的发展种下前因。我继续练习写诗，但在得知诗人出生成长于对河后，更大的兴趣变成了打听关于诗人的一切——在这种全方位的挖掘、考证和以此为基础的推测和想象中，我不知不觉培养出了另一种能力。后来出乎自己意料地成为小说家，跟此种能力的获得有莫大关系——我觉得诗人完全符合我对那个地方的想象，或者说，因为诗人的存在，对河在我的心目中，已经慢慢减弱的神秘度和诱惑力再度提高。

指导老师看在我是文学社最有希望的新苗分上，忍受了我的纠缠。他对我回忆起当初跟诗人的交往。那时他师范毕业，分配到乡下教书。诗人当时是乡镇电影放映员，他的每次到来都是村庄的节日。乡亲们对他的欢迎就是拿出最好的苞谷烧来招待。诗人对酒的好坏很在意，下酒菜则不甚计较，有腊菜固然好，不然，一碗辣椒炒豆腐干子或一碟油炸花生米，也照样兴高采烈。此外要紧的是有人陪着喝，独饮对他来说，是件寡味、可怕的事情。诗人酒量大又生性随意，大家都愿意陪他，但也不是谁都能陪。大队干部自然是能陪的，指导老师作为方圆十里的大知识分子，也有资格作陪。他并不好酒，但常苦于无人聊天，诗人的到来，缓解了这个文学爱好者的寂寞。指导老师在师范时已刻苦攻读过不少文学名著，尤其热爱俄罗斯文学。诗人却没读过多少名著，但有许多奇思妙想，让指导老师每每暗自惊叹。他在指导老师的房间里过夜，东翻西翻之后，把普希金和马雅可夫斯基丢到一边，却对叶赛宁情有独钟，很肯定地说，这个人写得有味。指导老师当然承认叶赛宁写得有味，但见诗人置他推崇备至的普希金于不顾，未免遗憾，忍不住向诗人普及文学常识：叶赛宁是优秀诗人，但普希金被称为俄罗斯诗歌的太阳。诗人立刻皱起了眉头，说太阳太大也跟我没关系，我就喜欢月亮。指导老师唯恐打消他刚刚建立起来的诗歌热情，也就忍住没跟他争辩。

诗人喜欢的不仅是月亮，还有黄昏、溪流、山野和姑娘。关于姑娘一节，指导老师其实没有提及，但他说诗人喜欢站在或蹲在村口的溪边，痴痴地盯着夕阳，还有夕阳下暮归的人们，直到把夕阳看没了，才会挪动脚步。他的名作《日落》，应该是站着看夕阳时从心里蹦出来的：

> 太阳每天衰老一次
> 残留在山脊的夕照，是退休金么
> 爷爷蹲在暮霭里
> 磅礴着一声不吭
> 似乎不屑于理会
> 那一抹可怜的抚恤
>
> 悬念比蛛丝更坚韧
> 告别这世界时，爷呵
> 别忘了对落日说一声：
> 且听下回分解

指导老师说当初看到诗人把夕照比作退休金时,觉得简直岂有此理。但这个比喻一过目便不能忘却,令他彻夜辗转。第二天大早跑去问诗人,你怎么想到这样的比喻呢?诗人半眯着睡眼,淡淡地又带着几分傲然地说,想到了就想到了,这哪里有什么道理可讲呢?指导老师深感郁闷,回去后又对这首新奇的诗进行反复分析,最后确定这个比喻是通的。

诗人还喜欢和衣躺在山坡的草地上。他的经典姿势是这样的:双手枕在脑后,跷着二郎腿,望着天空,似乎在发呆,又似乎在思索。有时也会把腿放下,双手摊成一字,整个身体无比松弛,美美地眯上一会儿。后来指导老师在张信纸上发现这样的句子:

> 深草有一股浮力
>
> 浮起疲惫的山影
>
> 黑色的古树
>
> 笔直指进土地
>
> 蓝天是儿童读物
>
> 阳光很辽阔
>
> 睡意很辽阔
>
> 四肢很辽阔
>
> 一把镰刀躺在草丛
>
> 梦是弯曲的

这次指导老师倒是立刻看明白了,大嚷,好诗!诗人却没那么激动,还反问道,真的么?指导老师盯着他,肯定是真的,你应该去投稿。诗人不晓得怎么投稿。他的诗都是即兴用铅笔写在信纸或者烟壳纸的背面，黄挎包、上衣口袋、裤袋里面，到处都塞着这样的纸。指导老师逼着他统统交出，用自己那一手工整的楷书抄录下来，还垫上复写纸，留了份底稿。他建议诗人先寄给县文化馆办的刊物。诗人说，寄县里干什么喽，要寄就寄省里。指导老师被他的胆气鼓舞了，对，我们要寄就寄省里。但寄出之后，他开始忐忑起来。那一阵，他总是处在焦灼不安的状态中，仿佛寄出的是他自己的作品。诗人却像忘了这回事，照样放电影、看夕阳、在月光禾场上喝酒，还跟小孩一样，用空墨水瓶养蝌蚪。指导老师每次回家，都必须从对河坐渡船进城。那时诗人还住在对河街上。指导老师总要去看他。诗人每回一定要拉着他吃顿饭，喝上两盅才肯放行，吃了后还要送他到渡口，有时也跟着一起过江，到街上去看望其他朋友。有次快上船了，他像突然记起什么似的，从口袋里摸出张纸，递给指导老师。原来是张铅印的用稿通知单。指导老师顿时又是跳又是笑，惹得过往的人都一齐扭头看过来。诗人也笑起来，说，感谢你，让我变成诗人。指导老师收敛起笑容，很认真地说，不，你天生就是诗人。

指导老师向我转述这句话的时候，脸上还流露着一丝淡淡的遗憾。也许是从那时起，他决定不再写诗，而是专攻显然更为适合他的散文，后来陆续在省里的报刊上发表了几篇。这对于他能调进城里，发挥了作用。那是文学能改变命运的年代。诗人命运的改变更大。作品一在省刊上亮相，立刻由一个只在几个山乡有名的电影放映员变成了全省闻名的新晋诗人。他拿到稿费后，买了一箱比他还著名的昭市大曲，请朋友们喝到月亮都忍不住打盹。后来他被请去参加省里的一个什么青年创作会议，结识了《诗刊》来的编辑，大获赏识，半年后在上面发了两个整版。这样的成绩惊动了市里和县里，领导们一商量，认为人才难得，应该调进文化馆。但文化馆已有文学专干。不知是哪个领导听说了他还会摄影，便提出干脆做摄影专干调进。征求诗人的意见时，他欢天喜地，一点也没把那个文学专干的名分放在心上。那时他常苦于要到富有的朋友那里蹭相机，成了摄影专干，便能堂而皇之地摆弄公家的相机了，胶卷还不用自己掏钱。在他看来，没有比这更大的好事了，若还有什么意见，那就是天下第一号大傻瓜。

但是在指导老师看来，后来诗人把太多精力放在了摄影上，未免有些可惜。当然，他还继续写诗，继续写让人拍案叫绝的好诗，但写诗对他而言，真的变成了一种副业，或者从来没有成为主业。以前他的主业是在乡镇巡回放电影，现在他的主业是背着相机包满山满野地跑。据说县城每一个村庄、每一座大山他都走到了，连以偏远贫穷著称的大瑶山他也几进几出。他有一种神奇的能力，在任何村落或林场都能找到住宿，素不相识的贫寒人家也愿意分一碗热饭给他吃。指导老师感叹道，他连柴棚都能睡得落，这种苦也不是一般人能吃的。我没见过柴棚长什么样，只是觉得一个诗人在充满木柴香味的棚子里酣睡，很有意境。指导老师还讲述了另一件更有意思的事。某年夏天，诗人邀上他和另一个朋友，租了条篷子船，带上酒，在江上漂流了两天两夜。他们不分白天晚上，畅谈、喝酒、唱歌，兴致来了就跳到江中游上一回。有天夜晚，诗人喝得半醉，非要扑到水中把月亮捞上来。其他两个费了牛劲，才把他拖进舱中，用屁股压在床上。诗人挣扎不脱，像个孩子一样大哭起来。船老板人挺好，用葱姜熬了碗醒酒汤，给他灌下。汗一出，酒便醒。清醒后他暂时忘记了月亮，大肆赞美这碗醒酒汤。船老板又给他们每人都熬了一碗，他捧着咕咚咕咚喝下肚，然后眼巴巴地望着其他人手中的碗。指导老师喝了一半，见他如此，便把碗递了过去。诗人毫不推辞，接过来便喝。那晚他去船尾撒了三回尿，其他两人不放心，轮流陪着去。撒完尿他总要站上一会儿，看着满江的银光一闪一闪。指导老师以为他会有惊人之句，但他只以咏叹调说了三个字：多好啊！很多年来，这件事，这些场景都在我脑海里回味。我想诗人一生都渴望这种状态，永不靠岸，永远在游荡的途中。我后来也进入了文学界，听到有些人不无遗憾地说诗人缺乏一个远大目标，有些浪费自己的才华，心下不以为然。诗人的人生目的就是游荡，在这游荡中享受生命的自由和美好。在我看来，这是一种典型的对河气质。他在乡村和城市中都能游弋自如，但不属于任何一边。这是一种悬浮状态，具有梦幻特质，长久地吸引着我去凝望和憧憬。

同学胡胖的爸爸是搞管弦乐的，在文化馆似乎还是个小头目。诗人能够引起胡胖景仰的地方，在于他家中能看到台币。除此之外，胡胖谈论起诗人，嘴角总挂着一丝嘲讽，说他不爱开会，不遵守单位纪律。胡胖自己在学校就不遵守纪律，我想他有什么资格嘲讽别人不遵守纪律。但胡胖说这话的时候，并不是胡胖，而是变成了他爸爸。只有当他在靠在走廊栏杆上，双手插在裤袋里，抖着腿，大讲黄色笑话的时候，才是胡胖自己。胡胖跟社会青年有来往，这是我不敢当面反驳他的主要原因。从小学到初中，他跟我都同班，关系还算密切。课间站在走廊上，跟胡胖之流闲侃，是我学生时代最大的乐趣之一。直到现在，我还是很乐意听具有江湖气质的人闲扯，因为他们很放松，呈现出更多生命和生活的本来质地，言谈中也有许多来自街头巷尾的新鲜故事。这些故事往往才发生，就不知道通过什么途径迅速到了他们耳中，连场景细节也一清二楚。有天才下第一节课，胡胖便走到我面前，眉飞色舞地告诉我，诗人跟他们馆长打了一架，据说是因为一个什么文学问题。从楼上打到楼下，吼得惊天动地。先动手的是馆长，而胜利者是诗人。全馆的人都去劝架，合力把馆长抬走，才平息了这场架。听说诗人打赢了，我便松了口气。胡胖接着说，打了领导，这下有他好看了。我却觉得诗人眼中只怕没有什么领导不领导的，当下翻了个白眼。胡胖晓得我崇拜诗人，也忌惮我语文课代表的权力，装作没看到这个白眼。后来听胡胖说，馆长又跟诗人和好了，两个人在一起谈笑风生。据说馆长也是个有才华的人，比诗人还年轻。这让我对那个馆长生出几分好感来。

妈妈见我变得不如往日活泼，有时还对着门口的梧桐树长吁短叹，疑心我早恋，对我的书包进行了一次搜查。搜出了一本蓝色塑料壳封面的笔记本，但上面并没有什么情感日记之类的，而是些长长短短的分行句子。不过她也仔细读了，然后说有些诗好像是诗人写的。没想到妈妈竟熟悉他的名字和作品，这让我大为惊喜，你认识他？妈妈一笑，我好早就认识他了。我顿时激动起来，声音有些发颤，央求她讲讲怎么认识诗人的。妈妈却要求我把作业写完，再背上一首唐诗再说。

这个晚上作业有点多，那首"北风卷地白草折，胡天八月即飞雪"又特别难记。勉强背全，倦意便冲上脑门，抹了把脸后就一头栽在床上。但我并没有气馁，此后断断续续好几个晚上，在又快又好地完成妈妈布置的任务后，就着昏黄的灯光，我听她讲述她们那一代的往事。妈妈有些地方讲得细致生动，有些地方又一笔带过。但当时我已能不自觉地运用想象力去勾勒那些未被呈现的细节，并初步感受到当中绵绵无尽的乐趣。

那时她下放回城，被安排在理发店上班。理发店是集体单位，跟百货公司、副食品公司一样，都归商业局管。百货公司在老街和大街的交汇处，斜对面是副食品公司。老街街口往下近百米，就是理发店。这一带是当时城里最繁华的地方，如今也是，只是繁华的面积扩大了。在理发店里上班的除了些五六十岁的老师傅，便是些年轻学徒，二十岁左右的姑娘们。这些姑娘大部分是初中毕业后没再读书，下放到乡下或者在城里当了几年待业青年。妈妈没上高中是因为外公被打成走资派，被取消了升学资格。其他人则是根本不想读书，趁着大好革命形势逃离了学校。当终于有个单位后，这些人又趁着大好改革形势放肆玩乐。妈妈则报考了电大，一边工作一边挤出时间来读书，这未免在那些专心玩乐的年轻同事眼中成为异类，时常遭到冷嘲热讽。但店中最漂亮的姑娘从没有排挤过妈妈。她单纯、快乐、追逐时髦，正忙着享受人生，没空也没那个心思去为难别人。对妈妈，她还有一分敬重，有时说自己实在读不进书，很佩服能读进书的人。妈妈喜欢她的单纯，同时也羡慕她那漂亮的脸蛋和苗条的身材，两个人生追求完全不同的人之间倒有些知心话说。因为她的存在，妈妈在店里并不是完全孤立无援的。何况还有个别老师傅对妈妈的好学上进表示支持，所以她在店里还能待得下去。

那时还没有私人理发店，所以尽管技术老套，翻来覆去就那么几个发型，店子生意还是兴隆。更何况这里还有一帮散发着青春气息的姑娘。有些男青年本来不需要理发，但隔三差五也要来店里转转，对着镜子欣赏一下自己美男子的形象，找机会跟姑娘们说说笑笑。老师傅们对这些人很少有好脸色，有的气性躁的还会骂人，当然，骂的多半不是这些男青年，而是女学徒，但指桑骂槐的意思很明显。但这些男青年在爱情面前一个个都脸皮厚如城墙，隔两天又笑嘻嘻地出现了。有些会来事的，一进门就给老师傅们发烟；有的确定要追求某位姑娘了，便会先请她的师傅喝次酒，这样虽然依然得不到好脸色，但起码不会让姑娘挨骂受委屈。那位最漂亮的姑娘追求者最多。她师傅跟她爸爸是老相识，自然担负起保护和筛选的责任来，时常说，宁妹子，那个人眼睛喜欢乱瞟，靠不住；宁妹子，那个人走路脚跟不着地，在社会上肯定立不住的。对这位业余相人大师的指点，宁妹子总是蜜笑蜜笑的，从不反驳，但背地里对妈妈说，师傅还是老观念。妈妈倒觉得师傅说得有道理，劝她说，还是把稳一些的好，你反正还年轻，不着急，要挑就挑个好的。宁妹子更重视妈妈的意见，没有笑，郑重地点了点头。

有天下午，店里生意寡淡，大家都在嗑瓜子，有两个人上门来了。走在前头的风衣飘飘，眼睛乱瞟，乃是城里的未婚美男子之一。店里另外有两个姑娘都喜欢他，他对宁妹子更感兴趣，但跟那两个姑娘也热情地周旋着。跟在后面的从没亮过相，头发蓬乱，眼神有些恍惚，穿的倒是刚流行起来的牛仔服，但身上那个印着"为人民服务"的挎包又土得很正宗，这便是诗人了。大家以为美男子是带他来理发的，顺便好跟姑娘们调笑。这是他的惯使套路。但诗人并没有坐到铁转椅上，只是悠闲地打量了一圈，像是在寻找什么。宁妹子和他目光一碰，脸有些发烧，竟不能像平常那样大方地对着每一个来客笑，而是低下头去。美男子正忙着应付那两个一见他便眼睛发光笑容洋溢的姑娘，没有察觉到宁妹子的异样。妈妈倒是注意到了，又打量了诗人两眼，觉得气质确实有些不同，但要说到长相，显然跟美男子有不小的距离。

应付完那两个姑娘，美男子又向店里的老师傅们发了一圈烟，才对宁妹子说，我们今天带了个稀罕把戏，你想不想看？宁妹子应付他倒是游刃有余，只是笑了笑，表示看也可以不看也可以。美男子便回过头对诗人使了个眼色，诗人从挎包里掏出一坨乌黑中闪着银光的东西。大家一看，原来是台相机。那时大家照个相都得去城里唯一的国营照相馆，一年也就照个一两回，算是日常生活中的大事，极少见到有人会随身带着相机。大家迅速围了上来。诗人很大方，任她们拿去轮流摆弄。宁妹子是最后一个拿到手的，低头看了一会儿，说，这么高级的东西，不晓得怎么弄呢。诗人伸手就拿了过来，端在面前，对着她的脸按了下快门。宁妹子脸立刻红了，急道，我还没打扮好呢！美男子说，等你打扮好了，我们去河边照相。另外两个姑娘立刻嚷道，我们也要照！美男子皱起眉头说，急什么，有你们的份呢。宁妹子扭头对妈妈说，去照么？听那口气，仿佛妈妈去她就去，而她之所以去，是因为妈妈去了。美男子连忙说，一起去，一起去。于是约好了时间。美男子还舍不得离开，又跟姑娘们说笑了好一会儿。诗人因为有相机在手，姑娘们对他明显热情增加，有问他做什么的，有问他住哪里的。待听说是放电影的，热情又增添了几分。有的说，那下次看电影不要收我们票啊。诗人只是笑笑，美男子也没揭穿他是专门跑乡下的电影放映员。待他们走了后，有个姑娘说，他人还不错，可惜是对河的。宁妹子说，对河的怎么啦，对河的又不是四类分子，未必还低人一等？宁妹子很少跟人拌嘴，所以此话一出，大家普遍惊诧。宁妹子的师傅却知道她妈妈是对河出生的，说，对河就几丈远的路，跟我们这边还不是差不多。老师傅一表态，学徒们便不敢有什么异议了，继续嗑瓜子，聊别的事情。

其实当时相机里面并没有放胶卷，当约会敲定后，美男子便负责去搞胶卷。诗人做得更多，不但要把借来的相机还回去，还要在拍照那天又把相机再借出来。作为回报，他那天把相机的主人也带了过来，给他一个跟姑娘们密切接触的机会。相机的主人当然也会拍照，但他勇于承认没有诗人拍得好，乐得帮姑娘们拿换下的衣服，而把拍照的重担全压在诗人身上。诗人忘记了活动的主要目的，一门心思放在拍照上。他见美男子总是指点姑娘们怎么摆造型，搞得她们犹犹豫豫扭扭捏捏，忍无可忍，说，自然点，放松点，想怎么站就怎么站，想怎么坐就怎么坐。宁妹子立刻白了美男子一眼，听到没有，然后冲诗人甜甜一笑，拂了拂被江风吹乱的头发。诗人大声说，对，就是要这种感觉！美男子顿时陷入无事可做的窘境，冷着脸看着诗人忽左忽右，跑到高处又蹲到低处，就差趴在地上拍了。当有条篷子船靠岸准备停泊时，诗人又跑去跟船老板套近乎。船老板居然答应载着他们再去江心打个转。宁妹子小声对妈妈说，这个家伙，可真有办法。妈妈也觉得诗人真不赖，含笑点点头。

从船上下来后，走到一块相对平坦的草地上，美男子宣布拍照暂告一个段落，说是跳跳舞。他随身拎着台录音机，里面装着最新的迪斯科磁带，早已跃跃欲试。宁妹子对跳舞没什么兴趣，噘起嘴，还想继续拍照，诗人说，你跳喽，我在边上拍就是。她才恢复笑颜，加入了扭迪斯科的队伍。所谓扭迪斯科，就是手乱摆头乱晃屁股乱扭。妈妈无法接受这种美学风格，坐在一边看他们扭。宁妹子其实也没怎么跳过，只是随着节奏一边笑一边摇。当意识到诗人的镜头对准她时，脸上便流露出羞涩，眼睛变得分外明亮。妈妈看在眼里，也不得不承认，确实别有一番风味。诗人拍了几张后，似乎兴致大发，把相机塞进挎包，放在地上，冲进舞阵，大扭起来。他长手大脚，乱发飞扬，半眯着眼，像喝醉了酒，尽管舞姿笨拙，却惹得姑娘们咯咯直笑。相机的主人也跳得开心，显然认为这次借出相机很值。美男子却觉得自己明明跳得比诗人好，风头却不在自己这边，有些提不起劲。只是跳舞是自己的主意，也不好停下，作为报复似的，他在另两个姑娘面前扭得起劲。其中有个姑娘频频公然向他抛媚眼，他也报之以美男子的迷人微笑。另一个姑娘未免失落，便接受了相机主人的靠近，扭出另一番风情来。

有两个菜农被乐曲声吸引了过来，从埂上走下，扯着脖子呆看了好一阵。其中有个愤愤地说，这不是耍流氓吗？另一个说，你懂什么，电视里就是这么跳的。愤怒的那个恶狠狠地咳了一声，往地上吐了口痰，走开了。另一个也不太好意思单独观摩，跟着走了。妈妈有些担心他俩去向对河派出所报告，惹出麻烦来，一直望着他们的背影消失在坡上田埂后面。好在直到江边舞会结束，也不见有穿制服的人出现，妈妈这才落了心。此时光线转为柔和，正是诗人最喜欢的状态，他拿着相机，又拍起来。其他人跳累了，坐在草地上，任他舞弄。宁妹子见镜头逼近，想擦去额角的汗，诗人喝了一声，别擦！宁妹子便乖乖地住了手，任凭汗珠从额角滑到脸颊。在这短短的时间里，诗人咔嚓了两张。宁妹子不明白流汗的脸有什么好拍的，但见诗人神情满意，竟也乐意。

　　当成群的蝙蝠出动时，他们离开江边，在对河供销社饭店吃了晚餐。吃饭时宁妹子笑吟吟地问诗人，你使了什么法子，让船老板那么听你的？诗人说，我答应送相片给他。宁妹子说，你又不晓得他住哪。诗人说，我跟他约好时间的，到时他在老地方等我就是。宁妹子说，难怪了，他只怕这辈子都没照过几次相。妈妈觉得诗人这样做很有人情味，只要坚持做到，到哪里都会有人乐意提供服务。美男子斜着眼说，你那点稿费，只怕都用来冲胶卷了。宁妹子顿时大为惊讶，原来你还是个作家！诗人有点不好意思，什么作家，就是随便写几句。相机主人说，你谦虚什么喽，我们的大诗人。宁妹子欢喜地说，你还是诗人啊！诗人说，你莫听他们乱讲。他越是这样说，宁妹子对此越感兴趣，尽管她只读过几句毛主席诗词。诗人被她缠不过，答应下次把发表的作品带给她看。

　　吃过饭后，诗人送他们过桥，便转身回去了。美男子提议去看电影，其他两个姑娘和相机主人都颇赞同。宁妹子却不肯，妈妈便陪她回家，正好让其他四人去电影院结对子。一路上宁妹子没怎么说话，妈妈明白她的心情，也不主动开口。快到家的时候，宁妹子问，你觉得那个人怎么样？哪个人啊？就是那个，诗人啊。还好吧，起码比其他人有内涵。见诗人得到妈妈首肯，宁妹子嘴角含笑，过了片刻，又现出愁容，我又没什么内涵。你也可以多学习一下。我想学，又学不进，怎么办？

也不一定要看数理化，读点诗，学学照相，也是学习。宁妹子听得入耳，点点头，重新变得欢喜起来。

此后宁妹子果然不再除了给老师傅打下手、拿那些乡下来的客人试手，就是嗑瓜子、谈笑、疯玩，有时会带本文学杂志到店里，闲暇时翻看一二。杂志自然是诗人借给她的，但那家伙却从此不在店里出现了，这让那些见不着他面的人徒然地挂念并反复打听。当老师傅也问起她跟诗人如何了，宁妹子眼睛发亮、含羞带嗔地说，还只是普通朋友呢。妈妈却晓得，她越来越频繁地参与诗人那帮县城文学青年组织的活动，朗诵诗歌、担任主持、去郊外采风，也学着摄影，慢慢地身上多了些文艺气质，这让她显得更迷人了。

妈妈赞许这种变化，美男子却因此而陷入痛苦中。他不愿承认竟会在这方面输给诗人，更不愿把这种痛苦摆出来，只有努力表现得更加洒脱，更加满不在乎，像花蝴蝶一样跟众多姑娘周旋，让大家钦佩他的风度和胸怀。妈妈却撞见他把宁妹子逼在一个角落里，声音无比焦灼，我到底哪里不好？宁妹子笑笑地说，你没有哪里不好啊。美男子说，那你怎么这样对我？宁妹子说，我一直把你当朋友啊。

见她一脸无辜的表情，美男子还想说点什么，但最终只是重重地叹了口气，掉头而去。据说他后来还去找过宁妹子的妈妈，特意告知诗人的对河背景。宁妹子的妈妈表情复杂地凝视着美男子，她早就告诉我了，见美男子有点不知所措，又补充道，你不晓得啊，我也是对河出生的，十岁后才搬到街上来。美男子顿时难掩羞愧，匆匆逃离。此后他淡出了这个圈子，开始倒腾起各路生意，但不晓得是不是因为运气不好还是不专一的缘故，始终发不了财，过早地显出落魄憔悴之态。

诗人对发财完全没概念，却活得越来越滋润，得了省里的文学奖还不够，居然还拿了台湾的联合报文学奖。而他之所以能拿这个奖，是因为省里一位激赏他诗歌的前辈推荐其作品在台湾发表，引起大片好评，他自己既无期待，也没费什么劲。宁妹子和他确定关系之后不久，因为她爸从盐业公司退休，便按政策调过去接班，继续过她甜蜜幸福的日子。妈妈则在电大毕业后，被调到局里办的子弟学校。她天生是吃这碗饭的，在全县讲课比武和毕业会考中几次打败那些科班出身的同行，后来教育局跟商业局协商，解决了商业局两个子弟上重点高中的事，把她调进县一中。外公对此极感欣慰，因为他曾经担任过这所省重点中学主持工作的副校长，而且老人家长期以来都在为当年被打成走资派导致成绩优异的妈妈不能读高中而内疚。

随着私人理发店的涌现，集体理发店越来越不景气。那些曾经快活到要疯了的姑娘们，大部分深陷其中无力自拔，才开始佩服妈妈当年刻苦攻读的先见之明，而完全忘却了那时的深重忌妒和刻毒嘲讽，对此妈妈只是淡淡一笑。当然，她们更多的是羡慕宁妹子的好命。妈妈也觉得自己是属于需要付出艰苦努力才能改变命运的人，而宁妹子是属于不需要付出太多努力就能获得幸福的人，这也可能是导致她俩日后交往越来越少的一个缘故吧。但偶尔在街上碰到，依旧亲热。那种亲热是发自内心的，因为说到底，两人曾共历人生中一段极其珍贵的岁月，并且都在有意无意间帮助对方安全度过。

我反复央求妈妈带我去宁姨家走走，实际上是想再见见诗人。那时极少有人在家中装电话，手机更是闻所未闻，妈妈只是答应在街上碰到她再说。我们县在整个地区算是大县，但城里也就那么几条街，走动之间经常会碰到熟人。尽管妈妈不常上街，但她总要出去买菜，所以我还是抱有希望的。每天妈妈下班后，我都急切地盼着她开口。但她说出的总是另一些话，让我好生失望，继而默默地期待明天。日子久了，我担心她忘了这事，忍不住鼓起勇气问，你碰到宁姨没有？妈妈说，你着什么急？我便不敢再多说，怕她一生气，碰到了也不提这事。

有天周六，吃晚饭的时候，妈妈没问我作业完成了多少，而是跟弟弟说，晚上我要带你哥哥出去玩，你是在家里呢还是跟着一起去？弟弟当然跳着要去。妈妈说，那今夜出去玩了，明天就要跟你哥哥一样，在家里老老实实写作业，看书。弟弟犹豫起来，眨巴着眼睛。我没等他做出决定，便问，去哪里？妈妈说，还去哪里？去你宁姨家。我便欢呼起来，这欢呼感染了弟弟，使他决定跟着我们去。而爸爸周六的例行活动是打牌，我们在不在家，他都要去牌友家打到我和弟弟睡了后才回。

这天晚上没有月亮，有些地段路灯也不亮，只有两边房屋泄漏出点点灯光。但我一点也不怕，因为有妈妈在前头领着。弟弟也不怕，因为就算有妖怪从暗处跳出来，比他高半个头的我在他身边挡着呢。起初我以为妈妈是想走近路，从老街转到新街，再插到大街上去，后来发现方向不太对，便说，文化馆在汽车站那边。妈妈说，他们不住文化馆了，搬新家了。是一起搬吗？当然是一起。我也知道这个问题很傻，但非要抛出来，得到肯定的答复才安心。

诗人是搬到盐业公司新修的职工宿舍楼。楼房有六层高，灯火通明，面向一块大水泥坪。这种敞亮跟文化馆的幽暗截然两样。妈妈敲门的时候，我的心加速跳动起来。里面传出清脆的应门声。门很快开了，露出张布满笑容的脸，亲热地唤着妈妈去掉了姓的名字。进门后，一个女孩站在日光灯朗照的客厅里，似乎正等着和我们玩。弟弟和她对视了一眼，两人目光胶在一起，都在努力辨认着什么。妈妈问，你是不是认得妹妹啊？弟弟咕哝着道，好像是隔壁班上的。女孩说，我不是妹妹，我跟他读一个年级。宁姨说，秋秋，你们还是同学啊，那最好啦。女孩说，不是同学，是隔壁班的。妈妈说，隔壁班的也可以称同学，只是不叫同班同学。秋秋没有反驳，转身从茶几上抱起一个饼干盒，揭开来，问弟弟和我吃不吃。弟弟两眼放光，看了眼妈妈后，见她没有反对，便伸手去拿。我却四处张望，心里有些焦灼，因为不见诗人的踪影。直到诗人的女儿把饼干盒顶到我胸脯了，我才随便拿了一块，塞进嘴里，却嚼不出滋味来。

　　寒暄了几句后，妈妈问，你家里的大诗人呢？宁姨说，前两天又带着相机跑到山里去了。我脑袋里嗡了一声，说不出的失望淹没全身。秋秋和弟弟显然有共同认识的朋友，两人越说越近乎，后来秋秋把她的宝贝漫画捧出来，弟弟便埋头翻这些他从来只是听说过的漫画。妈妈则由宁姨领着，参观新房的布置。我什么东西也不想吃，什么话也不想说，但也不想呆坐着，便跟在妈妈和宁姨后面，梦游一样。房间墙壁很白，地板很亮，但这不能引发我丝毫羡慕。妈妈倒是很有兴趣，见客厅跟卧室之间的墙里嵌了个又高又长的柜子，还是罕见的推拉门，说，这里可以放不少东西，还不占地方。宁姨说，哪里是放什么东西喽，他非要做个这样的柜子，经常躲在里面发呆。妈妈说，诗人毕竟不同些。宁姨叹了口气，也没看到他写出好多诗，一天到晚就是在外面跑，拍照片。我盯着那个柜子，没有挪动脚步。等到宁姨和妈妈去到里面房里，回头看了看，弟弟和秋秋还在热烈地讨论漫画里的人物，便轻轻拉开柜门，里面就放了个靠垫。脱下鞋子，我像猫一样钻进去，反身半蹲，轻轻推上门。眼前迅速暗下来，外面的声音瞬间变得遥远起来。我靠在一侧，伸长了腿，想象着诗人坐在这里酝酿他的诗句。恍惚间我闻到了一种陌生又熟悉的气息，这是从对河飘过来的气息。后来我躺下，头枕在靠垫上，跷起二郎腿，望着柜顶隐约的深黄色，如同望着天空，思绪飘得很远，又仿佛什么也没想。

　　你哥哥呢？妈妈一开口，声音又变得近在咫尺。

不知为什么，我能看到弟弟坐在沙发上，半张着嘴，茫然四顾。我还看到秋秋对着柜子手一指。于是柜门被拉开，妈妈半蹙着眉头，你躺在里面做什么？

宁姨从她身后露出半张脸，依然满是笑容，不要紧，想躺就躺。你不是讲他也爱写诗吗？

我顿时对宁姨充满好感，虽然放下了二郎腿，但没有起身。等她俩回到沙发上聊天后，我又拉上柜门，继续跷起二郎腿，感到有种说不出的悠然和自在。

此后我再也没有央求过妈妈带我去诗人家。能在独属于诗人的大柜子里躺上一回，我已心满意足。诗人在我的印象中永远是文化馆幽暗光线中那张古堡似的脸，我无法想象他在日光灯朗照的客厅里会是什么样，甚至也不能接受。读初三的时候，妈妈调去市里教书，我也跟着离开县城。直到这时，我才意识到，我从没真正去过对河，但也并不感到遗憾。在我的感觉中，早已和它建立起一种隐约又深切的关系，不会断掉。何况寒暑假的时候，我会回到县城，在外公家住上一阵，随时可以去对河。对河于我而言，依然是伸手可及又富有神秘感的地方。这种感觉很好。

三

初中毕业后我考上了省第一师范学校。这所学校保存着许多充满历史感的建筑，一种清朗悠远的气息在角角落落里悄然弥漫，让我刚置身其中时就深深地喜欢上了这里。起初我以为这种气息来自民国，不久后得知它有久远得多的历史。师范的前身是城南书院，建于1161年。这是一个太遥远的时间点，但因为空间的关系，我却能不时感知它的存在。

也许是从彼时彼地开始，我逐步建立起了个人的小哲学，也是关于感觉的哲学。简而言之，就是一切都是感觉，或者说，一切对于个人来说，都是在感觉中才生效。在每个人的感觉中，同样的时间空间，同样的事物，都是不一样的。而人与人之间的交流，都是建立在感觉的部分重合上的。当然，那时我还没有如此明朗的认知，却是走在了这条体认的路径上。我依靠感觉来生活，也依靠感觉来写诗，但还没有明确意识到感觉也是在不断调整和发展的。师范当然有文学社，据说影响还很大。所有的社团照例在每年九月来新生班招收成员。我却完全听从个人感觉，放弃了报名的机会。对文学社之类，我已不复有初中时的热情。我想诗人是不会加入什么文学社的，我应该像他那样，自由自在，无拘无束，在游荡中捕捉那些精微的感受。是的，游荡与写作，我那时已经隐约窥见了此生将如何度过，并尝试着进入这种状态。

我起初只在校园里游荡，独自穿过幽深的一重又一重门廊，或者走在寂静的木楼梯上，倾听脚步的回声。我太爱那些青瓦、黑灰色的墙和白色门框、窗框组成的建筑，有种简单又耐品的无声韵律。我经常探出小半个身子凭栏眺望。楼外到处都是树，鸟鸣不时滴落于肩头。学校建在妙高峰下，这一带本就有很多树，有些大树活了几百年，连民国年间那场震惊中外的火劫都能安然度过，已具仙气。我在闲逛的时候，总感觉这些老树在看着我，使我不敢胡作非为，连尿急了也是快步奔往厕所，而不像有的男同学，遁入附近某个偏僻角落就地解决。事实上，我是学校最不喜欢惹事、最悄无声息的男生之一，这反而显得异常。有调皮同学试探着来撩拨我，却意外地遭到了反击。在感受到我的力气后，他立刻放弃了再进一步的企图，还在我的姓氏后加了个哥字。我遂得以继续保持不被打扰的状态。

妙高峰只是块高地而已，并且，被大大小小的民房占据着。待到学校的每个角落（女生宿舍除外）都逛到闭着眼也不会走错的时候，我便像一只小兽偷偷离开森林，开始在附近游逛。省城的民房跟县城的民房没什么区别，有贴着马赛克的水泥楼房，也有歪歪斜斜的木板房。民房与民房之间的上空悬挂着五颜六色的衣裤，有的直接挂在电线上，这也跟县城没什么区别。让我感到惊奇的是，民房遍布的妙高峰横着块很大的墓地，独属于一人。附近居民把墓地主人唤作青山大王。事实上，这位青山大王是南宋宁宗朝的右丞相赵汝愚，后来被贬永州，途经衡阳时遇害，葬于此处，被追封为福王。我当时对赵汝愚的认知仅止于墓旁那道粉白色水泥碑上写的介绍，他到底做过些什么，为什么被贬，又是被谁害死，茫然无知，只觉得他当年从杭州被贬到我们这里来，最后孤零零地躺在妙高峰，怪可怜的。他死后被谥为忠定，想来是个好人。在墓碑前给他鞠了三个躬后，我就心安理得地在旁边亭子里闲坐。亭子油漆剥落，周围的树木倒长得高大葳蕤，所以并无萧瑟衰败之气。我爱这里的清幽，后来连月夜也敢上来独坐，凝视着那座孤独的青石坟茔。我甚至有些渴望福王能够现身，向我诉说他的平生功业和遭遇。那样我便会知道人于死后还能存在，这是一件多么令人欣慰的事啊！但青坟寂寂，月光清清，只有风吹树叶的寂寥声响。我想到死后可能一无所感，心便又酸又软。这是人生中第一次感受到汹涌而来的虚无。

对抗虚无的方式，除了游荡和写诗，还有一种方式，便是把自己深深地放置进书本中。火炬楼里有对我来说太丰富的藏书，我坚持每次只借一本，这样反而能迅速读完，然后再去借下一本。图书馆的阿姨跟我熟了之后，问我一次能不能多借几本。我坦言，多借一本，就感觉是个负担了。阿姨显然不能理解我的感受，把我看成是一个有怪癖的小书呆子。好在这个书呆子对书非常爱惜，这点让她颇为赞许，日子久了，我去还书，她都不用查看是否破损。

　　我喜欢半躺在床上阅读。舍友们对我的最深印象恐怕就是躲在上铺看书。上届毕业生走的时候留下不少草席，可以像纸张那样对折甚至三折四折。我挑了三张，两张晾在床侧的铁丝上，一张晾在跟另一床分界的铁丝上。铁丝本是用来挂蚊帐的，但蚊帐哪能像草席这样，严严实实封住外来的目光。我在这个由床板、墙壁、天花板和草席构成的小天地里神游，有书，还有笔记本和笔，随时可以写点什么。如果不是得应付考勤，我真不想去教室上课，除了在外面游荡、去食堂吃饭、在操场上玩玩单双杠，就是待在这个小天地中。教室里的灯火通明，日光灯质量太好、数量太多，而我，喜欢自然的光线，或是幽暗中亮一盏台灯。我还真从饭票钱里挤出一笔费用，经同学指点，去下河街那里挑了盏装电池的台灯。很小的一盏，样式朴素，没有多余的装饰，大概是出自哪个街道工厂。最重要的是，它只需装一节五号电池。在宿舍熄灯之后，于黑暗中发出一圈柔和的光芒，正好可以照亮一面书，而翻开的另一面则沉浸在阴影中。这是我喜欢的亮度，给被围住的床增添了秘境的感觉，还不会影响到别人的睡眠。只是一节电池通常只能用两个晚上，对于每个月生活费只有三百元的我来说，这也是一笔不容忽视的开支。我只能指望靠稿费来补贴。但我投出的诗歌无一例外石沉大海，而邮票和信封也是另一笔开支。

　　我有时翻看《校园文学》或《年轻人》上面的诗歌，觉得我写得好多了，难免感到愤懑和不解。班上有文学社新晋社员，发现我在写诗，三番五次表示要拜读。被纠缠不过，我又不想让他看我的笔记本，就从口带里摸出张纸块。这种长方形的纸块是我用作业纸裁的，游荡时带在身上，以便来灵感了就记下来。他看到的这首叫《中午》：

阳台上晒一些
干饭粒

刀
反复磨

日光
戛然而止

教室里
一颗算珠
亮了

　　他读了后，大皱眉头，你写的是什么呀？我说，就是自己的感觉。他又读了一遍，摇摇头，表示不理解，走开了，此后再没有和我谈起过诗歌。这让我松了口气，因为在我看来，他写的那不是诗，是口号。但问题是他有首诗还发表在《年轻人》上，题目叫《啊，美丽的校园》，而我却一个字也发不出来。现实如此，我不想认也得认，开辟财源，暂时只有另谋途径了。

　　同学中有家境富裕的帅哥，每天要对着镜子梳五六次头，走起路来咔嚓响的皮鞋也随时注意保持亮度。帅哥的主要事业是追靓妹。师范的靓妹可真不少。有的才进来时眉眼未展，似乎是个酸菜团子，但过了一两个学期，胸也挺了，眼波也流动了，腰肢也会轻摆了，竟如春花绽放，漂亮得让男同学当面不敢直视，背后抓耳挠腮。帅哥看上了其中一位，却出师不利，思来想去，决定采用古老的进攻方式：写情书。但帅哥非但字写得不敢恭维，而且文思枯涩，勉强划了半页纸便开始长吁短叹，最终未能成文。他先是向写出了《啊，美丽的校园》这等名作的同学求援，但该文豪面露难色，后来有人泄露小道消息，原来他自己写的情书屡遭退回。总之，文豪没有接这个活儿，而是出人意料地推荐了我。帅哥便又蹩到我的寝室，撩开草席，坦然说明来意。我本想拒绝，转了个念头后，又表示可以，但写一封十块钱，一手交钱一手交货。这可不便宜，帅哥却二话没说就答应了，但提出起码得写三页纸。我也二话没说就答应了。第二天钱货两讫。一个星期后，帅哥喜滋滋地请我再写一封，说上一封有点效果了，起码靓妹看到他没有回避，而是微微一笑，然后垂首擦身而过。三封过后，靓妹开始和帅哥约会。

有佳绩如此，生意便陆陆续续上门，有本班的，也有邻班的，后来还有其他年级的。我的文学事业无甚进展，却成了同学眼中的情书圣手。其中关窍在于除了感情热烈外，还要针对书写对象的性情爱好措辞。这种揣摩人物性格的本领，在我，几乎是无师自通。无意中，我还通过这种方式，建立起了在同学们中的超然地位，既跟他们有重要联系，又游离其外。这是让我感觉很舒服的一种状态。他们对我潇洒挥写的姿态极表钦佩，但日子久了，难免生出疑惑来：怎么没见我泡上哪个靓妹呢？

我其实也在暗中寻找心仪的女孩，然而眼中所见，不是浮艳得让我感到炫目只想低头避过（这通常是城市女孩），就是俊俏中有种我无法忽略掉的土气（这通常是农村妹子）。也有清纯如栀子花的，但有种白纸般的单薄感，我会远远观望，但产生不了上前拥抱的冲动。到底喜欢什么样的女孩？我也不知道，大概只有见到的那一刻，方能揭晓答案。反正我过得自在得很，对此也不甚着急，至少不像某些同学那样，嘴里念的、心里想的，都是以此事为大，恨不得一时三刻就能解决。

到了第二学年，我等也普遍混成了老油条或者自以为成了老油条。新生军训的时候，班上不少男同学去操场边围观，有的还带去了望远镜，以便站在相对远的距离精确发掘靓妹。我却在计划着这学期如何多攒些钱，好利用上学期五月开始的、令我欣喜若狂的双休日去长沙附近转转。当然，这钱不能从饭票里省，得替人多写些情书才行。然而这门生意全靠等人上门，而我的名声能不能传到新生班，新生班又有多少慷慨又无文的情圣，还是问题。为此我难免揪心，继而批评自己太俗，钱少就钱少呗，最多像诗人那样穷游。然而一想到诗人手里有相机，我却无此等利器，便又开始发愁，走在路上也是低头蹙眉。旁边突然传来地道的家乡话，抬头一看，公用电话亭有个妹子正贴着话筒又说又笑，映入眼帘的是她的侧面像。

我顿时像被电打了一样。

她挂上电话的那一刻，我打了个激灵，跨步上前，用家乡话问，你是飞龙的？

妹子愣了一下，是的。

飞龙哪里的？

对河。

我是街上的。

那我们是老乡。

是的。你是哪个班的？

明显犹豫了一下，她到底还是告诉了我。

好巧，就在我们教室下面。

她突然感到害羞起来，老乡，那我先行了啊！

点点头，我望着她走远，期待她能够回一下头。但她马尾发一甩一甩的，直接消失在道路拐弯处。

这个晚上，我看不进书，也写不了东西，靠在床上发呆，眼前尽是她那张俏丽的脸。很多年后，我在荧屏上看到刘亦菲演的小龙女，顿时又想起了她。她跟刘亦菲有七分像，但没有刘眉眼间的矜持和傲娇，而是显得自然淳朴，却无土气。我想，只有对河这样的地方，才会出现这样的女孩。我的心变得又酸又软，同时血液开始暗暗燃烧。

爱上一个女孩是件又甜蜜又痛苦的事，对我这样自由自在惯了的人，尤其如此。以前漫无目的之游荡，现在变成了暗藏目的之逡巡。课间休息我在楼道里上上下下，吃饭前后我在食堂旁来来回回。也碰见过几次，但她都是跟同学在一起说说笑笑，根本没注意到我。我担心她忘了我这个老乡，但旁人在场，也没有上去打招呼的冲动。我只想跟她单独相对。但她几乎还不认识我，只顾着叽叽喳喳讲着塑料普通话。我在心里说，你讲飞龙话才好听。真的，我以前不觉得飞龙话好听，但那天听到你打电话时，才第一次感到，飞龙话是如此有味。但她听不到我的心声，她是那么快活无忧，总是说着说着就笑起来。她的笑容和笑声也是那么自然，既不夸张，也不故作羞涩。我想，我喜欢的女孩原来是这样的啊。

渐渐地，我摸清了她的行动规律，甚至还知道她名字的发音，只是不能确定名怎么写，但姓是无疑的，赵。至于是叫赵小青赵晓青还是赵小清赵晓清，我觉得都好。她白天课间喜欢去楼下走走，晚自习课间就靠在走廊栏杆上闲聊。晚饭后常和同学挽着胳膊在操场上散步，有时也会出校门买点东西。几乎不去图书馆的，但我并不觉得这是个缺点。天然美好的女孩是不用读太多书的。穿着方面她既不赶时髦也不显得寒酸，校卡规规矩矩佩戴在胸前。她的乳房发育得充分，但从不刻意挺着，呈现出一种自然的饱满。她走路有点外八字，但腰身窄，仿佛有弹性，所以姿势还是好看。当然，我最欢看的还是那张脸，正看侧看都是如此秀美，颊边还有两团似乎永远不会消失的红霞，水色极好。很期待能闻闻她身上的味道，尽管我已预知那是对河的气味，一种自然的芬芳。这个愿望越来越强烈，导致我迷迷糊糊，忘记了掩饰。

经常和她一起散步的高个女孩发现了我的异常，或者早已注意到我的尾随，在她耳边小声说了两句。她扭过头来，黑白分明的眸子直瞅向我。我猝不及防，一时间非常担心她把我看成小流氓，直接叫出了她的名字。她露出惊讶的表情，随后认出了我。老乡，好久没碰到你喽。我如释重负，是呀，好久没碰到了。你怎么晓得我的名字？我当然晓得。高个女孩目光含笑，那我先行了。她立刻大窘起来，挽住她的胳膊，我们一起行。走了两步，又回过头来礼貌地向我挥挥手，老乡，我们行啦。我也只有挥挥手。高个女孩又在她耳边说了句什么，她轻轻打了对方一下，高个女孩发出揶揄的笑声。

应该是从这时开始，她真正记住了我。两人碰上了，她会主动叫声老乡，然后眼帘下垂，透着点羞涩。不消说，高个女孩的打趣在她心里种下了一点什么。我忍不住告诉了她我叫什么，但下次碰到，她还是叫我老乡，这让我未免沮丧。高个女孩其实也算老乡，不过是市里的。我虽然现在家住市区，但从来只把自己看成是飞龙县的，所以并不觉得有老乡的亲切。她却仿佛觉得有义务帮我多认识几个广义上的老乡，有时碰在一起多说上几句，她总是提及班上几个昭市来的同学。我却只顾着看她的眉眼和表情。跟我直勾勾的目光一碰，她眼睛立刻转向别处，羞涩中还有几丝慌乱。但她也并没有因此刻意回避我，下次见面，依然会高高兴兴地打声招呼。她似乎没有不高兴的时候，但我认为她见到我的高兴跟其他时候的高兴是不一样的。如果有人要质疑这点，我会暴跳如雷。但班上无人知道我的情感动态，他们已经习惯了我张开耳朵倾听同学们的情感故事，而把自己的心事锁在深处。

这学期的情书业务趋于清淡，我却并不为此烦忧，因为心思已不在这上头。让我后来深感懊悔的是，我居然没有发挥自己已经得到验证的长处，写真正的情书，属于自己的情书。我当时固执地认为有些话得当面说出来。而那些暗夜中的思念和想象，则应化为诗句。

> 长河吐出一串响亮的珍珠
> 贝壳却沉入梦中
> 仿佛不曾在人境
> 乌篷船忘却了烦忧
> 鱼鹰敛翅独立
> 它刚刚从朱耷的水墨中走出
> 屏息等待着什么
>
> 我听出了声音的渊源
> 它不在蓝山的背后
> 它在一切生灵的寂寞里
>
> 而你
> 正在对岸向我招手
> 一尾青鱼跃出了
> 浪花的前奏

在又美好又迷惘的梦境中，她就站在对河那片草坡上向我招手。但梦中没有桥，渡船上也不见船夫，我只能站在这边岸上，双手拢在嘴边，向她大声宣布我的心意。奇怪的是，水面上仿佛真空地带，声音到了那里立刻完全消失。喊了一阵后，我期待她能够上船，自己划过来。她却跺了跺脚，转身往田埂上走去，马尾发一甩一甩的。独留我站在对岸，痛悔当年没有学会游泳。醒后眼睛湿湿的，想是在梦中流下了泪水。但在诗中我摒弃了那些伤心的情节，坚决把她的招手看成是"浪花的前奏"。然而在现实中我们连水花都没有。辗转反侧了许多回后，我不想再停留在憧憬和想象中，决定约她一次，时间定在圣诞节的前几天。

那天晚上，第二节晚自习的下课铃才响起，我就已在她教室前的走廊上守候。涌出一拨又一拨人，却不见她的踪影。我突感烦躁，几步挺进到前门口，探身往里面一瞧，教室里只剩下一小半人了。她正好从座位上站起来，目光投向门口。见到我，她愣了一下，立刻往两边看，仿佛在寻找什么援助或者建议。高个女孩接住了她的目光，掩嘴一笑，然后望向我。她也只得再次把目光投过来。我对她招了招手。她又望向高个女孩，高个女孩只是笑。教室里有几个同学注意到了，也面露意味深长的笑容。她低下头，似乎咬了咬下嘴唇，然后快步向我走来。

你要做什么？

散步去。

她脸上红晕迅速扩散，目光慌乱起来。我挡在门口不动，明显如果不答应就不会撤退。她应该想象得到那些同学都在望着我俩，表情诡秘，连回一下头都不敢，用极小的声音说，行喽。

我转身往楼下走去。她默默地跟在后面。在我的记忆中，楼道里空荡荡的。在这种时候必须是空荡荡的，只听得到我俩的脚步声和心跳声。我很希望她快走两步，和我并肩，但她只跟在身后，保持两尺的距离。

去哪里？

就到操场上。

她嗯了一声，语气轻快起来，显然这个地方在她的心理接受范围之内。

你好像蛮少在操场上散步。

嗯，你倒是经常在这里散步。

你怎么晓得？

我经常在操场边上看到你散步，不过都是跟别人。

我不喜欢一个人散步，我喜欢边行边跟别人讲话。

是啊，我看到你老是又讲又笑，没停过。

她轻轻笑出声来，大概不好意思老是缀在后面，跟我并肩而行，但依然保持两尺的距离。我侧头看着她。我只想这样一直看着她，哪怕什么话不说，都很好。但她不说话就不自在，我只有和她谈论对河往事。她告诉我住在对河供销社，家里还有个弟弟。我惊讶于她家里怎么还能生两个，她说，我爸爸就是为了这事挨了处分，顿了一顿后又笑起来，还好，没有开除。她又说了小时候和同学特意去坐渡船过江的事，还说自己被同学叫作小胖子。

你这么苗条，怎么胖了？

我真的胖，我现在身上肉也好多。

我瞅了她片刻，你骨架小，所以不显形。

是这样的。她赞许地看了我一眼，这让我放松了许多。

快走到单杠下的时候，她突然说，我晓得咧，你文章写得很好。

脑袋嗡的一响，我的第一反应是她听说我给人写情书收钱的事了，顿时半张着嘴，欲辩无言。她却依然是高高兴兴的样子。这让我稍稍落了点心。为了迅速转移话题，我纵身抓住单杠，一口气打了十个大车轮。其实就算不为转移话题，我也会舞弄一番的。这几乎成了我的定式：我本以文才见长，却总喜欢依靠展示勇力来博取异性的欢心。从单杠上下来后，我努力暗自调息，不使自己露出气喘之态，然后得意地望向她。

我体育成绩最差了，连一个都做不了。

很容易的，你做一个试试。

她连连摇头加摆手。

怕什么，我在下面护着你。

不行。

我不敢勉强，却又不愿就这样和她返回，便向校门口走去。

你到哪里去？

陪我去买点东西。

等下要关门了。

还早呢。

她没有反驳，低头默默地走。气氛有点凝滞，我却没有试图去破解，一门心思要实现刚刚冒出来的计划。两边树叶沙沙地响个不停，平常听着悦耳，这时却嫌它们响得太着急，仿佛在提醒我们时间溜得很快。那一重一重的门廊此时也让我觉得过长过多，似乎永远也穿越不完。终于到了门口，而她并没有反身要走的意思，这让我松了口气，既而有点愧疚。她是个好女孩，既然答应了我，就算担心宿舍关门，也要陪着去。好在精品店就在斜对面，跨过马路就到了。

我问她喜欢什么。她望着各种各样闪闪发光的小物件，摇摇头。我挑了一个魔方大小的微型梳妆盒。这种盒子有两个小抽屉，却连一盒冷蝶霜都塞不进。但学校的女生们都喜爱这类精致的玩意儿。我也承认它好看，后来才晓得，这是属于螺钿工艺品，当时也要十二块钱呢。我却掏得一点都不心疼。像极了古龙小说中老板娘的老板娘，望望已经折到门口低眉等候的她，然后含笑问我要不要包装。我点点头。她拿出张蓝光闪闪带花纹的塑料纸，包好，用细绸带扎紧，动作轻巧迅速，像是闭着眼也能完成。

我一手抓着礼品，和她返回学校，一路上谁也没有说话。快到操场的时候，我把礼品横到她面前，送给你。

她受惊似的，侧着身子退后半步，说，我从来不收男的送的礼物。

未必你爸爸的也不收？

那怎么一样？

你哥哥的呢？

我没有哥哥。

那你弟弟的呢？

她扑哧一笑，随即敛容道，你莫逗起我笑，反正我不会收的。

手僵在半空好一会儿，见她神色坚决，我手一甩，把礼品丢进了旁边的灌木丛中。

你干吗丢掉呢？

我送出去的东西不会收回。你不要，我只有丢掉。

你这人好怪。

我没有反驳。她也不再做声，低头前行。直到分手的时候，我俩都没有说话。进宿舍大门的时候，她稍稍停了一下，略略回头，似乎想跟我打声招呼，但又迅速回正了。就是这个微小的动作，让我心里不那么悲凉了。

一直到放寒假，我都没有去找过她。有时在路上碰见，两人也只是勉强一笑，彼此都尴尬。我其实很想装作什么都没发生过，像往常那样，很自然地跟她打声招呼，聊上几句。但仿佛有道无形的障碍在禁止着我这样做。如果高个女孩在旁（十次有九次都在），总是瞅瞅她，又瞅瞅我，然后露出自以为会心的笑容。这番做作其实添加了障碍，让她更加不自在。为了减少她的尴尬，我只有加快脚步离去。但每回刚走远，又立刻渴望再见到她。这种心情实在太折磨人，令我连躺在床上也看不进书。我只有尽量去外面游荡。吃过晚饭后，我不再在食堂边徘徊，而是低头匆匆穿过校园，要么往左拐，插大椿桥巷，一气走到白沙井，在三眼清波边盘桓，要么向右转，去更远的湘江边徘徊。在这种状态中时间溜得很快，我仿佛想了许多，又仿佛什么都没想。有好几次直到灯光映入水中，我才惊觉快上晚自习了，连忙拔脚往回赶，还是被考勤的学生会干部抓住。只有到双休日，我才不受时间的限制，常常走到江对面的岳麓山，或者去黄泥街逛上大半天。在游荡中，纠结的身心会松弛下来，甚至进入一种稀释状态。将自我稀释于绵延的景物、流动的人群中，烦恼自然消散。我靠游荡维持住了内心的平衡，没有陷入失恋的阴郁泥潭不能自拔。或者我在意识深处并没有认为自己真的失恋，她也不是真的拒绝。这到底是真实还是虚幻，都不重要，重要的是我感觉还不是很惨，还有希望。

从送礼被拒到放寒假，之间的时间很短，却发生了一件出乎我意料的事情：放弃了情书业务。事实上，在那家伙经人介绍来找我之前，我都没起这个念头。只是看到他梳得油光水滑的头发，突然心头火起，冷冷地拒绝了。我说，写什么情书喽，情书上的话都是假的，只有当面讲才是真的。那家伙露出不知所措的表情，过了片刻后才说，价钱好商量。我一挥手，不写了，给一百块钱也不写。他愤怒地瞪了我一眼，我也瞪着他，一直没挪开目光，直到把他瞪跑。室友目睹了这一幕，问，送上门的钱，你怎么不要了喽？我说，不想干这种事了，再也不干了。室友叹了口气，你呀，就是个怪人。我说，你今天才晓得啊？见我语气不善，他便出去了。

接下来我的心思转移到应付期末考试上。我是及格万岁主义的坚定实践者，于功课上不甚用力，但语文、历史、地理、普通话口语总得高分，其他也不会挂科，每次都是轻松过关。寒假到家中没几天，我便又收拾行李，往汽车西站搭乘去飞龙的车，到外公家小住去了。这是惯例，只不过这次提前了而已。

外公原来住在县一中的教师宿舍，青砖楼房，楼下还有菜地和葡萄架，本来很可颐养天年。奈何楼下住着个教数学的眼镜货，当年学校搞基建时去工地上拿了些木材回家造鸡笼，被外公批评了一番，责令退回，怀恨在心，待外公一退休，便常寻隙谩骂。外公倒不怕跟他对骂，只是心疼体弱的外婆为此怄气，下决心拿出全部积蓄，又让舅舅们凑了些钱，在十井铺买地修了栋三层楼房。在这楼房中我闷了几天，精读完带来的《朦胧诗选》，才出门游荡。

这次我有明确目的，却故意绕道，走到邮电局的时候，拐进老街，慢慢地经过缝纫社、照相馆、理发店和百货公司，转身从坡顶走下来，把老街上半段又重温了一遍，再往下走。左边的老渔具店还在，我在那里花一毛五分钱买过一个渔钩和一段渔线，制作了平生第一根钓竿。坡底右边的租书店也还在。仍是旧式门板，开门时要一块一块卸下来。地面是水磨的，无论何等炎热，只要走进去，就会感到一股阴凉之气。那个坐在柜后戴着玳瑁眼镜的老板样子一点都没变，或者他从来没有年轻过，所以现在也不见苍老。书店过去拐个大弯就是清真寺，还是晚清时修建的。这一带住着好些初中同学。我努力辨认着街边每一张脸，却没有发现熟悉的面容。些微的惆怅浮动心间。我没有徘徊，右转到拗街上。这又是一条上坡路，虽然没有老街那么长，但坡度更陡，几乎像条山路。坡的顶端矗立着凉亭，右边就是老码头和半边街。

　　街面的青石板比过去更加松动了，走起来不时发出响声，让我担心若是踩得重了，石板会翻过来。街那头便是采沙场，看上去像废弃了，呈现出一种荒凉的寂静。到了桥头，我深吸一口气，踏了上去。桥上来往的车辆明显比过去多，以前罕见的小车已成为常客。江面上早已看不到排的踪影了，听说是因为下游建了不少水电站，排已经不能像过去的许多年中，一路从苗疆畅游进洞庭湖，再入长江抵达汉口。对着上游方向，我站立了许久。期待能有个熟悉动人的声音在耳边响起，然后我转过身，邂逅那张一见便生欢喜的俏脸。但无人唤我。我把目光投向对岸的那一带草坡。那是当年诗人和宁姨、妈妈他们拍照的地方。虽然草色青青，我眼前晃动的却是黑白场景，这色调直接来自妈妈相册中的老照片。隔着遥远的时光望过去，所有的艰辛都被过滤，只呈现出单纯和浪漫。我突然想，要是她也爱好文艺，那就更好啦。我以前从没有在乎这点，现在其实也没有在乎，只是冒出这样一点希冀而已。为什么会这样想，我不明白，也只是一闪念而已，就像鱼儿冒了个头又迅速消失在深水中。江边的草重新变回青色，我不再眺望，不再想象，毅然扭身往桥尾走去。

　　第一次感觉桥是这么短，在我还没有好好准备的时候，便踏上了对河这条弯月形的毛马路。除了形状跟月亮相似外，凹凸不平的路全无月亮的诗意。目光左右搜寻，我没有看到一家铁匠铺，也没看到卖麦芽糖的摊子。待走到中间部分，也是这条街拐弯的部分，供销社的红砖门面乍然挨上来。不用打听我也知道这是供销社，因为门市部上面那几个白底黑漆的字虽然陈旧，却依然清晰。我向门市部的阿姨说出了她的名字，阿姨打量了一下我的模样，指了指旁边的拱门，说她家就住在二楼，然后又开始埋头打毛线。

　　红砖楼房，水泥楼梯和扶手，幽暗的光线，还有微微的霉味，这一切跟街上许多单位的老宿舍没什么区别。二楼走廊上挂着的衣物和门边炒菜的炉子也是如此熟悉。走廊顶头自然有扇窗，阳光在窗口强烈地迸发，却难以深入。我对着阳光走去，十余步过后，见旁边两间打通的房子敞开着，里面有个男孩正在钻桌子。从桌下出来时，他一抬头，正好看到我，那眉眼中有我熟悉的影子。

　　我问，你姐姐在家吗？

　　男孩还没回答，她已闻声从旁边的屋子走了过来，见到我，竟像见到鬼一样，对男孩说，快把门关上！

　　本来跨一步就能进去，我却僵在门口，眼睁睁地看着男孩把门关上。他虽然忠实地执行姐姐的命令，却在门关上前又瞄了一眼，目光中闪动着好奇。

　　像是有只手把心攥紧，我却还不死心，在门口唤着她的名字。

　　她就在门后，带着哭音说，你快行喽！等下我爸爸回来了，会打死我的！

　　她的哭音让我动摇了，但我还是不甘心就这么走，说，我就想见见你。

　　我求你喽，你快行喽！

　　我几乎能看见她在门后惊慌失措的样子，像个小女孩。一瞬间我突然意识到，我喜欢的并不是这个小女孩，而是另一个她。我没再吭声，默默地，带着无比的沮丧离开了。下楼时我与一个穿深蓝色中山装的男人擦肩而过。他有一张几近干枯的脸，带着怀疑的表情审视了我一眼。我不知道是不是她爸爸，也不想知道，一心想快点离开这里。

到了桥上，我没有回头再看一眼。桥上人车依旧，风中依然有河流和青草的气息。走着走着眼睛便酸起来，然后是泪水溢出。我没有伸手去擦，也没有低头掩饰，而是在风中疾行，怀着越来越深的后悔和悲凉，离那个对河越来越远。

离 乡

一

终于练成铁布衫的时候，雷安野对着屋顶大吼了一声，但并未能将屋梁上的积灰震落分毫。这主要是因为屋顶好几处破漏，窗子非但失踪了当初钉得严严实实的塑料布，连窗棂也只剩下些许残根断梢，像牙齿掉得差不多却又顽固张着的大嘴巴。这样的空间实在难以产生良好的震荡效应，绝不能因此否定雷安野气息的充沛和声音的洪亮。事实上，经过长达五年的清修和苦练，雷安野元气充沛得仿佛能从任意一块肌肉里冲爆而出。但这只是他的感觉而已。他并不能够将气从体内沿着某个部位发出去，那不属于铁布衫的范畴。他所能抵达的极限就是持柴刀用力砍向自己的胸膛或者肱二头肌，而上面只会留下一道将迅速消失的白印。至于木棍加身，或者锤击腹部，他已经找了村里几个半大不小的留守儿童帮助验证过了。起初他们犹豫着不肯动手。但他以一着果断的头开红砖打消了他们疑虑，并让他们在越来越兴奋的击打中连连发出类似野兽的叫喊。现在他拂拭着那一线锋利的刀刃，独自沉浸在大功告成的欣喜中。当然，他也没忘记，只能直砍，不能横拖，这也是祖传绝技的极限。但他觉得自己有把握在对手横拖之前就用手臂把刀弹开甚至磕飞。空手挡刀，也足够威震天下了。他想象着自己扬名立万的场景，脊柱感到一阵轻微的战栗。

穿好上衣，雷安野提刀走出了这座荒屋。屋子原来属于一个五保户。自从五保户在一个雷电之夜硬在床上之后，这座山坡上的土砖屋就极少有人进来过，直到被他用作练功房。从十四岁到十九岁，许多个白天他都在这荒凉安静的土砖屋中修炼。他转身看着这座面容斑驳的老屋，眼睛有些发酸。这不应该是神功练成后的情绪，但雷安野没办法抗拒。呆立了好一阵后，他猛地转身，甩开双臂，往坡下走去。

阳光浩大，两山间一片平地狭长。这片平地被称作千古坳。似乎从盘古老祖开天地以来，雷家就扎根在了这里。村里没有比雷姓更大的姓了，就连那些外姓人，也是通过联姻才能够在这里安身。只是如今不管雷姓还是外姓，大多去了沿海地区打工，剩下的以老人和妇女居多，还有尚不足以出去闯荡的孩子。雷安野勉强上完初中就辍学了。没人为此责怪他。除了罕见的几个读书种子外，村里人都觉得能认得字，会算数，就够了，哪怕是去外面的花花世界也不用担心受人欺瞒。何况现在的小辈，只要上过初中，成绩再差，也能随便甩出几句三克油锅得白之类的英语，那更是啧啧啧了不得，在老辈人眼里，就算是去外国打工也放得心了。遭到责难的是他并没有追随父辈和兄姐们外出打工，而是向身患严重风湿的大伯学习族里已经无人肯练的铁布衫。大伯功夫早搁下了，但还牢记着全套的口诀和练法。对于传授侄子铁布衫这件事，他既没表现出什么热情也没有丝毫保留。毕竟，铁布衫是祖传绝技，雷家的祖祖辈辈依靠它对付了许许多多凶险：宗族械斗、土匪劫道、乱兵入村，还有从林子里突然窜出的野兽。尽管这一切现在都不存在了，但眼睁睁地看着这门绝技就此断掉，总觉得愧对祖宗。有一个直系血亲想继承这门绝技，他没有推辞的理由。他肯学，他就教，很简单，也很平淡。没有电视剧中三番四次的考验，也没有磕头不止长跪不起的动人场面。阻力来自雷安野的娘龙芳妹。都什么年代了，学这个干啥？她唠叨过好长一段时间。她觉得雷安野既然不读书，就该出去打工赚钱。每当龙芳妹唠叨的时候，雷安野总是说，练好了就去打工。你没听爸讲，外面乱得很呢。练好了我出去就不怕挨打。龙芳妹还是没想通，那怎么你爸你哥他们没练也出去了呢？他们怎么不怕挨打？雷安野说，他们不怕，我怕。我胆小。这已经是在撒娇耍赖了。但撒娇耍赖是儿子对付娘最有效的招数，无论是方世玉的娘还是雷安野的娘，面对这种招数，最多是翻一个无奈的白眼，只得由他去。何况雷安野还主动把家里的粗活全包了，干得又快又好，让村里的其他妇女大为羡慕。龙芳妹的唠叨也就逐渐消失，甚至没问过他到底练得怎么样，什么时候能练成，似乎已认识到有个儿子一直留在身边也好。但现在她想留也留不住了。雷安野要走了。然而他认为自己不是去打工，而是闯荡江湖。这里面区别很大，就跟猪油仔和黄飞鸿的区别那么大。不过为了省得龙芳妹担心，雷安野还宣称自己是去打工。

龙芳妹一时没反应过来，脸还埋在碗里。雷安野又说了一次，她才抬起头来，看着雷安野，脸上似乎有点黯然。过了片刻，她才叹了口气，出去也好，你也该出去了。我是年纪大了，又没什么技术，不然也跟着你们去了。

雷安野清楚如果爸爸愿意带她出去，她其实也能帮着在工地上煮煮饭，领份工钱。但爸爸就是不想她跟在身边。年纪大，没什么技术，这其实是爸爸甩出来的两大理由。后面还跟着句令娘面露羞愧却又哑口无言的话：在外面没人要。雷安野当时听了，也觉得刺耳，忍不住瞪了雷平红一眼。好在他又缓和了口气，说屋里也要有人看着，田虽然不种了，但那几块菜地还得有人打理。龙芳妹其实也舍不得那几块菜地，又想着男人每年带回来的钱比过去辛苦种田的收入高得多，也就没跟他争了。看着她那张过早干枯的脸，再想到爸爸在外面风流快活的传闻，雷安野又觉一阵心酸，把脸埋进碗里。他期待母亲能问问功夫的事，但她只是念叨着要多带点衣服，又说得问问村里有没有其他人去东莞，也好结个伴。

要结什么伴？我现在一个人走到哪里都不怕。

你真的练好了？

练好了。不信你用菜刀剁一下我试试。

要出门的人了，莫提动刀的事，不吉利。龙芳妹说完，还对着空气呸了两声，把这不吉利的话呸走。

被她呸得消了劲，雷安野闷头扒完饭，起身走出堂屋。

初夏山村的夜风仍挟着寒意，但更多的是温润和清凉。水田大半荒芜，蛙声早已不如过去那般齐整，但仍跟山月一样响亮。雷安野踩着草绳小路，目光始终落在脚尖前两三尺处，提防着懒卧道间或横穿而过的蛇。虽然练成了铁布衫，他还是担心遭蛇咬。那又尖又细又毒的牙，他没有把握崩开。何况蛇的速度太快，只怕还没来得及运气就已经咬上了。好在一路上并没有蛇出现，它们的心思大概集中在青蛙身上，并无兴趣来考验铁布衫的成效。上了两层田埂，对面竹影婆娑处，便是大伯的家了。大伯家的狗远远地闻到他的气息，摇着尾巴迎了上来。雷安野蹲下去，摸摸它的头，"豹子"，我练成铁布衫了。"豹子"听不懂，但能感受到雷安野语气中的喜悦，尾巴摇得更欢快了。雷安野起身往堂屋走去。门是开着的，却没有亮灯，倒是后面的厨房有光亮和响动，左边厢房也泄漏出几丝微弱的光。雷安野心知伯娘在厨房里忙，而大伯肯定窝在厢房中。大伯夜晚独自待房里时，往往不开电灯，却会点上一盏煤油灯。他说就喜欢闻这个味。雷安野轻轻推开门，"豹子"却不敢跟进去。它在门边趴下来，蜷起身子，竖着耳朵。

大伯。

大伯正靠在床头，腿上还盖着一层薄被。他点点头，凝视着雷安野，直到他拖过一张椅子靠床边坐下，才开口。

练得差不多了？

差不多了。

你把头伸过来。

雷安野探低半个身子。大伯在他太阳穴上按了按，又掐了掐他的咽喉，方缩回手。雷安野满怀期待地望着他。

这两个地方练到了，也算可以了。

那个地方我也练到了。

找人试了么？

试了两次。都是十几岁的半大伢子，有几斤脚力，随便踢，没卵事。

嗯。就怕碰到高手，用脚尖发透劲来点。不过现在这样的高手也难得有了。

你碰到过么？

大伯摇摇头，只是听老辈人讲过。以前江湖上还有种卖解的女人，会用脚尖点人，她们的鞋尖是铁做的，实际上还没练到那一步。

以前是好久？

露出费力思索的表情，大伯过了好一阵，才慢吞吞地说，起码是在国民党手里，有的老辈人还是从清朝过来的，讲的恐怕是皇帝老子手里的事。

那是有蛮久了。大伯，你讲讲你们这一辈江湖上的事喽。

我们这一辈啊，是在毛家爹爹手里长大的。他管得太死，连挑副担子出门做点小生意都喊作是投机倒把，无论什么事都只准公家做。在他手里已经没有什么江湖了。

难道江湖已经灭掉了？

那倒没有。反正公家管得越严，江湖就越小，管得越松，江湖就越大。

那现在呢？

看现在这样子，应该是有，但肯定不是过去的江湖了。到底是什么样子，我十多年没出远门了，心里也没谱。

我过两天就要出去了。

嗯。出去好。年轻的时候就要到外面闯荡，等老了，走不动了，还可以跟后人讲过去的故事。就算讲不动了，还有东西可以想。

我是想像黄飞鸿那样，去江湖上大干一场，也显显我们雷家人的威风。

黄飞鸿是哪个？

是个武林高手，好多电影都拍过他。

嗯。我不爱看武打电影，一看就晓得是些花拳绣腿。

嘴唇嚅动了一下，雷安野看到大伯眉间那个深深的"川"字，到底没有出声。

房间陷入沉寂，煤油灯焰也似乎凝固了。大伯拿起旱烟管来。村里六十岁以下的男人，只有他还在用这个，其他人早就叼上纸烟了。管身两尺有余，粗如野鸡蛋，摩挲日久，已起了包浆，在晦暗的房间里泛着层幽光。雷安野总觉得这是件武器，甚至想象大伯能用它来打穴，就像武侠电影或小说中随身带着旱烟管的高手那样。但大伯每次只是从烟袋中拈出蓬烟丝，轻轻压进铜烟锅，划一根火柴点燃。如今都时兴用打火机了，他还是火柴不离身，还是习惯从下往上划燃。每一个动作，都契合雷安野小时候的记忆，从未有丝毫走样。大伯依然吸得深，一口烟闷了很久，才从鼻孔里钻出来。只有在这时，他才会透出些许欣快之色。

大伯似乎不想再说话，叼着烟杆，望着壁脚，仿佛陷入了往事中拔不出来，也不想拔出来。雷安野觉得坐不下去了，说，大伯，你自己多保重，我回来再来看你，便站了起来。大伯点点头，似乎想叹口气，却把那一声唉收在了嘴唇边，只是说，你去吧。侧身拉开厢房门，雷安野又回望了大伯一眼，发现他的目光还黏在自家身上，顿时心口泛起一阵酸又旋着一团暖。想再说点什么，大伯却已把目光挪开。他只有跨了出去，反身把门掩好。伯娘还在后面忙碌，只是不知在厨房中还是移到了屋后的猪圈边。凝立片刻后，雷安野半转身往堂屋外走去。"豹子"跟了出来，几乎是衔着他的脚跟走。到了坪边，雷安野又蹲下去，摸了摸它的脑袋，又跟它贴了贴脸。"豹子"，你回去吧。"豹子"没有再跟着他下坡了，但也没有转身，而是把前脚勒在坪沿，两只眼睛在夜色里执拗地亮着。

二

中巴车核载十九人，雷安野第二十六个上车。镇上没有车站，全是过路车。两个年轻人先他一步上车：一个矮壮，理了个圆寸，远远望去近乎光头；一个瘦高，头发蓬乱，额前染一绺金色。本来驾座旁边的大铁罩还有个空当可以靠着坐，他俩只扫了一眼，就转身把自家插在后面过道的空隙中。不解为何把这个明显要舒服些的空当让给自己，雷安野绽开大嘴冲他俩笑了笑。"圆寸"面无表情，"金发"咧嘴还了一笑，满嘴龅牙显露无遗。雷安野又笑了一次，才把看上去几乎要胀破的双肩深蓝色牛仔布包卸下来。这包是特大号，加厚，装满东西后，上遮双肩，下盖屁股，原是他哥雷安壮的装备。雷安壮在外面打了几年工后，换上了到处闪烁着金属扣件的中号皮革背包，再拖一个大拉杆箱。他到底没把这包丢掉，而是带回了家。雷安野见了这包就欢喜，觉得够大够结实，雷安壮嫌土气，他还觉得他哥的新包太女气呢。临行前龙芳妹恨不得把半个家都装进去，雷安野也随她去舞弄，只是不肯让她送到镇上来。现在他把这包蹾在大铁盖上，往里推了推，再反身靠在包上，屁股还稍稍能坐到一点边角。雷安野觉得很满意，双手横抱胸前。他还不太习惯跟许多陌生人挤在一起，目光投向窗外。窗外的房屋开始往后退。等到退得快起来，房屋变成了树木。路上的车并不多，除了这种主要拉乡镇客的中巴外，就是货车，间或也能看到一辆小车掠过，其速度令中巴和货车望尘莫及。如今更多的车在高速公路上狂奔，一日千里不在话下。雷安野倒不渴求那种速度，他希望在路上的时间能够多一些，最好是走走停停，四处看看。电视中侠客们的精彩故事很多就是在路上发生的，他们骑着马，背着剑，披风飞扬，一个字：帅。这样宽这样直的路，骑马狂奔应该很爽。他记得小时候村里还有几匹马，后来都消失了。目光在田野上搜索，雷安野非但没看到马，连人影都稀少，觉得失望，目光转回车内。感到"金发"姿势和表情都有些不对，他多看了两眼，便直起了腰。

"金发"身体微微下沉，右手和旁边乘客的口袋连在一块儿。雷安野下意识地要出声喝止，但想着他刚才的笑脸，不算朋友也是熟人了，觉得有几分不好意思。正犹豫间，"金发"已经得手，边往口袋里塞钱边向车门边走。"圆寸"在后面叫道，师傅，踩一脚。司机很配合，立马踩下刹车，但动作并不猛烈，车停住时只是微微一晃，那个被偷的乘客还在打瞌睡。雷安野一直瞄着"金发"，"金发"又对他一笑。不晓得自己是该笑还是不该笑，或是扑上去扭住他，正迷茫间，连"圆寸"也已下车。当雷安野终于决定大喊一声抓贼时，门已关上，车子又晃起来。两个家伙并没有飞走，而是在路边蹲下，掏出烟来。他俩从视野中消失后，雷安野还在懊恼，仿佛一不留神吞下只苍蝇，却吐不出来了。直到下一个镇，有拨乘客下车，他坐上空出的位置，仍闷闷不乐。那两人在他心中其实已淡去了，他不满的对象是自己——反应这么慢，主意又不定，怎么闯荡江湖扬名立万？最后他在心里说，以后遇事莫多想，先冲上去。这般告诫自己时，雷安野牙关紧咬，眼睛也鼓了起来。旁边乘客恰好瞟见他的神情，上身连忙往窗户边靠，紧接着屁股也挪过去两三寸。雷安野察觉到了，有些奇怪，照了那人一眼。那人被他照得有些惊慌，但还不忘挤出笑来表示自己绝无冒犯之意。尽管他看上去就是嘴角费力地扭动了一下，不仅全无笑意，还显得丑，雷安野到底明白他是在笑，并且不好意思不还以一笑。雷安野的笑自然得多，也灿烂得多。那人松了口气，脊柱接着恢复原状。

车子不怎么颠簸了，这是因为从坑坑洼洼的省道拐上了到处打着补丁的国道。虽然毫无倦意，但觉得车上的时间实在难挨，雷安野遂把头往后一靠，闭上眼睛，假寐起来。没过多时，他感觉有人在自己胸前摸索，眼睛还没睁开，手已捞了过去。被扣住的手还想往回抽，他五指跟着一紧，箍出一声哎哟，明显是女人的声音。心头一惊，指头一松，那滑溜的手蛇一样缩了回去。雷安野扭身一看，一个二十出头、头发烫成大波浪的女人正蹙着眉头查看自己的手腕，而两个男人从更后面的位置浮出上半身来。这三人是不是原来就在车上，还是不久前上来的，雷安野难以断定。

"大波浪"发出正义的谴责，做什么呢？耍流氓啊！

我没耍流氓啊。

没耍流氓，你抓我的手做什么？还抓出印子来了，快赔钱。

愣然了片刻后，雷安野倒是想明白了。

你摸我的口袋，还要我赔钱？

脚一跺，眼一瞪，"大波浪"嚷道，哪个摸你的口袋了？你这个不要脸的土包子。

眼睛睁大，雷安野一时搞不清到底是哪个不要脸。

那两个男人走过来。因为过道窄，只能一前一后。走在前面的比后面那个高一个头，嘴角边凸着颗纽扣大的痣，几根毛在那上面招展。他脚长手也长，还隔着大半个座位，已在雷安野胸脯上推了一把。雷安野丝毫没动。"黑痣"略觉意外，既而觉得很失面子，另一只手迅速伸过来，卡向雷安野的脖子。雷安野还是没动，任他卡住。

旁边坐着的一位老太婆抖开有点瘪的嘴，算了呢，出门在外，要讲和气。

"大波浪"喝道，你这个老货，少管闲事。

被她喝得目光一颤，老太婆还是顽强地小声地抖出句，比日本鬼子还恶。

见老人因为自己受欺，雷安野火气顿时蹿了上来，挺起胸，往前跨了一大步。"黑痣"撑不住，直往后退。后面那个男人不防被他踩住脚，来不及喊痛，只顾着抽脚。"黑痣"不肯松手，开始加力，但感觉像是抓在汽车轮胎上。雷安野又跨了一步。"黑痣"再往后移。这次后面那个男人没被踩住，而是抵住他的背向前推。雷安野双手叉腰，双目圆睁，又往前走了一步。满车的人眼睛都看直了，有两个壮年男人还喝起彩来。

"黑痣"勉强抵住雷安野的前冲之势，右手往腰后一摸，亮出把匕首。

雷安野不怕刀砍但怕刀捅，连忙抬起右胳膊，在"黑痣"左肘外侧一磕。刀掉在地上，"黑痣"爆出惨叫，右手捞住自己左肘。

"大波浪"从雷安野后面侧身挤了过去，颤声问，怎么啦？

手断了！

雷安野想告诉他并没有断，只是磕伤了关节。但"大波浪"不容他发布这一好消息，反身抓过来。雷安野往后一退。她抓了个空，又扑过来。雷安野还是一退。

打她！

打死这个恶婆娘！

贼婆娘！

"大波浪"怔住了，进也不是，退也不是，脸色煞白地站在那儿。

雷安野不想跟女人动手，指着车门。

"大波浪"跺了跺脚，喊声停车，便扶着"黑痣"往门口走。后面矮个拾起刀。雷安野担心他突然袭击，退后两步，背窗而立，身体微微前弓。矮个却根本不往他这边看，跟着躬身下了车。

等车子重新启动时，满车洋溢起称赞。

要得！

厉害！

看不出啊，年纪轻轻，功夫这么硬。

是哪个村的？

……

雷安野脸红了，不过还是报上了家门：千古坳雷家村的。

有个老头大声说，雷家村，我晓得的。雷三爷的铁布衫，张四爷的少林拳，王六爷的梅山棍，解放前那是著了名的。雷三爷就是雷家村的，那身铁布衫，雷劈也没事，啧啧啧。

雷安野眼睛放光，他是我三爷爷。

难怪喽，英雄有种啊。老头对他跷起了大拇指。

雷安野一时手足无处安放，慌乱一笑，坐下后才想起应该抱拳还礼，但不好再站起来了，微生懊恼。但这懊恼像蒲公英的毛，窗外进来一阵风便吹走了。旁人请老头讲讲那三位把式爷的故事，他乐得不再做声，只张起耳朵听。

雷三爷，就跟戏台上的张飞一样，猛高猛大，站起来快顶到门了，运起气来胳膊粗得吓人，用石头压都没事。他肚子大，里面好像盛了个圆球，那个球还晓得自己滚。别人开玩笑，问他里面装了什么，他拍着肚子讲，这叫腹有乾坤。一听就晓得是读过老书的人，文武双全啊。他年轻时喜欢四乡走动。有次到我们镇上玩，那时镇边上有个油榨房，方圆几十里，就数这个油榨房大。油榨房的老板，是我的五叔，跟雷三爷有交情。雷三爷想看看油榨房，他亲自陪着去。听说是他来了，油榨房的伙计都停下手中活计，围了上去。他们的心思，虽然没讲出来，我五叔心里清楚得很。他讲，三爷，你今天要是不露一手，这些卵人只怕提不起劲干活。雷三爷没吭声，围着悬空吊着的撞槌慢悠悠转了一圈。那个撞槌将近两丈长，海碗粗，一头还包着铁皮。我五叔跟雷三爷讲，要想排在榨膛里的榨饼出油，主要靠它。雷三爷嘿嘿笑了两声，拍拍自己的肚皮讲，那要它撞下我试试。我五叔还犹豫了一下，几个伙计已经兴奋得直搓手板，等雷三爷站到木榨机前，就争着去荡撞槌。我五叔指定了最老成的那个伙计，还对他使了个眼色，意思是要他手上留着劲。雷三爷脱了上衣，也没看到怎么运气，肚子里那个球就变得更大了。他好像没事人一样，倒是那个伙计手心出冷汗。雷三爷对他招招手，他才喊声号子，荡起撞槌。槌头冲在雷三爷肚子上，好像冲在絮被上，没什么声音。那个球凹进去了一下，马上又鼓起，把撞槌弹了回去。那个伙计没稳住桩子，差点摔倒。等他站稳，雷三爷又对他招了招手。他咬咬牙，往后荡起个大势，发声喊，朝前一送。这回撞槌比前回冲得快。雷三爷还是用肚子接了，半寸也没退，又弹回去。撞槌撞得越猛，他回弹起来也越猛。那个伙计后退不及，只好赶快松手。其他人看得都木了，还是我五叔先叫声好，他们才回过神来，跟着喝彩。我五叔后来跟我们讲，那撞槌架势荡足了，可以撞死头大牯牛，雷三爷却一点事都没有，回到镇上又是吃饭又是看戏，睡了一宿后，第二天就要去城里。我五叔想留他多玩两天，他讲已跟张四爷约好了。他这么一讲，我五叔就不好留客了，喊轿子送他去。他连连摆手，又讲，不是我跟你讲客气，行是百练之祖，我们练打的人，格外要多行路，身上才通泰。我五叔只好送他到镇口。我也跟在五叔屁股后面。雷三爷跟我五叔并肩走的时候，也是迈着四方步，慢悠悠的，等到一个人走，步子就扯起好长，一步抵别人两步，转下眼背影就变细了。像他这个走法，一天百把里，那是不在话下。

雷安野暗暗点头，心想，我也是越行身上越通泰。

老头继续说，张四爷就住在城里，在老街上开了家好大的武馆。我小时候大人带着去城里玩，经过他家的武馆，不敢进去，就立在外面看了几眼，里面跑得马。张四爷的功夫，我没见过。只听说他轻易不出手，寻常有什么事，都是弟子出面挡着。有次新来个县长，虽然是文人出身，却喜欢拳脚。听到张四爷的名声，亲自去武馆拜访。张四爷见新县长不摆架子，又这么看重把式，也就不藏着掖着，利利索索脱了长袍，跳到八仙桌上，打了一套拳。这叫什么？你们懂不懂？

满车人都没吭声，只是望着老头。老头看向雷安野，雷安野也是一脸懵然。老头更加来神，这就叫拳打卧牛之地。一套拳打完，桌子动都没动一下。再一个鹞子翻身下来，气不喘，色不变，真功夫啊。

有人说，你讲得跟真的一样，还讲没见过。

见过就是见过，没见过就是没见过。我也是后来听我五叔讲的。我五叔那个人啊，喜欢交朋友，消息灵通得很，人住在镇上，省城有点什么动静，他也晓得。

张四爷的武馆现在还在么？

早就没有喽。张四爷解放后就跑到香港去了。

怎么要跑呢？

有人眼红他武馆开得大，徒弟带得多，跑去跟政府告状，讲他是拳霸，勾结旧政府，欺压同行。他是什么拳霸喽？我五叔讲，他是个最和气的人，轻易不讲一句重话，对街坊邻居都客气得很。徒弟多，那是他功夫好。功夫不好，你求别人来学，都没人上门。国民党的县长跟他来往，也是看重他的功夫。再讲，他之前武馆就开得蛮大了，又不是那个县长帮他搞大的。但那是解放初，最忌讳的就是跟旧政府有瓜葛。张四爷晓得有理讲不清，干脆把家产卖光，没跟任何人打招呼，就带着家人去了香港。听说在那边也是开武馆，又收了好多徒弟，里面还有洋弟子。这样的人，到哪里都活得好。改革开放后，他后人还回来祭过祖。

还有个王六爷呢？

王六爷住在白马山上，靠打猎为生。他喜欢清净，不爱跟人来往，徒弟也收得少，生平只有雷三爷和张四爷这两个朋友。当年那个县长请他进城表演功夫，保长乡长出面都没用，还是通过张四爷，才请动他下山。我五叔也是跟雷三爷是朋友，才见过他棍上的功夫。我五叔讲，棍子到了他手上，就跟活的一样。一排蜡烛点在案上，他那根齐眉棍一伸一缩，好像蛇吐信，一路舔着去，舔着哪根灭哪根，烛芯都不会动一下。这样的棍法，用来打人，想戳哪里就戳哪里，除非是像张四爷这样的高手，才躲得开。

要是雷三爷呢?

雷三爷,他动起手来根本就不躲,坦克一样压过去,王六爷只怕还要躲他。

大家都笑起来。老头满脸的波纹也一漾一漾的。雷安野望着他,咧开大嘴,眼里跳动着光芒,似乎得到这个评价的是自己。

你五叔呢,也是个高手吧?

他呀,不会打,是个嘴把式。他就是喜欢交朋友,到处耍。要讲他没本事,他的本事就是从这里来的,三教九流都有交情,场面上吃得开。铺面、作坊、田产,都有人照应,好像装在他口袋里一样,稳当得很。

那是个大财主啊。他后来呢?

早就不在了。

老头叹口气,脸色迅速黯淡下去,侧头望向窗外。

旁人见他这样,不好再问,车内又变得沉寂起来。

雷安野想着三爷爷不过是给旧社会当官的表演了一下功夫,就落了个那样惨的下场,他五叔肯定也没好果子吃。他又想那个王六爷住在大山里,与世无争,不晓得躲过了劫数没有?这些人物,这般功夫,好像过去没多久,听起来又好像是古代的事了。他胸中积了些感慨,又不知如何抒发,只有半耷下眼皮,在车子的摇晃中把时间一轮一轮地挨过去。

车子走走停停,又上下了几拨人。老头在靠城最近的那个镇下了,走时还拍拍雷安野的肩说,我先下啦。连忙起身,雷安野想多说几句,话涌到嗓子口就混成一片,理不出头绪,最后只吐出句,你老慢行。看着他弓起背,提个灰扑扑的小号尿素袋(袋里面有活物在扑腾),慢慢踱进条小巷然后消失,雷安野对着窗外又望了很久。路边树木越来越少,房屋越来越多。等到人比房屋还密集时,车便缓缓捅进了城区。

三

按照预定路线，雷安野在汽车总站下车后，该买张长途卧铺票，在车里睡上整夜，睁开眼便能见到一个叫长安的地方。雷安野却毫无速达彼处的急切之心，甚至一想到要跟雷平红和雷安壮见面，心中就隐隐有些堵。雷平红仗着有些手艺，青年时期就四乡走动，没少拈花惹草。有次趁龙芳妹外出赶场，把个寡妇带到家里，门没关严便滚成一团，被雷安野撞上了。那时雷安野才七八岁，虽然恨得牙齿痒痒，但不敢冲进屋，瞅了会儿后只有悄悄溜走，继续去田间山头瞎逛。从那之后，他便对雷平红不太亲近。雷平红觉得这个崽越大越闷，远没有自己灵活，也不甚欢喜。现在五十多了，这风流毛病还是不改，但他一向能哄住龙芳妹，雷安野也只有暗自替他娘抱不平。雷安壮继承了龙芳妹的眉眼，个头虽不高，但模样着实清秀。读初中时就学着镇上青年赶时髦，头发可以梳出四五个样式。外出打工一趟回来，那更是抖着满身的洋腔洋调，见着乡里乡亲居然还要说港台腔普通话，险些没把雷安野臊死。这两位不在家，雷安野反而自在许多。现在要千里迢迢跟他俩会师，雷安野实在提不起劲。更何况到了那里，就得被他俩催着进厂做事，听说不是在车间里忙活就是在宿舍里搁着，出去一趟还得请假，哪还能闯荡江湖？雷安野能拖一时是一时，决定先在城里转转，起码过了今天再说。他甩着手跨出车站，背后那个包虽然又大又沉，却只当挂了个空壳。

汽车总站大门左右几乎排满了小饭店，间以几家小超市。马路对面则横着竖着许多旅馆招牌。饭店的人招徕生意，不提吃饭，而是说，进来喝口水，洗把脸，雷安野听着觉得贴心。但他包里装着个小饭店，里面有煮熟的鸡蛋、苞谷、猪血丸子，还有红薯干，没熟的是一大包生花生，所以并没有进店的意思，只是去超市买了瓶矿泉水。当初镇上卖这种水时，很多人不相信里面就只是水，否则怎敢卖到一块五一瓶？但最先买这种水喝的小青年们宣布，不是甜的也不是酸的，就是水。那些人仍是不能相信。等自家小孩赶时髦买了瓶后，他们有机会尝上一口，便跺着脚说，这是造孽啊，败家啊，还没有井里的水好喝呢。但这水就是卖开了，没出半年，连乡间小店的货架上若不站着几排"娃哈哈"，简直不好意思说是开店的。这水虽然没有千古坳山上的泉水甜净，但比烧开的自来水好喝。他想找个地方把包放下，就着矿泉水吃些东西。站在人行道上四处望了望，见道边几横水泥凳，他准备走过去。有个妇女贴了上来，问，帅哥，住宾馆么？

帅哥这个词早些年就已经进驻村里了，但通常是落在雷安壮头上，被人安在自己身上，这还是头一遭，雷安野面皮顿时有些发热，低头瞅见她那对几乎要把衣服胀破的大奶子正挺向自己，就愈发觉得热了。眼睛转到一边，他想表示现在还不想住，但又不忍心打击她的热情，遂问，好多钱一晚喽？

十五块钱，有热水有卫生间，又便宜又住得舒服。

雷安野从没住过宾馆，但听村里的年轻人说起过，在城里宾馆住上一夜，百把块钱随便就搭进去了。这十五块的价格倒让他动了心。想着反正要在县城过夜的，倒不如去看看，便嗯了一声。大奶婆眼中立刻溅出几星欢喜，甩着手，晃着腰，好像扭秧歌一样，带着他往马路对面走去。她不走人行道，横穿而过，也不甚看车，仿佛这条路是她家修的。那些本来嚣张强横的车似乎也怕了她，纷纷减速或变道，连车喇叭都没发出抗议。虽然练成了铁布衫，但雷安野明白身子终究是不能跟车辆对抗的，对于大奶婆的无所畏惧既感惊讶，又觉敬佩，甚至疑心她是不是身负神功。暗暗观察了一阵，觉得她脚步既虚浮，眼睛也没什么神采，实在不像高手，除非她高到能完全藏起身上的功夫。待随着她走过一段幽暗狭仄的水泥楼梯后，雷安野确定她不是练家子，因为她的呼吸不可控制地变得粗重且紊乱。

这家旅馆设在二楼，前台正对着楼梯口，台后塞着一个胖大妇女，环眼浓眉铲形下巴，水色却是极好，白里透红的。大奶婆说客人要先看看房间，她便擎出一串钥匙来，头却没有抬起，依然对着电脑。走廊在右边，从前台望过去，口子倒还敞亮，走进去后愈深愈暗，而且能拐一个弯，还分出条岔道。大奶婆打开一扇门。房内一张床，一张木桌，一把椅子，连个衣柜都没有。床单和枕头看上去倒是白的，水泥地面也是扫过的，然而房内萦绕着一种说不清道不明的气息。又去看了卫生间，虽然小到恨不得连便器都要省略掉，但终究是可以使用的，热水龙头也明白无误地悬在半空。雷安野还想看一间，大奶婆说，都一样。见他抿着嘴不吭声，便又打开一间。雷安野进去站了站，觉得空气比刚才那间清爽，便点了头。大奶婆要他去登记，他又带着包走到前台。问他要了身份证，登记完后，老板娘又问他要三十元押金。

不是讲好十五块一夜么？

那是住宿费，这是押金，走的时候要退给你的。

雷安野又是抿着嘴，不吭声，手上也不见有任何动作。

大奶婆在一边说，你放心，我们有押金条子给你的。

雷安野一时不知如何回应。老板娘已经摊开票据拿起了笔。他上衣外口袋只剩下几元零钱，遂拉开上衣，解开左侧内口袋的扣子，把里面对折成一叠的三百元掏出来，刨出一张，捏在左手，右手又把剩下的两百元送回去，扣好口袋，左手方递了出去。老板娘找了钱，他点了两遍，又把外口袋里的零钱掏出来，展开，将找剩的钱铺在上面，复折成厚厚的一叠，再塞回去，方拿着钥匙进了走廊。老板娘嘀咕了一句，乡巴佬。雷安野虽然听力极好，但正专心看门牌号，这三个字只是徒然在他耳中滚了一滚，又荡了出去，并没有渗进心里。

进门后，把包一放，雷安野先是拉开窗。外面就是马路。他探出头，估摸了一下高度，觉得跳下去问题不大。这一套都是大伯教的，说是外出住店吃饭，都要察看一下周边形势，做到心里有数，万一有事，才能进退自如。虽然想不出会有什么事，他还是照做。连雷平红都说，不听老班子的话，吃亏就在眼前。虽然他自己其实没怎么听，每每吃亏之后，才发出此等感慨，雷安野却把这话扎在了心里。何况大伯不但属于老班子，还是事实上的师父，他的话，那更是要听的。他转身拉开包，从里面掏出一袋苞谷，统共四个。每个既长且粗，雷安野横握一只在手，先从细头啃起。他从小吃东西很快，雷平红说他是前世饿着了。但从练铁布衫开始，大伯就要求他细细嚼，慢慢咽，说这也是功夫。听不太懂，但雷安野照做。一棒苞谷足足嚼了十来分钟。等到嚼完第三棒，窗外黯淡下来。他也不开灯，又取出猪血丸子。这猪血丸子是整个煮的，龙芳妹每个都剖成两半，却不切透，留着皮，横扯一下才变成两半。她盐放得不多不少，咸味恰到好处，豆腐跟五花肉丁也和得均匀，又是用锯末细细熏出来的，比柴火熏的要好。雷安野自小就听人说猪血丸子数本县的最好，本县又数北面的最好，北面又数千古坳最好，那时他就想千古坳肯定是雷家村的最好，雷家村当然是娘做得最好。这天下第一的猪血丸子，他吃了半个后，又盯着另一半看了一会儿，还是忍不住吃了。剩下的一个，又用纸裹好，放回袋中。

矿泉水只剩下半瓶了，雷安野舍不得这么快喝光，起身去找开水瓶。巡查了一圈，却只在卫生间洗漱台旁的搁板上发现一个疑似开水瓶的东西。这东西是不锈钢做的，又像瓶又像壶，戴顶塑料小黑帽，底部也围着一圈黑，还伸出只小钢嘴。雷安野拿起来，这东西竟和底部那圈黑脱离了。吓了一跳，他连忙把瓶子或壶子翻过来，还好，并没有掉底。这底也是不锈钢的，只是中间凹下一小圈，圈里镶嵌着金属片。至于那圈黑，原是个塑料底座，中间也有一圈，座尾还连着个插头。雷安野琢磨着这可能是烧水的，便掀开小黑帽，在龙头下接了大半壶水，放回底座。第一次尚未放妥，微微旋了两旋，壶往下一沉，才卡稳了。把插头推进嵌在壁上的插座中，他心里升腾起混合着满足和通透的感觉。每当琢磨明白一件事，就会如此。他喜欢这种感觉。

从洗手间出来，他翻出脸布、洗澡布、牙刷、牙膏，还有两个杯子，都是搪瓷的，没盖的用来刷牙，带盖的用来喝水。雷安壮说这种杯子土得掉渣，现在只有老班子才用，雷安野却是从小用惯的，看着就觉得亲切，对他哥亮出的保温杯毫不眼热。他把牙膏牙刷插进印着大红喜字和三朵牡丹花的杯中，另一只手拿起两块毛巾，去洗手间放置好。再看看烧水壶，竟然一点动静都没有。虽然有些疑心这壶是不是坏了，但他并没有起念去叫人来看看，而是俯下身，细细打量了一番，发现壶柄下探出一舌透明塑料片，想着这地方是没有碰过的，遂伸出手指往两边都轻轻推了推，不动，再往下一压，塑料片下立刻亮起一眼红色。直起腰，雷安野站在水壶前，听着它发出响动，对它和自己都感到满意。等到水汽大冒时，他正犹豫着要不要去提起壶子还是再等等，塑料片往上一弹，那眼红色立刻熄灭，沸腾声迅速低伏下去。他顿时对这壶子比对自己还要感到满意。

喝了几口热水后，雷安野便坐不住了。他喜欢走动。在村里时，除了干活、练功、吃饭、睡觉，只要不下雨，不刮大风，就在田间山头闲逛，要不就是去赶场，即使什么都不买，走走看看也觉得惬意。走出房间后，他把门反锁了。过道顶上亮起了灯，光线却暗淡到惨然。走到前台，老板娘还在盯着电脑看，边看边往嘴里伸调羹。觉得用调羹吃饭是小孩子干的事，雷安野转过头去，往深陷在阴影中的楼梯走去。

街头的路灯比旅馆过道里的灯明亮得多，比镇上的路灯密集得多，雷安野却觉得有些浪费。尤其是那么多商店、楼房也亮着灯，路灯起码可以熄掉一半。有些光在旋转，有些光在移动，他一时竟有眩晕之感。立在原地好一会儿，雷安野才稳住神，左右望了望。右边是他坐车来的方向，左边通往城区中心。他来过县城几次，都是清早搭车进城，下午回村。虽然现在路面比五年前拓宽了，但大方位并无变动，还是一条主道横贯全城。踩着隐约的记忆，一路往左，走到第二个十字路口时，他停下来。这是县城原来北面的边界，前面那条路通往著名的大桥。记得读小学时跟着父母来城里走亲戚，要穿过那座大桥去河对面，那时他还没有水泥栏杆高，一路透过栏杆间隙不断瞟见宽阔得可怕的河面，而桥是那么的长，仿佛怎么走也走不完。紧紧牵着母亲的衣角，他直到踏上对岸，才松了口气。倒是雷安壮，在桥面上蹦蹦跳跳，让他简直有些崇拜。回时因母亲许诺在桥这边同样著名的冰棍厂门市部吃碗冰绿豆沙，对绿豆沙的向往减却了恐惧，他低头一意往前冲，几乎比雷安壮还快。那么浓稠的绿豆沙，入口清爽甜净，是他吃过的最好冷饮，哪怕很多年后镇上出现了冰淇淋，雷平红慷慨地率领他和雷安壮前去尝鲜，雷安野也觉得敌不过当年的那碗冰绿豆沙。吃完绿豆沙，他们又走到这个十字路口。那时县城唯一的汽车站就在身后，如今却成了个冷清的大院子。而现在气派热闹的汽车总站，那时尚是一片田土。雷安野站了会儿，没有继续往左，而是穿过路口，踏上了那条通往大桥的马路。

这条路并未拓宽，两边的树也有幸没被砍掉，枝叶繁茂，依然可以抵挡烈日，筛选月光。人行道改造了一番，铺着四方形的红色地砖，在灯光的照耀下，确实比过去灰扑扑的道路好看。但有的地砖踩上去明显松动，反不如过去的路面结实。雷安野记得冰棍厂门市部接近桥头，但走到那里，却不见了踪影。他用目光反复刮着眼前的几家门店：药店、小超市，还有两家按摩店，流溢出粉色灯光。他确定自己并未记错，因为旁边那条小斜坡还在，坡下那两扇大铁门还在，门后就是冰棍厂，只是挂在门口的牌子不见踪影。雷安野还记得那是一块长条形的木牌，白漆黑字。当年在门口看到两个比自己大不了几岁的少年，蓝裤笔挺，雪白衬衣扎进裤中，还系着皮带，跟那块牌子一样醒目。记忆的鲜明和眼前的暗寂冲撞在一起，让他有些难受。

正准备挪步，一声帅哥落入耳中。循声望去，一个长发女子从按摩店半开的玻璃拉门后探出半边身子。他左右瞅了瞅，旁边并无别人。而那女子向他连招两下手，并抛出笑容，显示着这帅哥的称号非他莫属。雷安野有些迷糊，也有些警惕，但对方是城里的时髦女人，这么热情地打招呼，那是看得起自己，不理睬心里实在过意不去。想着反正是练成铁布衫的，也不怕什么，他便上了台阶，却不走进去，只立在门口。

那女子笑道，还怕什么丑喽，快进来。

进来做什么？

笑得眼睛都眯起来了，女子左手拇指和食指搭成一个圆圈，右手食指往里戳了戳。雷安野顿时面皮发热，转身就逃。女子伸手拉他，却哪拉得住，只有跺了下脚，往他的背影撇了撇嘴。

一径冲到桥上，长风从江面吹拂而来，雷安野面皮才稍稍凉却，心还是跳得比平常快。他练成铁布衫后，气息沉稳悠长，心跳本慢于常人。这一加快，便感到那颗大心脏在缓缓捶着胸膛。回头瞄了片刻后，雷安野放慢步伐，边走边调匀气息。桥上没有路灯，行人大抵脚步匆匆，似乎急于穿越这一段沉黑，尽快抵达对岸的灯火。雷安野却觉得这段沉黑能有力地挡住那让人心慌的粉色，置身其中，心里反而踏实。他往河面望去，那更阔大厚实的黑中闪动着波光，像是许多飞刀不停划过。在波光之上，还有一星渔火凝立，从船篷中透出。雷安野凝望了好一阵，总觉得里面应该有位江湖高人。但高人并未立在船头，像电视剧或小说所描绘的那样。他想着高人应是在船篷里打坐或读一本秘笈，只恨没学过轻功，否则该一跃而起，最多再在栏杆上用脚尖一点，便像风一样飘过去，轻轻落在船头，拱手拜会高人。停下来探出头，打量着初看似乎很近实则也有百余米远的船，他又隐隐约约觉得世上恐怕没有这样厉害的轻功，反正自己要是跃过去，肯定会像个大秤砣砸进水中。当然，如果大声呼救，高人会现身来救，但那样的话，自己也太狼狈了，哪有一点青年高手的风范？这般想着，他又将目光投向那渔船。渔船又近了些，正顺着水流缓缓往桥洞平移。不想就此错过，鼓起勇气，雷安野喊了声，前辈！他的声音在静夜中格外响亮，恐怕连河底的鱼都能听到，但船中人全无反应，渔火也未颤动半分。雷安野现在辨别出来，那不是想象中的烛光，而是电灯光。他顿时感到一阵失望，但到底不能据此判断里面是位高人还是个普通渔民。呆呆地望着那艘静静漂流的船，直到它大半个身子没入桥洞，雷安野才跟桥栏分离。

初次过这座桥时，总想着快点脱离，却觉得在桥上的时间太过漫长。现在想就这么在桥上一直走下去，不知不觉间却已到了紫阳街上。街道像把巨大的镰刀，前面狭窄，弯曲的地方路面最宽，到了街尾，又收成一束。很长时间雷安野都以为它是和县城隔岸相望的一个小镇，后来才晓得它是县城的一部分，被称为紫阳区。但在千古坳人心中，它就是另外一个地方，去城里就是去城里，去紫阳就是去紫阳。在河那边的人看来，它也是另外一个地方，他们要过桥，就说，到对河去。住在紫阳的人过桥，却不敢说是去对河，而是说，去大街上。如果问他们住在哪里，他们会谦卑地说，对河。雷安野的表姨父就在这条街左边的供销社上班，全家曾住在供销社后面的家属楼里。雷安野还清楚地记得那长长的幽暗的走廊和突然闪现的表妹。表妹的丹凤眼在幽光中特别明亮，抿嘴一笑的样子特别乖态。那时雷安野根本不敢多看，连跟她多说几句话也不敢。倒是雷安壮，很快就逗得表妹咯咯直笑。雷安壮长了张甜嘴，尤其是见到乖态妹子的时候，更是甜得出蜜。这份本领，雷安野自认永远也赶不上。他只能待在旁边，任表妹那脆中带娇的声音从耳中流向心头，偶尔偷偷瞟上一眼。后来母亲每次去表姨家，雷安野都坚决跟随，但每次都是闷头闷脑，最大胆的表现不过是看着表妹憨笑。表妹待他其实也亲热，还主动拉着他去做游戏。手扯住袖子的那刻，雷安野连头皮都红了。那副窘迫的模样，惹得表妹眼中溅出又顽皮又快乐的光芒。虽然窘迫，雷安野却永远记得当时的心仿佛要融化了一样。但他已经很久没见过表妹了。因为表姨修新房借钱的事，两家闹翻了。家里的余钱捏在雷平红手里，他却不肯拿出来，还当着表姨的面说，在供销社上班的人，找我们这些乡里亲戚借钱？富态得像个菩萨的表姨倒没有当场发作，但这话落在枯瘦严肃的表姨父耳中，却惹得他在家里勃然大怒。龙芳妹从此不好意思再上门。表妹家的新房还是修起来了，三层楼，有天有地。进火时办了酒，但雷安野家没接到邀请。龙芳妹躲在房里偷偷抹泪。雷平红却摆出满不在乎的样子，在堂屋里大声说，三层有什么了不起？我以后要起栋五层的！看着他唾沫四溅的样子，再想到今后只怕是不能去表妹家了，雷安野扭头跨出大门，在外面像游魂一样逛了许久才回家。现在想起这件事，他心里还是堵得难受。供销社就横在眼前，穿过那道拱门，就到了家属楼下。往前挪了几步，将要进入拱门时，雷安野又转过身来，咬着嘴唇，望着镶嵌在对面屋舍上的那眉新月，呆立许久，方黯然离去。

四

前面一竿身影闯进眼帘。那人实为前行，但在雷安野的感觉中，却仿若迅速倒逼而来。返回的路上，他本有些失魂落魄，此时方提起了精神。那身影瘦高、硬直，但更吸引目光的，是那头略显凌乱的及肩浓发，粗犷和飘逸兼具，虽尚未露真容，却已显高人风范。踌躇片刻后，雷安野扯起阔步，追了上去。本来他跟长发高人差不多处于一条直线上，但在追赶的过程中刻意斜跨数步，跟他拉开了两米多的横距。待到略略超过时，雷安野转头瞄了一眼。虽然夜色已浓，但被灯光稀释，雷安野的视力又比老鹰差不了多少。长发高人的面容没有令他失望：眼神锐利，眉骨和鼻梁皆高，双颊如削，上唇横一抹浓胡，年纪呢，说五十或四十都有人信。雷安野目光才触到他脸上，长发高人立刻有了反应，虽然脖子未动分毫，眼珠却转了过来。两人目光一碰，各自收回。雷安野感觉已和他过了一招，精神更振，放缓脚步，身上暗暗蓄着劲。但长发高人没再理会他，目不斜视，只顾着前行。雷安野却丝毫不敢懈怠，以眼角余光捕他的动静。果不其然，长发高人肩膀一动，接着手抬了起来。心头一紧，雷安野连忙侧身。长发高人却低下头去，原来是往嘴里塞了支烟，另一只手按下塑料打火机，弹出朵小小火焰。雷安野身子虽已调正，目光却未撤回。长发高人察觉到了，剔了他一眼，皱起眉头。雷安野连忙献上面对前辈时应有的谦恭笑容。长发高人却不领情，喷出一口青烟，继续往前走。雷安野却无丝毫怒气，只觉前辈高人此等做派天经地义。不敢再跟前辈并行，他脚步放得更慢，随行于后。待到旅馆楼下时，他心头生出狂喜——长发高人转身对准楼道入口切了进去。

大跨步上到二楼，长发高人傲岸不群的身影正立在柜台前。雷安野听到老板娘说，我叫过来，价格你们自己谈。长发高人说，快一点。老板娘嗯了一声。长发高人没再说话，隐入走廊中。觉得老板娘未免太不恭敬，雷安野心头蹦出一句：有眼不识泰山。但既然前辈高人都不计较，雷安野也只好懒得多看她一眼，追随高人的足迹踏入走廊。长发高人正好关上门。雷安野又是一阵狂喜——他就住对面。雷安野心头又跳出一句：你我今日相逢，缘分非浅。但这话应该是前辈高人来说。怀着期待与忐忑，他在高人门前立了半分钟，终于抬起右手，屈起食指，轻轻叩响了门。

没有询问，只听得一阵急促的脚步声，门开了，长发高人目光落在雷安野脸上，再次皱起眉头。

你要干什么？

前辈，我想来拜访你一下。

长发高人愣了一下，往外一挥手，去，去，我又不认识你。

门"砰"地关上了，雷安野还听到里面戳出一句，神经病！

低着头，在门前站立了好一会儿，雷安野才回房。没有关门，他一屁股坐在床尾，前臂靠在大腿近膝处，双手交叉合抱，支着下巴，委屈、沮丧和不解像个大球从胸口鼓出来，若非以双臂拦着，只怕会掉下来，滚到长发高人门口，一头撞进去。本是满腔敬慕，在长发高人眼中竟成了神经病。郭靖那么呆，傅红雪那么怪，令狐冲那么放肆，也没哪个前辈高人骂他们是神经病啊？难道是自己哪里长得不对？雷安野竭力回忆着自己镜中的形象。但他很少照镜子，家中大衣柜上那面镜子又模糊已久，在卧室黯淡的光线中只能映出大致轮廓。努力良久，他竟然勾勒不出一张清晰的脸。脑中有光一闪，这光来自洗漱台上那面镜子。霍然起身，雷安野走进卫生间。近乎四方形的玻璃镜虽有水渍，但依然能照清每根眉毛。镜中那张脸皮肤有些黑，嘴唇有点厚；眼睛还算大，够有神；鼻子像岩石裁成，很挺，很硬朗；方面，耳垂处像包着两颗肉珠，在乡里老辈人的论断中，这是有福气的相。左看右看，雷安野看不出哪一点像神经病。面目虽清，心中疑惑却更重。从洗手间里挪出来时，他听到一阵咚咚的脚步声急遽袭来。平常鞋跟是拍在地面上，那人鞋跟却像是往地面一戳一戳。雷安野凝立在两门之间，目光照着走廊。随着脚步声逼近的是一股浓郁的香水味，紧接着闪现出一个女人。乍看头上如同顶着个黑色大蘑菇，再看原来是一头浓发，眼圈堪比熊猫，耳垂吊着蓝色大耳环，一晃一晃的。她停在走廊上，那对大眼竟先往雷安野这边照来。

是你要吧？

喉结滚动了一下，雷安野挤出三字，要什么？

两道细眉迅速蹙起，"蘑菇头"不回应，扭头察看对面，认清了门牌号后，便扭动着小腰上前敲门。

长发高人再次露面，他问也不问，迅速把"蘑菇头"让进去，又往走廊两边瞅了瞅，才缩回头去。见雷安野还站在对面呆看，他涌出一脸厌憎，把门甩出重重的一响。

已经大致明白是怎么回事，雷安野也把门关上，边走边思量着这大概是个邪派高手，因为正派高手是不会做这事的。但那女的主动上门，一个愿打，一个愿挨，自己也不好破门而入，把她拯救出来。在椅上坐下来后，他又想到古龙小说里有些正派高手也喜欢召妓，但只是喝喝酒，开几句玩笑，绝不真搞，心中又隐隐生出一点希冀。直到对面房内传出不加掩饰的交媾声，这点希冀才破灭。他闷坐在那里。房间隔音效果太差，他听力又太好，那声音一波高过一波，他虽心中厌恶，两腿间却不禁发热发胀。打了个激灵，他腰身离开椅背，正坐在椅沿上，两手叠放于小腹前，吸气提肛。他吸得很深，放得很缓，只有自己能感受到气息的流动。三十六息之后，热胀已消，雷安野翻起手掌，左掌心轻贴在下丹田上，右掌覆于左掌背上，按逆时针方向慢慢揉动。一百零八圈后，方站起来，来回走动。整个过程中，他进入了一种浑然之境，那边有无声音，都入不了他的心。

正当雷安野重新坐下，打算从包中掏出《射雕英雄传》复习时，敲门声打破了房中宁静。那敲门声小巧、尖锐，跟听惯了的拳头擂门或者大掌拍门风格迥异，却又有几分熟悉。

犹豫片刻后，他走到门后，沉声问，哪个。

是我。

这声音似乎也有些熟悉，而且是女声，雷安野一时竟想到了表妹，顿时在激动中打开门，然后愣住了。

"蘑菇头"挺着胸脯，往前走了一小步。雷安野本可岿然不动，把她挡在外面，但生怕碰到她的奶子，忙往后退了一小步。"蘑菇头"又以同样的姿势进了两步，雷安野只得再退步。两人像是在跳不搭手的"快三"，配合得还不错。不等她把"快三"变成"快四"，雷安野往后大退一步，然后伸掌对准她的脸，你莫过来了。

扑哧一笑，"蘑菇头"说，看你也是个男子汉了，块头又这么大，怕我一个女人做什么？

你想做什么？

还能做什么？做爱呗。两百。

不做。

我跟你也算有眼缘，那就少点吧，一百五。莫担心，我包里有套。

我不做，你出去吧。

最少一百，莫再讲价了。

你再不出去我就叫人了。

叫人做什么？讲我非礼你啊，谁会信？

我叫警察来。

警察？好啊，警察要是来了，我就和他讲，你跟我做了，还不肯给钱，到时连你一起抓。

雷安野觉得应该一拳把她打飞，但对方是个女人，还这么娇小，他实在下不了手，只能指着她，竭力鼓起眼睛，你到底出不出去？

"蘑菇头"往后退了一步，似乎想转身逃走，却又嘀咕了一句，胆小鬼。

我怎么是胆小鬼？

我都送上门来了，你摸都不敢摸，还不是胆小鬼？

我根本就不是胆小……

难道你阳痿？

你才阳痿。

你是同性恋？

你才是同性恋。

那你怎么连摸都不敢摸？

雷安野停顿了一下，憋在内心深处的那句话终于冲了出来，你这样的女人，我不想碰。

假正经！乡巴佬！

滚！

"蘑菇头"恨声不绝地去了，还把门带出重重的一声。

一屁股砸在床上，雷安野吐出口粗气。跟这种女人还要纠缠半天，他实在不痛快，甚至觉得自己有些窝囊。要是换作楚留香或者陆小凤，只怕挥挥手就打发了。他决定下次碰到这样的情况，一句话不说，就对着外面挥挥手。当然了，最好不要再碰到。宁可碰到的是何铁手，那样还可以痛痛快快打上一架。这样的女人，简直是坨屎，没法动手，还跟着臭了。自己没开门时居然还想到表妹头上，雷安野不禁觉得羞愧。他左右看了看，还好，这事只有天知地知自己和那个女人知。雷安野决心尽快忘掉它，遂翻出《射雕英雄传》，一头扎了进去。这套书是从镇上小书店买来的，四本，定价四十七元，老板卖二十元，自己好说歹说，最后出了十五元。虽然字小了点，但单本可以放进口袋，携带方便。他正好看到郭靖在大漠中因学艺愚钝而致韩小莹伤心一节，想起这几年练铁布衫大伯并没有手把手教，很多地方都是靠自己悟通的，显然脑子比郭靖要灵许多。郭靖都能成为一代大侠，自己看来希望很大。这般想着时，心情舒畅不少，胸中重新蓄满豪气。他思量着自出道以来（从搭车离开千古坳算起），都是被动应付，而身为侠客，应该主动出击。至于对象嘛，一是正派高手，当然，主要是切磋，点到为止；二是武林败类，这个就非得打败对方不可，自古正邪不两立嘛。他目光虽还停留在书页上，心思却已漂移，开始琢磨住在对面的那个人算不算武林败类。当然，人家没有杀人放火，也没有抢劫。但是，嫖客多半不是什么好东西，尤其是连刚刚那种货色也嫖的。看来，他是个邪派高手。

　　想到此处，雷安野把书放下，身子转到床边，两只脚伸进旅游鞋中，往前下方一踩，就完全套进去了。没有立刻站起，他双手抚摸着膝盖，想着就这么打上门去，二话不说便动手，还是不好，总得找个由头。指责人家嫖娼？嫖娼当然不好，但两个人都是自愿的，"长发"还出了钱。无论哪本小说或哪部电视剧中，好像没有哪位侠客因为这件事去找人麻烦。如果是"长发"强迫"蘑菇头"，那事情就好办了。但显然不存在这回事，倒是"蘑菇头"刚刚差点把自己强迫了。想到此处，雷安野面皮又是一阵燥热，将目光恨恨地投掷到对面墙脚。这恨意从"蘑菇头"反弹到"长发"身上。他想到要不是"长发"起了淫心，"蘑菇头"也不会被叫过来。何况他还骂了自己神经病。对，这就是个由头。雷安野总算想清楚了，站了起来，心脏却随即开始擂鼓，腿也有点发软。他捏紧拳头，同时深吸一口气，低头看了看鼓胀的胸部，心想，我有铁布衫，怕什么呢？

敲门时雷安野还是保持着礼貌，没有擂门。但"长发"并没有开门，而是在那边嚷道，你又来做什么？

雷安野诧异他如何晓得是自己来敲门，既而想，果然是高手，遂沉住气，一字一句地递过去，你怎么讲我是神经病？

你就是个神经病！

开门，你给我讲清楚。

你不是神经病哪个是神经病？

这个反问句如此斩截，如此肯定，在一瞬间的恍惚中，雷安野差点就认为自己是神经病了。

怎么回事？怎么回事？深更半夜的，吵什么吵，其他客人还要不要休息了？

老板娘人未到声已至，缀着两个蝴蝶结的棉布拖鞋在走廊上拍出一串啪嗒声。

雷安野瞅着那个直指自己的铲形下巴，目光下垂，小声说，我要他开门，他不肯开。

你要他开门做什么？

雷安野不知该如何回答，脸憋得有点红，一时忘了自己是青年侠客，回到做学生的状态，面对班主任的责问，只想仓皇撤离。

门开了，"长发"探出头来，脸上的肉纠结在一起，冲着老板娘嚷道，我又不认识他，他老是来敲门，你讲他不是神经病是什么？

我没有老是敲门，我只是敲了两次。

你还想敲几次？你这样的乡巴佬，敲一次我都嫌多。

你莫骂人啊。

你就是个乡巴佬，还是个神经病。

雷安野盯着地面说，前辈，得罪了，然后猛抬头，抡起胳膊砸了过去。

"长发"果然反应敏捷，抬手封住面门，挡了个正着。雷安野正想再出一招，却见他垂下手臂，站立不动，脸色变得跟灯光一样惨白。

雷安野怔住了，紧接着想到这可能是邪派高手惯用的惑敌之术，当中藏着极歹毒的阴招，忙往侧后方退了一步，抬起双手封住自己的面门和胸口。

老板娘环眼圆睁，瞅着"长发"，过了好一阵才抖开嘴唇，你没事吧？

"长发"面上恢复了一点血色，左手捂着右臂磕碰处，苦着脸说，我的胳膊要断了，然后喊着哎哟，汗珠和泪珠一起沁了出来。

没想到他如此不济，雷安野不知该如何是好，愣愣地看着痛苦不堪的"长发"。

报警，你帮我报警，就讲我被人打伤了。

打了个激灵，雷安野冲出句，要是喊警察来，我就告你嫖娼！

老板娘脸色一变，几乎想破口大骂，但雷安野刚才那一击她也是看到了的，若是激怒了这愣头青，给自己也来这么一下，那只怕会痛得在地上打滚。她稳了稳神，等待雷安野脸上的激动褪色，尽量降低语调，不管怎么样，你打伤了人，起码得带人家去诊所看看。

我是跟他比武，按规矩，打死打伤，都是各自认命。

哪个跟你比武哦？你真的是个神经病！

你莫打输了就赖账。

老板娘很想向雷安野指出：你真的是个神经病，但碍于他可怕的力量，只有对"长发"说，你再跟他好好讲一下，早点去诊所看一下，莫再闹了。

是在你店里出的事，你也要负责。

我要负什么责呢？我要负什么责呢？你要喊"鸡"来，我帮你喊了。你被他打了，我帮你讲了话。你莫要恶人不敢咬，专挑好人下嘴。我告诉你，老娘敢在这里开店，也不是好惹的！

老板娘身子完全横过去，双手叉腰，环眼圆睁。"长发"为她气势所慑，干脆一屁股坐在地上，大喊哎哟。这时已有几个人先后不知从哪些房间零星钻出，出现在这横走廊上，有的鼠头鼠脑、目光闪烁，有的神情呆滞、形同木头。只有个矮胖子气度较为沉着，走得也更近些。他叼着根烟，却没有点燃，眯着眼看了一会儿，便掏出软瘪瘪的"普白沙"，扯出一根来，递给雷安野。

雷安野摆摆手，但又觉得辜负了他的好意，未免歉疚，连忙补充说，我从不抽烟的。

"矮胖"点点头，并无任何不快之色，这令雷安野歉疚之意又重了点。他小心地把烟插回去，再放回上衣口袋，又摸出个绿色塑料打火机，把烟点燃了，吸了一口后，方说，老弟，都是在江湖上跑的，大家都不容易。

听到江湖二字，雷安野精神顿时一振，同时对"矮胖"大起亲近之心。

我看你跟这个老兄也只是一场误会，没什么真的恩怨……

我根本就不认识他！

"矮胖"瞟了"长发"一眼，同情中透出丝鄙夷来。他随后又把目光搭在雷安野脸上，他年纪比你大，你又像是练过武功的人，在情在理，你也要意思一下，出点医药费，大事化了，小事化无。

犹疑了片刻，雷安野说，他也是练过武的。

孙子才练过武！

雷安野眉毛竖了起来，瞪向"长发"。"长发"被他目光一戳，垂下眼帘，缩起身子，继续呻吟，令雷安野痛感他辜负了一副武林高人的大好相貌。

就算是两人比武，你也打赢了。老话说得好，得饶人处且饶人。你还年轻，路还长得很，姿态放高一点，对今后只有好处。

"矮胖"语气和缓，表情恳切，雷安野抵挡不了，遂豪爽地把手一挥，前辈既然发话了，我就带他去看看。

"矮胖"嘴角忍不住露出点笑意。那笑意在老板娘眼里是嘲讽，在雷安野眼中却是赞许。

"长发"勉强立了起来，目光黏在"矮胖"脸上，老兄，麻烦你也行一趟。

我就不去了。你不要担心，这个老弟是条好汉，说话算数。你去上了药，回来好好休息，莫再闹了。

见他说不去，雷安野感到意外，但随即被好汉的称呼所冲淡。他立刻拿出好汉应有的风范，把手一挥，大声说，行。

"长发"还是不动，老板娘连连对他努嘴使眼色，就差跺脚了，他才慢吞吞地起步。

把他俩送到前台，看着他们下了楼，老板娘方想起向"矮胖"道谢，又绕到台后从抽屉里摸出包"盖白沙"递给他。"矮胖"嘴里说着不要客气，到底还是接了过去。老板娘又奉承了他两句，他往楼道口瞟了眼，低声说，碰到这样的暴脑壳，骂不得，打不得，只好哄几句。

老板娘点点头，望向楼道口，跟随"矮胖"一起露出不加掩饰的讥笑。

五

"长发"没有骨折，只是青肿得厉害。医生给他做了冰敷，然后吊两瓶水消炎，又说还得开瓶红花油带回去搽。"长发"严词拒绝他陪同吊水，雷安野只有结账离开。做这一回好汉，花了近百块钱，他未免有些心疼。再想想侠客们尤其是少侠们往往一掷千金，眉头都不皱一下，他觉得那种境界好遥远。很多店铺都关了门，在路灯照耀不到的地方，月光像些细碎的银子洒落下来。周围一个人都没有，似乎连鬼都躲着他。雷安野感到有些失落，有点悲凉，他挺了挺胸，甩开步子，努力从这些情绪中跨出来。

回到旅店，老板娘已不见了，前台处伏着"大奶婆"。她本身就矮，又躬着身子，便只有一蓬头发浮现于柜台边。听到脚步声，才升上半截脸，看清来人，突兀地咧嘴一笑，笑容中混合着讨好和畏惧。没等雷安野还以一笑，她又迅速降了下去，把自己隐藏在那蓬头发下，却竖着耳朵，捕捉雷安野脚步的走向。待到确定雷安野竟然没有挪步，似乎还站在台前，她耸着肩，慢慢地把眼睛翻上去。雷安野终于能将笑容回复过去，却打消不了她眼中的惊疑。目光一碰后，她便将之撤了回去，左右看了看，然后擎起一只红色小塑料碗，里面盛着十来粒素炒瓜子。

吃瓜子么？

雷安野摆摆手，然后询问"矮胖"住哪间房。尽管他连"矮胖"身上那件旧夹克的褐色竖条纹都准确地描述出来，"大奶婆"还是一问三不知。她紧接着表示，你只要告诉我他的名字，我就查得到。但雷安野唯独无法说出的就是其名。望着他发怔的样子，"大奶婆"目光中闪过一丝狡黠，马上又释放出数倍的遗憾表情。看到她惋惜的样子，雷安野倒觉得不好意思，说声那就算了，又补偿了她一个笑容，终于移步。

"大奶婆"松了口气，掂起颗瓜子，算是犒劳自己的应对有方。

进到房中，已入子时，雷安野稍作洗漱，便躺在床上。大伯说别家功夫多有讲究子午行功，但雷家铁布衫主张在这两个时段好好休息，纯任自然。最好是子时前就已睡下，午餐前也尽量小憩一会儿，但饭后万万不能躺，否则会导致气滞血稠。雷安野中午根本不会起睡意，晚上这一觉，往往倒头便沉入黑甜乡。他从小便少梦，练习铁布衫有成后，梦几乎绝迹。这夜却有表妹来访，丹凤眼更加明亮，腮边两团红晕依旧，说话还是又快又脆。她说了些什么，雷安野听不明白，只是坐在床沿边，双手放在膝盖上，直直地瞅着她。两人目光交会时，表妹也不回避，时而嫣然一笑，雷安野仿佛要飘起来。他希望一直这么坐下去，听她说，看她笑。也不知过了多久，门砰砰大响两下，惊得表妹脸都白了。雷安野霍然而起，却见"长发"破门而入，竟身着警服。他丝毫不惧，作势欲扑，一把手枪陡然顶在面前，伴以"长发"得意的狞笑。虽未敢再往前冲，雷安野也没后退半步，而是昂首挺胸，怒气冲冲地质问他为何不经同意就闯了进来，还把门撞烂，到底想干什么？"长发"略略抬了抬下巴，狰狞化为轻蔑，吐出两字，抓嫖。雷安野脖子都涨红了，大吼道，这是我表妹！往他身后瞟了瞟，"长发"神情更显蔑视，她是你表妹？当然，雷安野说完，也回头看了一眼，顿时浑身冰凉——表妹已经不见，站在身后的是另一个年长女人，衣红妆浓，依稀是冰棍厂旁叫他进去做按摩那人。雷安野无法相信，也无法解释，便惊醒过来，却是过了好一会儿才确定刚才是在做梦。他感到深深的庆幸，久久地望着从黑暗中浮现出来的白色天花板，不愿闭上眼睛。

翌日，雷安野起得比平常略迟。包里还有食物，但他早上习惯吃口热的。在走廊上碰到几个人，没有他希望看到的"矮胖"。那些人见了他，都迅速缩到一边，恨不得把自己贴到墙上。雷安野心里很不痛快，心想，你们把我看成什么人了？待看到老板娘那张挂着霜的脸后，他更加不痛快了，扭头往楼下走去。

汽车总站周围粉面店、包子铺不少，还有流动摊点，都热气腾腾的。雷安野走到对面，选了家人多的粉面店，看清价格表后，点了大份生炒牛肉面，还叮嘱老板娘面放多一点。他本来更喜欢吃粉，但粉太容易消化，不及面饱肚。面用不锈钢碗盛上来后，雷安野瞟了瞟旁边吃小份的，觉得这碗也大不了多少。面的分量还说得过去，但牛肉太少，没有辣椒多。他记得以前在城里吃粉面，都是大瓷海碗端过来，料足汤香。吃完之后，再双手捧起碗，慢慢地把那一大碗汤喝完，浑身毛孔都敞开，散发出香辣热乎的气息。现在这不锈钢碗远没有大瓷海碗那样豪气，汤闻着也没有过去香。雷安野急欲填饱肚子，也无心过多计较，埋首吃了起来。他吃完一碗面的时间，别人可以吃两碗。以前他吃饭比常人快得多，雷平红嘲笑他是前世饿着了。但练功之初，大伯就教导他吃东西一定要细，要慢，要嚼融了才咽下，才能得五谷精华。头半年他很不习惯，常常吃着吃着就快起来。后来随着气息变深变缓，想吃快点都不能了。虽然汤的口味大不如以前，但雷安野还是舍不得放过。见底之后，他又把粘在碗壁的几根断面一一用筷头挑起，低头吸入嘴中。若是再用舌头舔一遍，这碗几乎不用洗了。但雷安野没这么做，因为太不符合侠客身份。他站起来，走到灶台前，递过去张十元票。老板娘迅速找了他三元。

雷安野一愣，没有接，而是指着价目表说，不是六块吗？

你不是要加量吗？加量一块。

上面没有写啊。

剜了他一眼，老板娘说，这是规矩，来吃的都晓得。

本来一块钱不是什么大事，但老板娘眼神中的不屑刺激了雷安野，他硬邦邦地说，我不晓得。

负责端碗的老板从旁边冲了过来，伸出手来要卡他脖子。雷安野虽然丝毫不惧，但再不想让人卡住，胳膊一挡。两臂相交，老板的脸立刻白了，木在那里。

老板娘立刻从腰包中又拎出一元，叠在原来那张上面，说，快拿走。

雷安野不再看老板一眼，扯过钱就走。一只脚跨出门的时候，耳边扎进一句，你莫再来了。走出去十几步远，他才觉得应该回一句的，只恨自己嘴上反应太慢。本来自己理上不输，却似乎成了个不讲理的，雷安野越想越气愤，也不知是气自己还是气那对夫妻。他想折回去再争辩一番，但人家钱已找了，自己也接了，再去闹只怕会被别人看作是混混，只有裹着一身窝囊气继续前行。他不想回旅店，也不知该到哪里去，这时心头冒出一个地名：老街。仿佛在混沌的大雾中看到一点光亮，精神也振作了些，他便向路人打听老街怎么走。路人刷了他一眼，老街有几条，你到底要去哪条街？他挠了挠脑壳，就是去那一块。路人又刷了他一眼，便带着骄傲的神色，指示他如何走。

沿着大街一路东行，横过通往大桥那个十字路口，街面上愈发热闹起来。三十多年前，这段路就是县城最繁华的所在。当年的电影院还在老地方，蹲伏于街道右边，要下十数级台阶方能抵达。经过此处时，雷安野停下来望了一会儿，却没有往下走出一步。很多年前，雷安壮在这里涕泪横流，号着要进去看电影，结果挨了结结实实一个耳光。雷安野在旁边咬着手指，心肝微颤，因为雷安壮说出口的其实也是他的愿望。再大点后，雷安壮成了镇上录像厅的常客。头次钻进那地方，出来后他红光满面，宣称一次可以看两三部片子，比去电影院划算多了，并表示，今后只看录像，不进电影院。雷安野也跟着进去看了几次武打片，里面黑洞洞的，人头如鬼烟气蓬蓬，愈发衬得那一方荧屏璀璨精彩。他培养出了和雷安壮貌似相同的录像厅品位，区别在于雷安壮更痴迷三级片，而他则始终执迷于武打片。当然，如果雷安壮更大方一些的话，警匪片他其实也想看的。好在不到两年，彩电在村里也不是什么稀罕物了，安上卫星锅后，可以直接收到香港的频道，他也没必要攒钱去钻录像厅了。只是电视里偶尔才出现三级片，满足不了雷安壮实际已发展到毛片的重口味。他策动雷平红买了台 VCD，还经常跑去镇上租些花花绿绿的碟回来。至于那家曾经火爆无比的录像厅，在影碟出租店的围攻下渐渐变得冷清，也不知什么时候改成了网吧，抢走了影碟出租店不少生意。这次去镇上搭车，竟然没看到影碟出租店的影子。倒是这城里的电影院，看着像是还有生意。雷安野心里涌出感慨，却不知要感慨些什么，转过头来，把这将明未明的感慨甩在身后。

越过老百货公司，往右一拐，就到了新街上。雷安野没弄明白那个路人为什么把这条下坡路叫作新街。虽说是水泥铺就，也看不到什么裂缝，但路面和两旁的房子一望便知是陈年旧货。刚走过的那条大马路横贯县城，明明新得多，也气派得多。眼下这条，一路走下来，虽然两旁立着些名号响亮的单位，如工商银行、公安局，但都是些老单位、老院子、老楼房，看上去面目呆板、死气沉沉。雷安野只想一脚就跨过去。但这条街有半里多长，中部扯出一段长长的平地，快到底部又垂下一个坡度。尽头横着一条更长的街，这就进入路人口中的老街了。左望是一道缓坡，右看则是一段弧形路。踟蹰片刻后，雷安野拐向了右边。

街心铺着水泥，但街道挨屋脚处皆露着青石板，被踩得光溜溜的。两边房屋多为瓦顶，五六十年代的老红砖屋在当中已算年轻，还有些年龄更大的木板屋，像些穿着斜襟布衣、站着都有些颤巍巍的老太婆夹杂在面染风霜之色但身骨尚还硬朗的男人群中。街上有小孩在追逐打闹，门口有老人坐在竹靠椅上闲聊或者默默地看着过往行人。到了转弯处，前面右边排开几家商店，皆当街一横水泥台，上面站着一队圆身宝顶大玻璃罐，里面既有时兴的糖果，也有古老的方块红糖。这些都跟镇上老街相似，让雷安野感到亲切。他放慢脚步，目光缓缓扫过商店、篾货店、陶器店，试图搜索出旧日武馆的痕迹。商店窄而长，篾货店矮而小，只有那家陶器店略具横阔之象。雷安野在门口顿了一顿，坐在里面的老头瞟了他一眼，目光温和又淡然，也不开口，继续去啜饮搪瓷杯中的热茶。雷安野辨不出那种气味，只是觉得好闻、醒脑，像是茶香，但当中又有花香。他顺着这缕香走到老头面前，先是露出一口白牙灿灿地笑，然后问，老师傅，这条街上解放前是不是有个武馆？

目光中闪过丝惊讶，老头上下打量了他一会儿。

北面来的？

北面。

北面哪里的？

千古坳，雷家村。

嗯。怎么想起问武馆的事？

我是听别人讲起过，今天到城里玩，转到这里，顺便问一下。

你像是练过。

练过。

嗯。武馆现在晓得的人不多了，我是见过的。

你见过张四爷？

你这么年轻，还晓得张四爷啊，不容易。这条街上，晓得有个张四爷的，也不多了。

雷安野见老头表情变得黯然，不敢接话。老头感慨完了，指指旁边的长凳，你坐。

恭恭敬敬坐下来，上身前倾，雷安野问，张四爷是个什么样子？

张四爷那个人啊，不高，话不多，身上煞气大。街上最调皮的伢子，被他随便看一眼，都吓得不敢做声。其实他是最讲道理的一个人，只对那些地痞流氓凶火，对街坊邻居，客客气气。他在这里开武馆，保了街坊好多年平安。莫讲是街上的混混，就连青帮洪帮的人，轻易也不敢到这里闹事。

他的功夫到底怎么样？

他是高手，高手是轻易不露功夫的。我记得解放前有人来切磋，都是把门关起才动手。那些人挺起胸脯进，勾起脑袋出。看那样子，大家就晓得是没讨到好。但张四爷从来不讲自己赢了。这就是他会做人的地方。不管是在地方上，还是在外头，只要提起张四爷，都会跷大拇指。可惜连这样的人，后来都被逼着跑到香港去了。

那个武馆还在么？

早就被充公了。

在哪个地方？

就在前面坳街上，现在是个废品收购站。

怎么行？

往前行到十字路口，右边拐上去就是了。

雷安野点点头，屁股才抬离凳面，又放了下去。

我是从新街上下来的。那条街为什么叫新街呢？

那条街啊，是解放后城里第一条新修的街，又跟老街挨着，住在老街上的人，就叫它新街。城里其他地方的人都跟着这样叫，已经叫习惯了。

那新街上面那条大马路呢？

那是后面修的，喊大街。

雷安野又点点头，便起身告辞。

不坐了？

有空再来看你老人家。

以后到街上来，有空就来坐下呢，我常年四季都在这里的。

好咧。

雷安野在老头的目送下出了陶器店，继续前行，没几步便看到右边有条上坡路，便欲转身，继而醒悟到这并非十字路口，便止步望了一望。坡顶上一道校门俯瞰着他，门顶嵌着"群贤小学"四个朱红色大字。雷安野对散漫的小学时光还是怀念的，让他感到痛苦的是初中，老师管得严，功课又难。不过他也不怪老师和学校，因为自己就是个石头脑袋，只有练功夫的时候才会变得灵性。叹了口气，雷安野迈过路口，前面右边是道拱形门，也没有门板。透过门可看见里面是长方形空地，铺着方形青石板。几丛野草从石板缝隙间蹿出来。雷安野觉得这倒是个练武的好地方，进去在石板上踩了一圈，没有松动的迹象。空地前端升起十数级青石板台阶，上面又是一道门，门顶嵌着四个灰塑大字：开天古教。并不明白其中含义，只是这四个字一入眼，雷安野心中便生起肃穆之感。门后过道那边是一排朱红色栅栏，透过栅栏间隙，可见一座大堂。堂门紧闭，无人在廊下走动。他想拾级而上，却欲进又止，仰望了一会儿，转身悄悄退出这非庙非观、古朴清寂的所在。

再走上三四十步，便到了确定无疑的坳街口。前头似乎更为开阔，左边则切出条幽暗的窄巷，右边一转，上坡便是坳街。新街像匹布直铺而下，坳街却似条粗带子弯弯扭扭。上行二十余步，便看到废品收购站横在左边。门面开阔，用的还是老式长条木板门，营业时得把数块门板依次卸下来。雷安野走到门口，见里面竟是泥土地面，被踩踏了数十年，看上去紧硬如石。这应为当年的练武厅，又阔又深，厅中还撑着根木柱。只是厅内没有沙袋，没有兵器架，四处堆放着废品，左边靠墙处还站着架脚踏三轮车。右边横着张柜台，柜后坐着个干瘦的中年男人，穿着深蓝色长工装，戴着灰色套袖，用阴冷而狐疑的目光打量着两手空空的雷安野。鼻子有些发酸，雷安野突然不想进去了，甚至也不愿再多看一眼，掉头便走。没有折回去，他继续往上走。

　　这街当年顺地势而建，没有降坡，走在上面给人的感觉如同登一座小山。雷安野从小在山野间厮混，根本不当回事。一气儿走到头，前面横着几级青石台阶，又长又宽，人在上面躺下还能翻个身。台阶之上，便是坡顶，用青石砌出一方平台，左侧立着座小小巧巧的凉亭。走到对面那侧，脚下十余丈处，资水横贯而过。朝右望去，大桥的身影并不显得渺远，甚至连桥上栏杆轮廓也能看得分明。雷安野的目光擦过桥身，投向桥尾那条街。他能捕捉到街口出入的人影、车辆，但供销社的房子却被其他楼房挡住了。望了好一会儿，雷安野才收回目光，打算沿着右下方那条石板小道走到江边渡口。身子右转，对面比石台略低的临江半边街街口闪出几个青年男女，边走边嘻嘻哈哈，有个姑娘还笑弯了腰。雷安野像是被电了一下。即使姑娘弯着腰，即使长发遮住了半边脸，他还是认出了她，或者说，凭直觉感应出了她是谁。但表妹直起腰后，目光并没有投过来，那双波光闪动的丹凤眼睇着旁边的男青年。那男青年又说了句什么，表妹便伸拳去擂他肩膀。男青年装模作样要避开，却让她的粉拳落实了。表妹收回手，脸上表情似嗔非嗔，男青年却只是笑，两人目光绞在一块儿，甚是亲密。雷安野这时倒害怕被表妹认出，赶忙挪转目光，低头往渡口走去。

　　小道台阶甚窄，石板已被踩得零零碎碎，有的陷入土中。雷安野走得恍恍惚惚，一下没踩稳，差点崴了脚。但他到底还是下到渡口，立在江边。江面空荡荡的，风有一搭没一搭地吹过来。雷安野的心更加空，甚至感到整个人都成了风中的一蓬枯草，随时会被卷起来不知刮向何处。他深吸一口气，腰身自然下沉，脚趾抓住地面，同时双手沿腰肋缓缓上托至胸前，闭气提肛，双掌变拳，向下直插到双腿内侧空处，气随形意转，从上直贯而入丹田，待到气再难闭住时，双拳收回腰间，缓出右拳，沉肩，呼出一半气，再出左拳，呼出另一半。这闭气贯丹田连做三十六次，感觉便由风中枯草变回了根深体沉的大树。做完功后，雷安野不再停留。在转身之前，他便已决定，今天离开这里。

诗兄弟

一

2000 年，从昭市学院中文系毕业一个月后，我成为了《飞龙信息》的副刊编辑。如果没有出现重大差错，那么，一年后，就会转为正式公务员，吃上一碗安稳的财政饭。瞄上这个职位的还有两个应届重本生，专业也对口，而昭市学院不过是一般本科而已。虽然在交谈十分钟后，我就判断出他们属于钱钟书所说的那类"文学太监"，不具备先天审美直觉，靠着一堆从教科书上搬运来的理论自欺欺人，但在重视学历的领导眼中，他们的毕业文凭可比我的要压秤得多。虽然我还可以押上六十多篇正式发表的诗歌和散文，但加在一起的分量，按照世俗衡量法则，也不足以抵挡名牌大学颁发的毕业证。只是宣传部的领导重视学历不假，但更重视关系——他们显然不敢忽略我那位当常务副县长的大姨夫。最后的结果是不言自明的，同时也让我暗自郁闷——我明明可以凭借自己的真才实学斩将夺旗，实际上却是仰仗关系才击败对手。我开始切实感受到荒谬是真切存在的，而非仅仅出现在萨特、加缪们的作品中。但是不管怎么样，在找工作越来越难的形势下，我总算拥有了一份还称心的职业，我想我应该感到高兴，应该意气风发积极有为，应该随时意识到全县有数以千计的文学爱好者在羡慕着我关注着我——起码不应该让他们失望。

我很快鼓起了干劲，重新编排栏目，大力扶植新人，还率先开辟了电子投稿渠道。重新编排的栏目因为配置全面、层次分明、名称不落俗套而得到了李总编和读者的认可。大力挖掘新人也成绩斐然——所谓新人，有大部分写了多年，只是不善于搞公关，而被挡在发表门槛之外。我只要按质取稿，新人就会成群结队地涌现。唯独公布的那个电子信箱，里面来稿寥寥——县城里的大部分作者还是习惯寄手写稿或打印稿，还有寄复写稿的。出于某种逆反心理，我格外关注电子邮箱里的来稿。廖独行的名字很快就烙在我的脑海里——他是乡村作者中唯一给我寄电子稿的人，而且很定时，每隔一个月会发两首诗过来。引起我注意的另一原因是，他虽然也以描写乡村为主，但没有一般乡土诗歌作者笔下那种甜软得让人发腻的牧歌情调，而是浸润着焦虑和反思，语言和意象都称得上奇崛，如同飞龙县山野之中那些突兀而起的青色巨石。当然，来稿末尾通信地址上那个与其笔名反差过大的真名：廖致富，也让我忍俊不禁记忆尤深。我每个月都会发他一次作品，有时是两首全发，有时是选一首搭配其他作者的诗歌发，而他的必然排在前面。《飞龙信息》是周报，副刊每期最多只发三首诗。这种发表力度引起了一些诗歌作者的侧目。这些人当然不会直接向我表示异议，而是跑到本县一位老诗人面前叽叽喳喳。该老在"文革"前就以写政治抒情诗成名，资历非凡，在我这个小辈面前说话自然不用顾忌。他很直率地向我表示，廖独行的诗我读不懂。

我也很直率地说，朦胧诗刚出来的时候，也有人说读不懂。老诗人说，朦胧诗到现在我也读不懂。我笑着说，现在又有许多诗人嫌朦胧诗太浅显易懂了。老诗人板着脸说，看来我落伍了，然后拂袖而去。望着他的背影，我在心里说，你要是真的认识到这一点就好了。

为了一位从未谋面的乡村诗人而得罪了一位有话语权的诗坛元老，我并不感到后悔，因为我觉得就算其他原则坚持不了，起码审美原则得坚持。廖独行在我心目中，是飞龙县写得最好的诗人之一，我觉得自己有责任，也有能力帮他争取到这个地位。但廖独行对我的关注似乎没有什么反应，每次来稿就是作品加地址，连起码的投稿信都懒得写。对此我心里难免有点不爽，但转念一想，他要是懂得起码的客套，也不用等到我做编辑才冒出头来，便很快释然了。县里的其他诗人似乎约好了一般，尽量避免在我面前谈论这个人。当我询问的时候，要么推说不清楚，要么贡献出一句：听说这个人性格很怪。所以对廖独行的情况，我除了从通信地址上推测他可能在万石村小学任教外，近乎一无所知。倒是对万石村，我可能还知道得多一些。那是飞龙县最贫穷的地区之一，石头多，讨不到婆娘的光棍也多。这让我产生了一个疑惑：他是怎么上网的？疑惑归疑惑，我并不担心他抄袭，因为苍凉倔强的石头和悲苦的单身男人，正是他反复歌咏的对象。而且，嫉妒廖独行的作者实在不少，倘若他有一点抄袭的迹象，那些人是绝对不会吝于举报的。

二

秋天明显缩短了。时光似乎是从炎热的夏天直接跳到干冷的冬天。县委所有部门统一安装了空调。李总编拍着我的肩膀说，小王福气好，一来就享受空调待遇。我点头微笑，并没有表明自己一点也不喜欢空调——感觉闷闷的，远不如烤木炭火那般温暖入骨。就在我对空调的嗡嗡声厌烦到极点的时候，有人推门而入，劈出一句，哪个是王文真？

我慢慢地扭过头，看到两米开外兀立着一个青年男子。他中等身材，体格壮实，穿着一身早已不流行的蓝色牛仔装；头发长而乱，眼睛中像有什么在燃烧。感觉是一头野牛闯进了编辑部，我强忍住不快，慢吞吞地说，有什么事吗？

他眼睛更亮了，似乎只迈了一步，就到了我面前，咧开嘴笑了一下。因为笑得太用劲，那张多棱角的脸显得有点奇形怪状。

我是廖独行啊。

哦了一声，我站起来，向他伸出手。看着我的手，他迟疑了片刻，才慌忙伸出双手来，紧紧握住我。感觉是被两块石头夹住了，粗糙、沉重。我试着往外抽了一下，竟然纹丝不动。他显然没有意识到这个小动作，继续隆重地握着我的手，本来早就想过来看你了。我只双休日有空，双休日你又不上班，不晓得到哪里找你，就一直没过来。昨天刚放了寒假，想起今天你肯定还在上班，碰得到，天才毛毛亮就坐车过来了。

就跟意识不到自己的手有多重一样，廖独行显然也没意识到自己的嗓门有多么炸耳——或者他晓得，但从未想过在有些场合要控制一下。我听到有同事发出不满的咳嗽，又想想今天也没什么事，遂锁上抽屉，说，你跟我来喽。

出了门，往左边走上十多米，便是楼梯口。楼梯拐弯处站着个女孩，穿着粉红色的羽绒服。她一直往楼梯口张望，见我们出现，脸上便泛出笑容。这女孩身材单薄，五官只能说是长得规矩，但因为皮肤白，眼神也灵活，看着也还让人愉快。她不等廖独行开口，便问，你是王老师吧？

是啊。

廖独行跟我提过你很多次了。

我转头看着廖独行，这是你女朋友吧，也不介绍一下？

廖独行又是咧嘴一笑，却并没有把女朋友的姓名说出来，而是忙于弯腰去提放在墙角边的两只蛇皮袋子。袋子一大一小，大的装了不少条状物，撑得袋子凸一块凹一块，小的则似有活物在里面扑腾。

他女朋友在一边说，王老师，乡里也没有好东西，就给你带了些刚出的冬笋，还捉了只土鸡。

我吃了一惊，对廖独行说，你怎么也搞这一套？

脸立刻就红了，廖独行说，我本来说不要带的，你肯定不喜欢这一套，她硬要我带。

哎呀，王老师，这也是第一次来看你，带些东西表示感谢。你没来的时候，他在县里的报纸上根本发东西不出。

我瞟了一眼上面的楼梯口，怕有同事走下来，便不再说什么，快步往下面走去。

出了县政府大门口，我拦了辆的士，直奔沿江北路。

廖独行，你是教书的吧？

是啊。

你女朋友也跟你一个学校？

她在田桥镇上教书。

离你那里好远？

还有十多里。

……

正说着话，车子已停在"北岸"咖啡馆。这家咖啡馆才开了两个月，已经在飞龙县很有些名气了，主要是因为装修雅致，服务品种多样——连煲仔饭都卖，价格也还合理。进去后，我径直上二楼，要了个卡座。二楼是半截悬空式，靠着栏杆砌了一排卡座，坐在里面，不仅可以看到窗外的资水，还可以俯视一楼大厅靠窗边坐着的人。把两个蛇皮袋放在卡座外面门侧，尽管那只鸡时常要闷闷地扑腾一下，但既不给隔壁造成什么影响，更不会惊扰对面保密性更强的包厢。看看手机，才十点多钟，离吃午饭还早，我点了杯"蓝山"咖啡，问他们要什么。廖独行还没搭话，他女朋友就说，王老师点什么我们就喝什么。见廖独行没发表异议，我接着点了两杯"蓝山"，一碟葵花子，一碟红泥花生，一包"精白沙"。他女朋友说，王老师别客气，多点一些。

我本来没想过要他们请客，她这么一说，我想再多点也不好意思，便对服务员说可以了。

廖独行从口袋里掏出半包软壳"普白沙"，递了根过来。这种烟四块五一包，是"白沙"系列里最便宜，也是劲最大的一种。廖独行抽烟的样子很酷，脸在烟雾的渲染下显得深沉。我觉得他是不能笑的，一笑就破坏了这份酷劲，也不晓得他意识到这一点没有。他女朋友跟他相反，笑的样子比不笑时好看。她应该很明白这一点，不放过一切可以笑的机会。廖独行好像并不觉得有将她介绍一番的必要，倒是她自己主动做了汇报：姓陈，名彩云，跟廖独行是昭市师范的同学，家里就是田桥镇上的。

我对廖独行说，那你要想办法调到田桥。

廖独行摇摇头，很难。

陈彩云说，其实也不是很难。主要是他犟得很，我要他到学区领导那里多跑跑，他讲什么也不肯。

看到廖独行板着脸不做声，我笑了笑，有才华的人都是这样，不肯为五斗米而折腰。

要是领导晓得他的才华就好了。他发表诗歌从不用真名的，那些同事又嫉妒他，明明晓得是他写的，也故意装作不晓得。

我才不用真名写诗呢，那个名字太俗了。

看到廖独行又一次涨红了脸，我笑道，你那个真名很符合国家的政策，以经济建设为中心嘛。

那是我爸爸想发财。

发财是个好事，又跟写诗不矛盾。

问题是发财还要个命。没有那个命，你就是想到吐血也是空的。

你收入还可以么？

快莫讲了，六七百块钱一个月，还经常拖着不发。算了，讲起这些事就烦躁，干脆莫讲，就讲文学。

我看廖独行的样子，其实并不真正为这些事感到烦躁，他只是不屑于谈论这些事罢了。倒是陈彩云，听到他这样说，目露忧色，看来这些事是真真切切地压在她心上。我也不愿意多谈这些俗事，便问他怎么通过电子邮箱给我投稿的，莫非万石村那样的地方也通了网络？

没有。是镇上开了家网吧。我每次去玩的时候，就顺便发过来。

那你寄信其实还方便些。

我们那里的邮递员越来越不负责，间个把星期才来取一次信。反正我要到镇上去看她，干脆发电子邮件，保险得多。

网上那些口语诗你看得多么？

看过。那是什么诗喽？都是口水话。三岁小孩讲出的话，都比他们有味些。

那知识分子写作呢？

他们写的还算是诗，也有写得好的，就是不太像中国人写的。

外国诗人里面，你喜欢哪个？

我不太喜欢看外国诗。也不是说他们写得不好，肯定有写得极好的，问题是一翻译过来就不是原来那种味了。我是不相信诗歌能够翻译的。李白的诗怎么翻译？一翻译过去肯定就变成口水话，完全变味。

那总有你喜欢的诗人吧？

我喜欢的基本是古代诗人，屈原、杜甫、李贺，还有贾岛。

他们的诗歌都有种苦涩的味道。

正是。我就是喜欢他们的那种苦味，最有回味。还有那种语言，很涩，读的时候好像每个字都有重量，压在舌头上，要用力发音才会弹出去。我不喜欢太飘太滑的语言。

比如？

像白居易的《长恨歌》《琵琶行》，我就不太喜欢。

这两首诗的艺术成就还是比较高的。

写肯定是写得好，但我就是不喜欢。我喜欢他的《卖炭翁》。

你要想提高，喜欢的要读，不喜欢的也要读。

我反正只读我喜欢的。

虽然已经明白他是个率真到极点的人，但我还是有种撞到了石头上的感觉。尽量压抑住不快，我微微一笑，端起咖啡杯，用舌尖去尝那种醇苦的味道。

陈彩云说，王老师的话，你还是要虚心接受。

廖独行脸又有点红了，但到底没出声，而是使劲抽烟。见气氛有点沉闷，我笑着对陈彩云说，你快莫叫我老师，我年纪跟你们差不多。

你是哪一年的？

七六年的。

那你还是比我们大。他是七八年的，我是七九年。

你们哪一年工作的？

九七年。

那你们比我早工作三年。

陈彩云叹了口气，我们哪跟你比得了？你是大学毕业，我们只是中专毕业。你在县委上班，我们在乡里教书。

觉得她面目并不可憎，但言语着实俗了一点，我把目光调向廖独行，乡里有乡里的好，有山有水，空气清新。

廖独行说，我们那里就是没有条河，尽是石头山。

总有点水吧，不然怎么种田？

有是有条溪，就是太细了，一到天旱就断流，只有靠山塘来蓄水。

通了自来水么？

也是前几年有个县委副书记在我们那里搞扶贫点，才通的。

没通的时候喝什么水？

村里有口井，还是清朝时挖的。我就是喝那口井的水长大的。到现在我还是觉得井水好喝，自来水喝起来总有股怪味。

那是。做凉粉都要用井水，自来水做出的一点都不好吃。

见我赞同他的观点，廖独行又高兴起来。我掏出手机，看看快十一点半了，便打了个电话给妈妈，告诉她我中午在外面吃，然后喊服务员来，每人点了个煲仔饭。等饭的时候，廖独行问了我的手机号码，记在随身带的黑色笔记本上。我问他家里的电话号码。他说家里还没装，把学校里的电话告诉了我，然后说，碰到我接就好了，要是别人接，一般难得喊我，接着嘀咕着说要买部手机才行。

陈彩云白了他一眼，早就要你买了。经常打电话找个人不到的。

在电话里讲哪有当面讲有味。

陈彩云粲然一笑。

从这句话里我看出廖独行哄女孩还是有一手的。这也不奇怪，诗人就算再不通世务，在这方面往往还是优于常人的。这算做是上天给诗人的一点补偿吧，因为他们在尘世中大多活得比较痛苦。

饭快吃完的时候，我借口上厕所，到服务台先把账结了。廖独行晓得后，反应竟比陈彩云还激烈，涨红了脖子说，是我请你吃饭，怎么还要你出钱？这怎么要得？

你们来看我，当然该我请。下次我到你们那去，想让我请我都不请，把你们吃穷了再走。

那你一定要来，想住多久就住多久。

我连忙应着好，才让他的情绪平息下来。出了门后，我问他们到哪去。陈彩云说去会同学。我马上说，那这两袋东西带去给你同学算了。

王老师，你也太那个了吧。陈彩云的表情和语调都显得哀怨，让我心里发虚，似乎拒绝收礼竟成了一种罪行。

廖独行这次倒没有红脸红脖子，而是满脸惶惑地看着我，从喉咙里挤出一句，又没帮你带什么好东西……

他肯定还想说些好话、客套话，但嘴巴动了两下后，那些话显然不能成型，又缩了回去。他的神态和语气让我心里一酸，一软，便破了自己在参加工作之初立下的规矩：绝不收受作者任何礼物。

三

吃完晚餐后，我正想着怎么消磨掉这个冬夜，手机便响了起来。预感到这个电话会把我从无聊中拯救出来，我带着几分欣喜按下了接听键。

王老师，我是陈彩云啊。

哦，你好。

你晚上有空么？我们想请你出来唱卡拉OK。

你们还没回去啊？

是啊。两个同学硬要我们留下来玩。里面有我们的班花，介绍给你认识一下啦。

在哪里喽？

"真情园"。我们就在门口等你。

"真情园"设在正对着桥头的林荫道上，离"北岸"咖啡馆不到三百米远，是飞龙县最早开设的卡拉 OK 厅，很有些名气。怕他们久等，我梳了一下头，就出门打的，结果比他们还先到两分钟。廖独行丝毫没有道歉的意思，反而像个老朋友那样，很大势地把陈彩云旁边的两位女孩介绍给了我。一位叫黄俏，长了张银盆大脸，实在不怎么俏，只是打扮得时髦而已。另一位叫张雅兰，也就是他们的班花，大眼睛，桃子脸，确实算得上文秀。张雅兰看了我一眼后，目光就躲到一边去了。这种羞涩的表情，让我心里痒痒的、酥酥的，因为等待而起的一点不快顿时消散得无影无踪。

开包厢的时候，黄俏提出要小包厢，服务台的人说已经没有了，只能开中包。小包唱到十二点钟要八十块，中包则要一百二十元，还只送一壶茶和两碟瓜子。黄俏有些犹豫，偏头看着张雅兰。张雅兰说，那就点中包吧，另外还要一包红泥花生，一包开心果。

见黄俏欲言又止的样子，我猜这次请客是由她俩平摊费用，便觉得黄俏未免有点小家子气，而张雅兰明显大方利落，对她又多了些好感。不过进了包厢后，我却选择了单独的一张小沙发坐下——因为看重，所以我很谨慎，不敢让她觉察到我有进攻的意图。这招"欲擒故纵"果然有效，张雅兰特意看了我一眼，略显诧异。我装作没有觉察，对递烟过来的廖独行摆摆手，唱歌最好不要抽烟，对嗓子不好。

廖独行说，你来唱第一首，然后把烟收回去，塞进自己嘴中。

陈彩云虽然在跟她的两个同学聊着天，却很关注我这边的动静，听廖独行这样说后，马上拍掌响应道，欢迎王老师演唱。

你不要叫我王老师好么，好像我已经很老了，已经不配跟你们这些美女坐在一起了。

那就叫你王哥。

这还差不多。女士优先，你们先唱。见她们没有响应，我对廖独行说，包厢这么大，你还可以喊些玩得好的同学来。

廖独行默然以对。我觉察出他在同学中可能没什么朋友，便走到点歌机前，点了首《如果你是我的传说》。这是首老歌，也是我的拿手之作。一曲唱毕，陈彩云说，唱得比刘德华还好。

我说了声谢谢，飞快地瞟了张雅兰一眼，见她嘴角带笑地看着我，便知道收到了预期效果，放话筒时手格外轻，以尽量显得文雅。

廖独行在我唱的时候就点了歌，是张学友的《想和你去吹吹风》。他才唱了两句，就让我吃了一惊——嗓音颇有磁性，乐感也好。唱到第三句"还是可以迎着风"时，居然使用了颤音。侧面沙发上立刻溅出掌声来，我也跟着鼓掌。廖独行很快进入了歌曲情境，全然忘掉了身边的人，只顾对着那个"你"反复诉说内心的愿望，神情既热烈又忧伤。我想，大概就是他唱歌的样子，打动了陈彩云。

接下来轮到女孩们出场了。陈彩云唱歌实在不敢恭维，像鸭子在叫。黄俏说话时还是成人腔调，一唱歌就变成了童音，矫揉造作得让我心里发麻。只有张雅兰的歌声还让人听着感到愉快，但她表演的欲望并不强。为了让气氛热烈一点，我主动邀请女孩们对唱。先是陈彩云再是张雅兰最后是黄俏。这个排序显然是无可挑剔的，女孩们都没有推辞。

跟张雅兰合唱《东方之珠》的时候，我感到她的声音不如独唱时那样放得开，似乎是因为太想唱好，所以显得有些拘谨。但这反而让我高兴，因为这说明她比较在意。其是唱不唱歌都无所谓，跟她站在一起，闻着她身上淡淡的香气，就让我感到一种身心微微发颤的幸福。但是这一曲太短了，相比之下，跟陈彩云和黄俏合唱的那两曲又未免太长了。很想再邀张雅兰合唱，但我觉得第一次打交道，还是要适可而止，便强行忍住，坐下去喝茶。

廖独行倒是很专一，只跟陈彩云合唱。似乎早已习惯了他的这种作风，张雅兰和黄俏并无任何不悦，反而表扬他的歌越唱越好，简直可以去做专业歌手了。面对如此称赞，廖独行连笑容都不露一下，傲然受之，让我简直有点愤怒。但转念一想，这样反而会产生一种酷之魅力，能够对女孩形成别样的吸引力，倒也值得参考学习。

唱到十一点多钟的时候，我见张雅兰神态有些疲倦，在不到十分钟的时间里看了两次表，便提出不早了，该散场了。黄俏却说，还没到时间呢。似乎非要唱到满点，才值回包厢费。我不好再说什么。陈彩云在一边表态说，我有点累了，还是回去吧。我赞许地看了她一眼，觉得这女孩虽然略显做作，但确实善解人意，对木讷的廖独行来说，当是贤内助。

结账的时候，有个长着双桃花眼的青年到服务台来买烟。转身的时候他撞了陈彩云一下，却并无道歉的意思，晃着肩膀继续往包厢区走去。廖独行上前两步，喝道，喂，你站住！

"桃花眼"回过头，却并不转身，斜着眼睛说，何事？

你撞了人，连对不起都不讲一声？

哎呀，乡巴佬，你还蛮恶呀！

我正想告诉此人他家里上溯三代，肯定也是乡巴佬，廖独行已一记左直拳打在他脸上。他的拳头当得是一块岩石，"桃花眼"被打蒙了，竟不晓得还手，只是愣愣地看着他，似乎不敢相信这乡巴佬居然敢出手。不容"桃花眼"反应过来，廖独行又是一记右摆拳，竟把他打晕在地。

我拉住廖独行，快走！

一行人匆匆往门外走去。好在这边是休闲娱乐区，很快就拦到的士。因为怕"桃花眼"带人追出来，五个人挤进了一辆车里。廖独行坐前位，陈彩云坐他身上。我跟张雅兰、黄俏坐后面。

等车启动后，我对廖独行说，这种人是在街上混的，你最好明天清早就回去，省得被他们碰到寻仇。

我还怕他？

一个打一个你当然不怕，就怕他喊起一伙人来，你再厉害也是空的。

黄俏说，廖独行，你脾气一点都没改，还是这么冲。

其实我改了很多。刚才要是我自己被撞到，也就算了。

黄俏说，陈彩云，你听到没有，廖独行可是把你看得比他自己还重。

陈彩云叹了口气，他这个脾气呀，让我不晓得担了好多心。

张雅兰说，陈彩云这口气叹得好幸福。

大家都笑了起来。

说话间，出租车到了新华书店门口，黄俏先下了车。再往前过十字路口，就到了张雅兰家门口。是临街的一栋三层楼房，一楼是门面，二、三楼住家。廖独行和陈彩云今晚就住她家。我特意下了车，跟他们一一握手道别。廖独行要我上去玩一下，仿佛这是他自己的家。这个提议还真让我心里一动，但因为摸不清张雅兰的想法，我推说太晚，该休息了。跟张雅兰握手的时候，我握得很轻，仿佛握住的是一件蛋壳瓷器，稍一用力就会破碎。她大方地和我对视着，即便是在夜色中，也能看得出她眼睛闪烁着愉快的光泽。那一刻我几乎就要飘起来。

四

第二天，廖独行并没有遵从我的叮嘱，而是和陈彩云、张雅兰逛了一上午街，给自己买了部手机，给陈彩云买了件衣服。请张雅兰吃了中饭后，两位方施施然打道回府。这些，都是两个月之后，张雅兰告诉我的——此时我已经能在僻静的小巷里牵着她的手而不被甩开了。鉴于张雅兰的手机号码和相关情况都是廖独行提供给我的，所以我并没有丝毫不高兴，只是说，廖独行，就是独行其是。

对于我这个评判，张雅兰深表赞同。她还说了不少廖独行在昭市师范读书时的光辉事迹，以资佐证。

其一：廖独行只对三门课表现出了兴趣：语文、体育和音乐。

语文老师是位老牌文学爱好者，兼任校文学社的指导老师。正是他把廖独行引上了写诗之路。不过廖独行后来对他所写的那类郭小川式的政治抒情诗嗤之以鼻，让该老师伤心不已。文学社中有人劝他不要太过直言，有时不妨敷衍两句，哄老师开开心，廖独行瞪着眼睛说，诗写得好就是好，不好就是不好，未必还有什么情面可讲？让该同学为之语塞，此后逢人就说廖独行让诗歌迷了心窍，连做人都不会了。指导老师听说这事之后，倒也没有责怪廖独行，只是叹了口气说，这个小廖啊，快成诗痴了。于是大家都叫他诗痴。但廖独行对这个外号不甚满意，觉得只是表现了他对诗歌的热爱，还不能让听者体察到他在诗歌方面的造诣。他认为自己应该被称为：诗魔，因为他觉得在艺术上有大抱负的人，不成仙成圣，就成魔成鬼，而诗仙诗圣和诗鬼的名号已分别被李白同学、杜甫同学和李贺同学占据了，自己只能成魔。有人指出，诗魔的名号也已被人占了，那就是台湾诗人洛夫。廖独行说，到底哪个是诗魔，那还要比一下才晓得。此话一传出去，全校师生都晓得了162班有个诗歌狂人，认为自己超过了洛夫。从此廖独行又落了个外号：诗狂。对这个外号，他虽然不是百分之百接受，但认为，比诗痴的封号要正确许多。

说到喜欢体育课，也跟任课老师有关系。体育老师刚毕业没多久，满脸青春痘，是个不错的业余拳击手。他上课的兴奋点不在于传授规定动作，而是利用自由活动时间推广他的爱好。他甚至自费购买了沙袋和速度球，在室内运动场一隅开辟了小型拳击训练基地，纠集一帮精力过剩的学生进行培训。廖独行就是这帮学徒中的积极分子。与其说他热爱体育，不如说他是热爱格斗。因为对其他体育项目，无论是单双杠，还是各种球类运动，他都毫无兴趣，唯独喜欢跟沙袋和速度球过不去。他那标准迅猛的直拳和摆拳便是得自那位体育老师的真传。该老师常当众叹息，廖独行就是生矮了，不然可以去打职业拳击赛。对此，廖独行并不觉得有什么遗憾，他喜欢拳击只不过是因为该项运动能让他体内狂躁亢奋的情绪得到充分发泄。更何况拳击运动为他带来了一些便利，比如说，尽管他根本不愿意去学剑术（他认为那简直就是小孩子在耍把戏），在剑术考试时只是胡乱比划了几下，体育老师还是让他过了关。

同喜欢体育一样，廖独行的所谓喜欢音乐，也可以做次简化：喜欢流行音乐。他在这方面的品位跟其诗歌追求截然相反，什么流行就唱什么，从崔健黑豹到四大天王，一概兼收并蓄。因为音乐老师总是喜欢教些风格稳健的老歌，廖独行在课堂上公开发难，要求老师教流行歌曲。这一举动马上得到了众多同学的拥护。音乐老师向班主任寻求支援。班主任是个青年教师，那些老歌从小学时代就听起，心里早就发腻，便趁机建议音乐老师不妨适当增加一些新歌。音乐老师本来性格就比较软弱，又考虑到班主任是校长的外甥，遂打消了去教务处寻求支援的念头。最后竟然是廖独行取得了胜利。因为这个原因，虽然他平常很少跟同学来往，却在班上享有一定威望。就算那些喜欢在背后讥讽他的人，当面还是要叫上一声廖哥。

至于上其他课，廖独行就在下面看文学书，考试时就抄同学的，抄到认为能够及格的程度，便交卷了事。被抄的人起初是怯于他的勇力和威望，后来觉得他虽然几近不劳而获，但总算没有贪得无厌，对自己的成绩排名不构成任何威胁，也就任他抄去。靠了这招，廖独行居然顺利混到了毕业文凭。

其二：廖独行刚入校的时候，因为沉默寡言，长得不帅，几乎不被女生们所关注。直到有天夜晚，廖独行半夜醒来，因为是靠窗的下铺，能看到月光镀亮自己的手背。再往外看，万物沉寂，月独彷徨，他突然感到一阵难以遏制的激动，竟然爬起来，站到横置窗前的桌子上，对月高声吟咏。至于所吟咏的内容，估计不是李太白的把酒问月诗，就是苏东坡的水调歌头词。被惊醒的几个室友目睹此景，皆目瞪口呆。睡在右边上铺的那位定了定神之后，小心翼翼地问："廖致富，你这是在……"

廖独行转头盯了他一眼，竟是目闪精光，吓得该同学连忙用被子蒙住头。好在廖独行并没有进一步关注他，而是继续高咏，吟到动情处，还在并不长大的桌面上徘徊，全然不顾寝室里有好几道目光正从暗处射出，咬着他不放。有人实在忍不住了，正想出声呵斥，廖独行却已吟咏完毕，昂首向天，在窗前呆站了片刻，长叹一声，然后回到床铺上。

有室友疑心他是梦游，第二天便问，你昨晚上做了什么你晓得么？

我起来看了会儿月亮，吟了首诗，何解？

见廖独行目光凌厉地看着自己，似乎对方是在质疑自己为何半夜起来上厕所一样，再加上他已在体育课上通过做俯卧撑展示了惊人的臂力，那位室友便有些心虚，仿佛半夜吟诗的乃是自己，连忙说，没什么事，只是随便问一下。便赔笑而退。不过转过背，他就把此事宣扬出去，其目的在于让大家都来看廖独行的笑话。未料此事竟让不少女生对廖独行刮目相看，认为这是真正的诗人才能为之。

过了两个星期，新一期的文学社团刊物出来了，上面赫然登了162班廖独行同学的两首诗。虽然162班只有一个姓廖的，但还是有人试图否认这个廖独行就是廖致富。好在几个热爱文学的女生在语文老师那里得到了确认，并在班上大力揄扬。过了个把月，同学们便都叫他廖独行了。那几个最初大力揄扬他的女生中，就有陈彩云。

据张雅兰说，应该是陈彩云主动接近廖独行的，虽然她后来否认这一点。那时的陈彩云比现在更加单薄瘦弱，虽然性格活泼，喜欢交际，但并无出众之处，廖独行的剽悍和诗人身份显然对她构成不小的吸引力。而廖独行显然并没有考虑其他外在的因素，他喜欢的就是陈彩云这个人本身，这从他曾写诗赞美她的眼睛和笑容可见一斑。总之，在那三年里，他们是全校关系最稳定的一对情侣，得到了不少人的羡慕。

其三：按廖独行的才华和资历，到了二年级第二学期，在上届校文学社长和主编依照惯例退位后，他不当社长也能做主编。但因为廖独行目无组织纪律，社里开会很少参加，也不跟社长做任何解释，还当众嘲笑主编写的诗是掺了水的古典诗歌，这类假古董倒不如不写，至于其他社员，他看得上眼的几乎没有，更谈不上与他们密切交往，群众基础薄弱，结果换届选举的时候，他依然是普通社员一个。有同班的社员替他抱不平，鼓动他去争取，起码要做个副主编，也好造福本班社员，廖独行却说，社长主编有什么好当的喽，未必当上了就能把诗写好？新任社长和主编又都是写诗的，听到这话后，敏感的心灵顿时受到严重伤害。在编新一期社团刊物时，他们统一了认识，将廖独行的来稿摆到诗歌栏目的倒数第二个位置。蒙此羞辱，廖独行勃然大怒，提着刊物前去质问主编到底有没有审美眼光？主编却推说是社长定的。因为主编是个女生，廖独行不想跟她过多纠缠，便又去找社长。

社长傲然地说，怎么编排，轮不到你来过问。

廖独行把刊物摔在他面前桌上，指着他说，别忘了，入社考试的时候，我是第一名，你是最后一名。

该社长颇具政治家的风范，以唾面自干的精神微笑道，那怎么你没有当上社长，是我当了呢？

廖独行顿时气得说不出话，掏出社员证，掷在他脸上，大吼道，老子退社！

随便你。

话音刚落，该社长就挨了一记耳光，左耳几乎被打聋。他还没回过神来，廖独行就扬长而去。该社长人缘不错，有同班的好汉愿意为他出头报仇，但他考虑到廖独行是个猛人，就算仗着人多打赢了一场，也会惹来无穷后患，便再次以政治家的胸怀忍受了这记耳光，只是说，廖独行是个半疯，跟他计较什么？

作为校文学社的台柱诗人，廖独行愤然退社，自然在内部引起不小震动。指导老师是个仁厚长者，不计较廖独行曾批评过他的作品，出面调和，想把廖独行留在社内，做个挂名的副主编。社长一百个不情愿，但师命难违，便串通主编，提出廖独行得向他道歉，否则两人会一起辞职。这个要求非常合理，指导老师无法驳斥，便去做廖独行的工作。但他对廖独行的了解显然不如少年老成的社长——廖独行一听就火冒三丈，要我跟他道歉，除非是把廖字倒过来写。

见调和无望，指导老师说，廖独行啊，你诗是写得好，但这个性格要改一改，不然将来到社会上，会吃大亏的。

廖独行不做声。

此后廖独行照旧读诗写诗，还在《诗歌报》《绿风》上发表了一些作品。陈彩云拿着样刊，带着几个姐妹，跑到文学社主编面前说，廖独行的诗在大刊物上发表了，你的诗在什么刊物上发表呢？

该主编连《昭市日报》的副刊都不曾上过，顿时脸上绯红，挤出一句，我才不往外面投稿呢。

不往外面投稿，只怕是被退了稿不做声吧？自己当主编，就把自己的诗歌排在廖独行前面，怕不怕丑？

该主编羞愤之下，动用了与她的诗歌语言截然相反的词汇，骚×，关你什么事？

在使用这等词汇方面，陈彩云的本事绝不在她之下。两人大把的秽词甩出来，让旁边的男生们听得既惊讶又兴奋。倒是张雅兰实在听不下去了，强行把显然进入亢奋状态的陈彩云拉了出去。

......

我正听得入神，手机响了。此时是星期四下午，我边掏手机边说，十有八九是廖独行打来的。张雅兰还不信。一看来电显示，果然是他。见我不接，张雅兰问为什么，我说，这家伙，一谈起码就是半小时。跟你在一起，每分每秒都很宝贵，我要珍惜。

张雅兰嗔道，油嘴滑舌，你就不怕别人讲你重色轻友？

我就重你这一色，别的色我都看不入眼。就算廖独行晓得了，也不会讲我轻友的。他会充分理解我的。

未必你们就这么心意相通？

我正色道，我跟他确实能成为知己。他几乎每天都会跟我打电话。

哦，你们就这么好喽？

所以说嘛，你跟我要加快进度，要一直保证我们两个才是最好的。

讨厌。

张雅兰白了我一眼，眼睛瞟向窗外，嘴角却带着笑意。虽然这神态已欣赏过多次，但我依然为之心醉。

五

　　每次跟我打电话的时候，廖独行都在山上，这是因为万石村信号不好。他跟我说，他几乎每天下午都会去山上，抽烟、看风景、想心事，有灵感了就掏出笔记本写诗。他还说，你不要以为是因为你当编辑，我才老是跟你打电话。我是喜欢你的诗，才想跟你多聊聊的。其实廖独行不说，我也明白他是觉得终于找到了同道，想把在心中郁积了很多年的想法都说出来。我欣赏他的诗，也是因为感觉他的美学追求跟我比较接近。如果说他的诗是苍凉倔强的青石，我的诗就是寒光闪动的刀锋，都有一种冷硬峭拔之美。我提出要跟甜熟媚软的诗风和潦草贫乏的诗风作战。他在电话那头予以热烈的响应，甚至提出要起草一个宣言。我说，这要等我们有了影响，最好还要多找两个同道，才能做这件事。否则就等于把黄金丢进江里，连个泡都不会冒。他沉默了片刻，说，你在这方面比我懂，听你的。

　　因为遇上廖独行这个真正的同道，我写诗的劲头也足了许多。常常写好了之后，用短信或者邮件发给他，他看完后，会直接打电话过来，说哪几句过瘾，哪几句不怎么样。他得了佳句，往往按捺不住兴奋，立刻拨通手机向我大声朗诵，有时我能依稀听到山上的风声在他诗句的间隙中鼓荡。我还仿佛能看到，每当得到我的赞赏，他会站在岩石上手舞足蹈，而他背后，血红的晚霞正涂抹着青黛色的天空。我很想和他一起站在山上，向着满坡石头朗诵我们的诗句。这个念头越来越强烈，终于，在春分过后不久，我说动了张雅兰，结伴去乡下看望她的同学。

　　我们是在星期五下午出发的。为了让张雅兰坐得舒服，我包了辆的士。到达田桥镇，还不到五点钟。廖独行和陈彩云早站在镇口迎接我们。我提了个旅行袋，廖独行劈手夺去，简直不容我反抗。他说先去宾馆放了东西再吃饭。我晓得到了这儿，绝不会有自己掏钱的机会，而廖独行经济状况不佳，便说，住什么宾馆，今晚就住陈彩云学校，让我们也体验一下乡镇小学的生活。

那怎么行？你来了还让你住教师宿舍。

你是人，我也是人，你住得，我怎么就住不得？

廖独行被我问住了，便看着陈彩云。因为在车上就把这意思跟张雅兰说了，她不等陈彩云开口，就说，住你的宿舍要得，这里的宾馆我还不放心。

陈彩云踌躇了一下，这样吧，你住我家，他们两个住我宿舍。

我已晓得陈彩云父母嫌廖独行家里条件差，不同意他们来往，而我跟张雅兰也还没到能够同住一室的分儿上，这个安排十分恰当，便立刻同意。张雅兰也说好。三票对一票，廖独行只好服从。陈彩云所在的学校离镇口不远，校门似乎新近修葺过，贴着白瓷砖，但里面的教室显得陈旧，有一栋在我看来，应该属于危房，但显然仍在使用之中。校园中到处站着高大的梧桐树，在拥挤喧闹、尘土飞扬的小镇，倒也是一方幽静之地。上了道坡，左侧有个五六百平方米的土坪，坪上还竖着两个水泥篮球架，横着一方水泥洗衣台。四个男青年教师正在靠路边的篮球架下打半场，五六个小孩则聚集在洗衣台边玩乒乓球。在土坪的右侧，站着一排红砖平房。经过篮球架的时候，那些人都停了下来。

陈彩云，又在搞玫瑰之约了？

陈彩云避而不答，只是笑着说，你们周末不回去？

我们光棍一条，回去也没什么卵味。哪像你，爽得死。

我见他们嘴里跟陈彩云说着话，目光却全往张雅兰脸上奔，便牵起她的手，加快了步伐。廖独行绷着脸，也不跟这些人打招呼，径直向那排平房走去。他有陈彩云宿舍的钥匙，捅开了门，里面正屋只有八九个平方米，靠窗处放了张桌子，靠里侧摆了张床，床和桌子间放了个火炉。墙上贴满了明星像，无非是王祖贤关之琳酒井法子等大众型美女，唯一荣获入选的男明星是金城武，倒还带点野性的另类气息。桌上没看到多少书，占据主要位置的是台收录机和一些磁带、化妆品。床上坐着只硕大的白色玩具熊，还打着红色领结，比廖独行时髦得多。

尽管已过春分，但山区里还是弥漫着冷气。炉子里的火没熄，我们就靠着炉子烤火。陈彩云给我们倒了开水，又从抽屉里拿出一大包瓜子。这瓜子是素炒的，比商店里卖的包装五香瓜子滋味要纯得多。我们嗑了半个小时瓜子，倒被人探看了四五回。这些人要么是成了家的女教师，要么是职工家属，居然也跟单身职工一样挤在这种平房里。陈彩云跟她们十分亲热，倒是廖独行显得有几分不耐烦。到了六点钟，他不顾还有个四十来岁的胖女人靠在门边跟陈彩云说话，站了起来，断然说，吃饭去。

外面空气中的寒意渐渐加深，远处深蓝色的山峦正合力将夕阳往背后拖。出了校门口，旁边小店里的老板娘目光热切地注视着我们。陈彩云含笑跟她打声招呼，就正过头去，不顾她的目光还粘在自己脸颊上。我怕到这种遍布油垢的小店吃，委屈了张雅兰，也就没讲客气，任由陈彩云把我们带到一家酒店。

这酒店照搬县城豪华酒店的格局，从彩灯招牌到室内空调，一应俱全。我说坐大厅就可以了，陈彩云也没反对，但廖独行执意要开个包厢。菜单拿上来后，廖独行让我点，我推给张雅兰，张雅兰点了两个素淡的小菜，一道野菌汤，又转给我。我点了家常豆腐、猪血丸子炒腊肉、酸辣椒炒小鱼。廖独行听到我报的菜名，说，你们怎么尽拣些便宜的菜点？就把菜单拿过去，点了鱼头王和青椒焖鸡。张雅兰说可以了，再多点就吃不完了。廖独行又要了一壶米酒、两瓶椰子汁。我便要服务员再泡一壶浓茶来。

听到我申明不喝酒，只喝茶，廖独行嚷道，写诗的人不喝酒，怎么像话？

这就是我跟你之间最大的区别。

那不行，到我这里，不喝个痛快，不放你回去。

廖独行，你要这样搞，我下次就不敢来了。

见我很认真的样子，廖独行愣住了。

张雅兰说，他真的滴酒不沾。

陈彩云笑道，哟，才多长时间，你就这么向着他了。

张雅兰白了她一眼，你向着廖独行有多少年了，还讲我？

我才不向着他呢，看着他就恨心，一点都不长进。

廖独行瞪着眼睛说，我哪里不长进了？

见他来气了，陈彩云放低了声音说，就晓得凶我。

张雅兰说，廖独行在学校里为你打了好多次架，你就不记得了？

我就是记着他过去的好，才……

未必我现在对你就不好？

对我好，也要对我家里人好才行。在我爸爸妈妈面前服个软都不愿意，还讲呢。

是他们要我把带上门的礼拿回去的，你还怪我？

陈彩云不说话，低头看着桌面，眼睛都有些红了。张雅兰连忙劝道，这件事，慢慢来。我要王文真再劝劝廖独行。

陈彩云说，王哥，你真的要好好劝劝他，把脾气改了，省得到处碰壁。

我连忙应着好。这时第一道菜上来了。廖独行用印有"青岛啤酒"字样的玻璃杯斟满了，又看着我，你真的不喝？

我什么时候跟你讲过假话，你只管自己喝就是。

那好，你喝茶，我喝酒，看哪个喝得多。敬你，第一杯干了。

他仰脖咕咚咕咚，竟是一饮而尽。我也把杯中的茶饮干。这是乡里人自己焙制的茶叶，香得很野。几道土菜也都是地道的农家风味，主要是材质好——鱼是附近溪里捞上来的；鸡是放养的正宗土鸡；至于猪血丸子和腊肉，更是北面这几个乡镇的招牌菜，尤以田桥镇所产最为著名。我问制作到底有何秘诀，陈彩云说，做猪血丸子一要豆腐好，二要肉下得足；做腊肉肥瘦比例要搭配得当。这两样都要用锯末火慢慢地烘烤。还有就是放盐，不能多也不能少。材料若是一样，做得好不好就要看经验，镇上做得最好的就是几个婆娘婆。

你还很懂，看来你炒菜一定炒得好。

陈彩云一笑。张雅兰说，以前我们出去野炊，都是她掌厨。

我对廖独行说，你这小子很有福气啊。

廖独行咧开大嘴，脸上的笑容鼓了出来，又硬生生冻住，也不去看陈彩云，伸手夹了块鸡肉，塞进嘴里。这家伙嚼菜的声音特别响，让人强烈地感受到他进食时的快感。我看得出廖独行是因为我和张雅兰在场，下筷才有节制。等到我们吃得差不多了，他才露出食豪本色，以风卷残云之势，将桌上的菜一一扫荡完毕。那一壶酒，也没能让他的脸有半点红。我这才醒悟到上次用咖啡煲仔饭招待他，真是以杯水来供大鱼了。

这餐饭吃了差不多有个把小时。出来后，夜色已完全罩了下来。但月亮把夜罩捅了个明朗的窟窿，再加上小镇灯火密集，人心亦无黯然之感。我们沿着主街散步。这街有一里来长，尽头处接连着广阔的田野，田野那边，就是浩瀚的山影。野外的风，寒凉中透着清新滋润，使人觉出毕竟已到春天，无数生机正在逐渐绽放。我近乎贪婪地呼吸着这几乎绝迹于城里的新鲜空气，竭力把它灌注于体内的每颗细胞，心神顿时清爽不少，便说，难怪古代的修真之士，都要远离城市，到这山野之地来。看来乡村有城市永远无法比拟的好，起码这空气就比城里新鲜得多。

陈彩云笑道，你要是住在乡里，就会想着城里的好。

怔了一怔后，我说，你这话也有道理。这就看个人的选择了。

陈彩云说，我是喜欢城里，城里比乡下热闹得多，好玩得多。

我问张雅兰，那你呢？

张雅兰想了想，我住还要住在城里，因为城里比乡里方便得多。但经常可以到乡里玩，最好在乡下还有栋小别墅。

我笑了笑，那你还很贪心嘛。

你呢？

我希望能长住乡里，但在城里有份工作，可以不去上班，工资照发的那种。

你比我还想得美些。

我一笑，问廖独行，你呢？

我从来不想这些事，只要活得自在就要得了。

张雅兰说，看来还是你境界最高啊。

廖独行默不作声。我虽然有种被比下去的感觉，但也不得不承认，廖独行对一些物质条件似乎感觉迟钝，这在有些人看来，未免是愚蠢，但换一种角度看，又称得上大智。只可惜能欣赏这种智慧的人，越来越少，陈彩云肯定就不是。这样一想，我心头便起了层忧虑。正好廖独行递了根烟过来，我看着他那张岩石般的脸，心想，今晚要跟他好好谈谈。

回到宿舍后，从旅行袋中取出张雅兰装洗漱用具和护肤品的小手提袋，我和廖独行把她俩送到陈彩云家门口。返回的时候，我在路边的小商店买了两包"精白沙"。廖独行又要了软包装的"普白沙"。我问，两包还不够啊？廖独行说，"精白沙"味道还淡了点，吸起来不过瘾。我提出要退掉一包。他说，反正一包吸不了好久，莫退了，然后抢着付了钱。

回到宿舍，廖独行换了个煤球，又告诉我走廊靠围墙那边有公用龙头，要洗脸刷牙就到那里去，厕所则在平房后头。我问他困不困，他说自己十二点钟前从没睡过觉。我便从旅行包里翻出茶叶盒，泡了两杯"碧螺春"。

廖独行说，你还很会享受嘛。

我嘿嘿一笑，喜欢什么就要尽量享受。

我觉得你有点小资情调。

小资情调有什么不好？小资情调就是把生活过得精致一点，诗意一点。

我觉得诗意是种感受，感受到了就行。

那也要有一定的物质做基础。

我穿得差一点，吃得差一点无所谓。

你总不能不穿不吃吧？总之是离不开物质。

那倒也是。不过感觉是最重要的。如果为了追求物质条件，让自己感觉不好，我是做不来的。

物质追求就是为了让感觉更好。古人讲得好，以人御物，不要为物所御。做到这一步，也就真正活得潇洒了。

问题是现在大多数人都是为物所御。

你要理解他们，这世界上终究只有少数人看得开。

廖独行长叹一声，默默地抽起烟来。

我抿了口茶，直视着他，你自己到了这个境界，别人未必就到了。所以有时候考虑问题要替别人想想。比如陈彩云，她当然希望能过得好一点，舒服一点，这是很正常的想法。你就算为了她，也要努力改变一下处境。

我也不是没想过。但是要我去巴结领导，实在是做不来。

也不是说要你去巴结什么人，但你要想办法让别人认识到你的才华，晓得你是个人才。

我就会写诗，连教书都提不起劲。

我给你出个主意，你写点关于你们学区的通讯报道，我帮你放到一版发出来，就用你的真名。多发几篇，就会引起你们学区领导的注意。

廖独行不做声，大口地吸着烟，喷出浓浓的烟雾。

通讯报道很简单，你总不至于不会写吧？

也不是写不出，只不过我觉得那跟拍马屁是一回事。

怎么是一回事？又不要你捏造事实。

你不晓得，如果把事实报道出去，我还愿意，只是学区领导看到了，肯定会火冒三丈。

总还有点成绩吧，你只报道成绩好了。

这还不是拍马屁？

我一时语塞，过了片刻说，你就当是为了陈彩云，为了爱情，委屈自己一下，总可以了吧？

廖独行又点了根烟，一直抽到烟头快烧着手了，才把烟丢到炉里，看着它化成一小团火，然后说，我再想想，要得么？

随你。反正我是为你好。

　　廖独行看着我笑了一下，那笑很腼腆，也很真，让我感到他其实还是个小孩。我把话题转移到诗歌。他一下就来了神，从漂泊于海外的北岛、多多一直扯到从本土走出去的匡国泰、莫雅平，直聊到我哈欠连连还不肯罢休。后来我一看手表，已经是一点多了，便强行终止了聊天，出门洗漱。回来后，因为洗了冷水脸，又被夜气一冻，我睡意又去了许多。陈彩云床上的被褥厚实软和，还有淡淡的香气，可见这妹子过日子应该是精致的。我跟廖独行各睡一头，又聊了会儿，突然一齐陷入沉默。

　　过了一会儿，廖独行问，你以前谈过恋爱没有？

　　你问这干什么？

　　我们是哥们儿，问一下有什么要紧。

　　我要说没谈过，你信么？

　　那你跟女的上过床没有？

　　我犹豫了一下，觉得不应该在这样的人面前撒谎，缓缓地说，上过。

　　不是跟张雅兰吧？

　　我跟她，还没到那一步。

　　那你和那女的怎么会分手？

　　缘分尽了就分手了。

　　是大学同学？

　　嗯。

　　应该不是本地人吧？

　　江西的。

　　现在还有来往么？

　　她给我写过信，我没回。

　　你还很干脆。

　　回了也没用，不如早断。

你还是写诗的呢，怎么这么现实？

过程就是结果，难道两个人恋爱，非要结婚生子不可？

她会有你这么看得开么？

不晓得，反正我也不是她第一个男朋友，她也不是我唯一的女朋友。

你是不是因为这个，就不太珍惜？

可能有一点吧。其实仔细一想，毫无道理。为什么男的可以跟别的女人上床，女人就不可以跟别的男人上床？问题是一落到自己头上，就总看不开。

这是男人普遍的弱点，几乎没有哪个能克服。

是啊。那你呢，有别的女人没有？

没有。我就一直跟陈彩云好。

你到底喜欢她哪里？

喜欢就是喜欢，没道理讲的。

你跟她谈诗么？

她就觉得席慕容的诗最好，你讲我跟她能谈出什么来？

那你们平常在一起谈什么？

也不谈什么，就是做爱，陪她买东西，听她唠叨。

你还很坦白。

我跟你不坦白，还跟哪个坦白？

我们也算有缘。

那当然。说不定前世你是李白我是杜甫。

那我们的前世就太辉煌了。

李杜也是人，又不是神。

难怪你叫诗狂，果然狂到家。

你怎么晓得我的外号？嘿嘿，肯定是张雅兰告诉你的。

未必还是别人告诉我的?

她还讲了我什么?

也没讲什么,她是个不多话的人。

她是跟别的女同学不同,不喜欢讲闲话。

她在学校有没有人追?

一大堆,有同班的,有邻班的,还有高年级的,经常有人在广播里给她点歌。

那她跟哪个谈过没有?

没有,我听陈彩云说,她自制力很强,刚进学校就立下誓言:在学校里绝不谈恋爱,专心读书。

那她成绩肯定很好。

那当然。不然她家里没什么关系,又怎么会分配到重点小学教书?

我不再言语,在心里对自己说,张雅兰可是个真正的好女孩,王文真你可得好好把握。

六

第二天,我们睡到张雅兰和陈彩云来敲门才爬起来。吃了所谓的早餐后,我们上了辆中巴。这辆中巴早该进修理厂了,一路上连蹦带跳,居然没散架,也算是内力深厚。颠簸了大半个小时,下得车来,张雅兰眉头深锁,捂着胃蹲在路旁,想强忍,却终于忍不住,把早餐全呕出来了。其实她半路上就有反应,但挨到现在才吐,算得上意志坚强。我心痛不已,说,那个卵书记,来蹲点怎么不把路修好?

陈彩云冷笑一声,这条烂路,怕要市委书记来蹲点才能修好。

廖独行似乎对这条路无甚意见,但看到张雅兰如此,便说,这条路是不太好跑车。

张雅兰呕完了，我让她再休息一会儿。她摇摇头，慢慢地往前走。我心里一半是歉意一半是惶恐，担心她怪我把她策到这种地方来。这里四周全是石山，没看到几棵树。如果不是中间凹下去一块巨大的平地，可以耕田种菜，那就几乎没人能住得落。廖独行指着平地尽头两道对峙的山梁，说穿过那两座山，还有一块平地，也是属于万石村的范围，本村的人都叫那里后村。

万石村有蛮大啊。

有一千六七百人呢，在田桥这一带算是最大的村了。

进了村后，撞进眼中的是一栋接一栋的土砖屋；也有红砖屋，呈鹤立鸡群之态；偶尔发现一栋贴白色瓷砖的楼房，让人疑心是天外来客。不少房屋都是大门紧闭，路上碰见的多为老人和孩子，田里也看不到几道人影。

你村里只怕六七百人都没有。

年轻人都出去打工了，只剩下些老弱病残。

那田里的活哪个干？

能够租的都租出去了，不能租的就荒着。

农民不种田，那还叫什么农民？

种田不合算，累死累活也赚不了几个钱。打工收入还是高很多。年轻人里面，没有几个安心待在田里，都想往外跑。

这样下去，以后岂不是没人会种田了？

是啊。田里的功夫深得很。我教了几年书，也有些上不起手了。

你以前都做过？

除了犁田，都做过。偏偏犁田又是最要功夫的。我们村里三十岁以下的人，基本不会犁了。

那岂不是快成为失传的武林绝技了？

这话说得他们三人都笑了，我自己也觉得语妙天下，得意地笑了两声。不过笑过之后，心里却有点沉。我虽然生于县城长于县城，但从县城跨出两步便到了农村，从小就经常去乡下玩的，再加上不少亲戚同学都身在农村，对农村有种血脉相连的感觉。想起过去农村里的热和，再看看眼前的荒凉，实在觉得情况不妙。如果说县城是一座楼房，农村就是托起这座楼房的基脚。基脚不牢，楼房花的本钱再大，也终会坍塌。现在这样子，明明就是基脚开始松动了。问题在于，假如我在农村，十有八九也会出去打工的。这般一想，我头都大了，觉得简直是无解。正忧国忧民间，我们就到了廖独行家门口。

他家坐落在道路转弯处一块半月形的平地上，前面是路，背后是一片菜地。平地上并排立着一栋土砖屋，一栋红砖屋。土砖屋外墙显出苍黄的颜色，很有些年岁了，所幸还很结实，并无歪斜之相，像个硬朗的矮老头，戴着深黑色帽子，稳稳地站在那。红砖屋颜色很新，第二层才开始砌，只有一面砌了半截的墙孤零零地站在空中。第一层门口贴着大红对联，两扇木门一边贴着个连体喜字，窗户后面被绿色帘布遮住，看来已经有人迫不及待地住了进去。木门紧闭，当中那把黑铁挂锁大得有点过分。

廖独行把我们领进了土砖屋。屋门半掩，屋内却是静悄悄的。廖独行喊了两声妈妈，又喊了声爸爸，都不见回应，便说了句，只怕是到田里去了，然后请我们在堂屋神龛前的八仙桌边坐下。我见张雅兰眉头还是微微蹙着，便要廖独行倒杯热开水来，给她暖暖胃。廖独行便钻进灶屋，拎出一个塑料开水瓶来，给张雅兰倒了一杯，又给我倒了半杯，便没水了。他显得很不好意思，连忙说，我去烧壶水，便又钻进灶屋。

趁廖独行烧水的空当，我站起来四处略略看了看。堂屋后面是里屋，应该是廖独行的爸爸妈妈住。左侧有间厢房，大概是廖独行睡觉的地方。灶屋和里屋并排，又连着厢房。我走进灶屋，见廖独行正蹲在灶前，往里面塞柴。灶也是土砖所砌，灶上蹲着个特大号白铁水壶。灶前那面墙被熏得黑黑的。灶上方悬着大大小小七八块腊肉，都吊在一种阔嘴铁钩上。铁钩连着粗铁丝，铁丝另一头挂在屋梁一侧横出的铁钉上。

到了你这灶屋里，就好像回到了过去。

我还喜欢这种老式灶屋些，里面的气味闻起来就舒服。尤其是冬天，待在这里面，烧着柴火，感觉很温暖。那种新式厨房，冷冰冰的，纯粹就是个屠宰场，在里面待五分钟我就受不了。

那是因为你从小生活在这种环境，已经习惯了，有种情感上的依恋。

反正我喜欢老式的东西。

所以你对城市一点都不留恋。

我是不觉得城市有什么好。虽然有很多新鲜把戏看，但待在那里，心里总是很空，飘起的，不踏实。

如果有人要批判你，就会讲你反对文明社会。

我才不怕别人批判呢。要讲起来，乡里的这一套也是种文明。我就是喜欢这种文明，哪个能奈我何？

见他又激愤起来，我笑道，你这个人，哪个也奈你不何的，因为一般人认为重要的东西你都不放在心上。有句老话讲得好："人到无求品自高"，说的正是你。

廖独行却叹了口气，声音低了下去，仿佛在喃喃自语，要是真的无求就好了。

虽然他蹲在地上，背对着我，我还是能感受到他突如其来的伤感和无奈。默立片刻，我退了出去。陈彩云正跟张雅兰说着话，语气中颇有些不平。听了一会儿我才明白，原来旁边那栋未完成的新屋是廖独行和他哥哥合伙修的。修到第二层就没钱了。他哥今年年初结婚，就先搬了进去。嫂子来自毗邻飞龙的小梁县，跟他哥在同一个厂打工。长得像根瘦柴，人又特别刁钻，却被他家里人当成宝贝。回来过完年，办了酒，又去东莞了。临走前他嫂子把屋门锁了，连钥匙都不留一把。

听到这，我忍不住说，这新屋廖独行也有份，她凭什么这样做？

她说，第一层归他们住。等以后修了第二层，就归廖独行。

万一修第二层她不肯出钱怎么办？

我看她打的就是这个主意。廖独行也觉得她是这么想的。

那廖独行怎么也答应了？

哎呀，他太重兄弟感情了。说是为了他哥哥，自己受点委屈算了。

那也是。他哥哥讨个婆娘可能不容易。

问题是做哥哥的也要为弟弟着想啊！我看他全凭自己婆娘摆布，廖独行付出再多，也得不到回报的。

这时廖独行拎着开水瓶出来了，皱着眉头对陈彩云说，你少讲两句好不好。

我就是要讲。你这人心太实，老是把自己吃亏，害得真正对你好的人也吃亏。别的不讲，你嫂子把新屋全占了，今天晚上我们住哪？我可不想住你学校宿舍。那里的男老师像是从没见过女的，跟苍蝇一样，讨厌死了。晚上睡觉都不放心。

那我和王文真去学校住，你和张雅兰住我家里。

你那间房，又黑又脏，你也好意思让张雅兰住？

廖独行低头不语，耳朵全红了。

张雅兰连忙说，没关系的。

廖独行还是不出声。我说，现在还早得很。睡觉的事，等下再论。

先喝点茶，暖暖胃，然后把茶叶盒翻了出来，就着新烧开的水，每人泡了一杯。廖独行寻出些红薯干和炒花生来。这两样都是不错的茶食。四人围坐在八仙桌边，只听得见喝水和嚼东西的声音。

大约过了半个小时，廖独行的父母回来了。原来他们并没有下田，而是听说后村的黄三毛捉到只六斤重的大竹鼠，想着今天有贵客来，杀鸡还不成敬意，这竹鼠在城里难得吃到，正好买来待客。本来这只竹鼠虽大，廖父一个人还是足以把它捉回来，但因为担心黄三毛未必肯卖，而廖母跟黄三毛妈妈拜了干姐妹的，两口子便一同上阵。果然，黄三毛想留着给自己下酒的。磨了好一阵嘴皮子，黄三毛的妈妈又在边上搭了句腔，黄三毛才同意把肉卖了，但皮得留下。于是在黄家当场给竹鼠放了血，剥了皮，用蛇皮袋装了拎回来。

听了两位老人的讲述，我心里又感动，又有点发怵。因为我是最讨厌老鼠的，虽然这只老鼠前面还有个竹字，但终究是鼠类，到时如何下得了筷？瞟了眼廖父手中那个小蛇皮袋子，装着沉甸甸的一大坨，我实在无法想象一只六斤重的老鼠会是什么样子。虽然答案就在眼前，但我绝没有要当场揭晓的想法。好在廖父并没有打开袋子请我们鉴赏，而是和廖母一同进了灶屋。

趁两位老人家忙着做饭菜的时候，我向廖独行打听这种竹鼠的底细。原来后村有一片山没长石头，而是长满了竹子。竹鼠就住在竹山里的地洞里，靠吃竹子的根、茎和竹笋为生。它的毛皮厚实柔软，可以卖出很高的价钱。肉也鲜嫩，比鸡鸭鱼的味道只好不差，山里人特别喜欢捉来打牙祭。

廖独行介绍了一通后，总结说，竹鼠简直就是鼠中极品。

我说，苏东坡讲得好："宁可食无肉，不可居无竹。"这竹鼠终生只与竹为伍，肯定是具有高雅的情操。

陈彩云和廖独行都笑了起来。张雅兰没什么反应，捧着杯茶，小口小口地喝着。我问她是不是还有些不舒服，她说已经好很多了。

过了个把小时，菜全部上了桌。两大碗鸡肉，一盘笋子炒腊肉，一盘猪血丸子，一碗菠菜豆腐汤，当中那只最大的海碗，装的就是竹鼠肉了。廖父从屋角提起只白色带嘴长方形大塑料壶来。此种塑料壶一般是用来装农药的。等他拧开壶盖，里面却蹿出股酒香。廖父满面笑容地看着我，大有要跟我痛饮一场的态势。我连忙声明自己从不喝酒。廖父的笑容顿时黯淡了许多，疑惑地看着我，乡里没得什么好酒，就是自己家里酿的几斤酒。听他这么一说，我头上都快冒出汗来了。幸亏这时廖独行出面证明我确实滴酒不沾，廖父才勉强打消疑惑，说，那你多吃些菜。

廖母擎出一瓶饮料，居然是"金贝"花生奶。她对陈彩云说，我昨天到集市上去买饮料。你喜欢喝的那种椰奶没得卖了，卖货的讲这种也还好喝，你尝下看。

我听出廖母口气竟然有些惶恐，而陈彩云并没有安慰她，只是矜持地一笑，任凭廖母给自己倒饮料，心里便有些不舒服。廖母给陈彩云倒上饮料后，又要给张雅兰倒，张雅兰连忙说，我自己来，便把饮料接了过去，给我倒了一杯，再给自己倒上。完了，见廖母面前的杯子是空的，又要给她倒。

廖母慌乱地直摆手，你是客，还要你给我倒，要不得，要不得。

你炒了这么多好菜招待我们，我给你倒杯饮料是应该的。

廖母满脸绽开一沟一沟的笑，一边看着张雅兰给她倒饮料，一边赞叹说，是个好妹子哦，乖态得很。

张雅兰说，陈彩云也乖态嘛。

那没有你乖态，你可是班花。

我说，都莫谦虚了，都乖态。

陈彩云脸上这才活泛起来，端起杯子说，还是王哥最会讲话，来，我敬你和张雅兰，祝你们事业爱情双丰收。

你跟廖独行也一样。

陈彩云叹了口气，叹得刚活跃起来的气氛为之一沉。廖独行却像没听到一样，大口地吃菜、喝酒。见我始终没有动竹鼠肉，他有些诧异，用筷子点着那只海碗说，吃呀，蛮好吃的。

廖父也看着我，竹鼠肉又补又清火，吃了最好，多吃点。

我实在却不过情面，硬着头皮夹了一小块。看形状颜色跟我吃过的野猪肉差不多，入口后觉得比野猪肉要鲜嫩许多。在我吃过的山珍里面，是肉质最接近家畜的一种。有了第一口就有第二口，鼠字所造成的心理障碍很快就被实实在在的口味冲破了。但是张雅兰的筷子却始终避开那只海碗。她连续赞美着两碗土鸡的醇香滋味，居然在廖父廖母面前成功掩盖了对竹鼠肉的冷淡。土鸡确实味道上佳，绝非城里那些吃饲料长大的鸡所能比拟。至于腊肉、笋子、菠菜、猪血丸子，都是没有受过化学激素污染的原生态产品，让人吃得放心。总之，这顿饭开局有点艰难，但吃到最后，皆大欢喜。把最后一块鸡肉送进肚后，我说，乡里的菜就是比城里的好吃。

得了我这句表扬，廖父廖母满脸都泛着光。廖父说，那你就多到这里来。我敬了他一根烟，他看我的神态更加亲热，显然彻底打消了因我不喝酒而引起的隔膜。

吃过饭后，廖独行问我是休息一下，还是去外面转转。我看了看张雅兰，建议还是先休息一下。陈彩云不吭声，只用目光剜着廖独行，想看看他到底如何安排我们休息。他转身走进厢房，片刻后又出来了，也不看我们，昂然向门外走去。廖独行跨过门槛的时候，我才注意到他手里提了只钉锤。过了一会儿，他出现在门口，对陈彩云说，你带张雅兰到新屋休息。

我帮张雅兰提着包，送她们过去。新屋大门洞开，那把黑色挂锁已不见踪影。屋里地上铺着彩色瓷砖，上面绘有一些拙劣的花草，没有绘画的则带着半截"福"字或"寿"字，两块拼在一起才显出整字来，中间那条缝看上去像是把"福"或"寿"腰斩了一样。墙壁刷得惨白，但有些地方并没有刮平。屋子里没多少家具，显得又空又冷，反而没有土砖屋那么暖和。卧室里的那张席梦思倒是很大。陈彩云看着席梦思，说，在这里休息还差不多。

我怕她又对廖独行的哥哥嫂嫂发表什么意见，说，你们休息一下吧。

廖独行叮嘱陈彩云把大门从里面闩上。两人便出了新屋。因为早上起得迟，不需要睡午觉，我便对廖独行说，到你写诗的那座山上去看看。

廖独行颇有些兴奋，说，行起。

山离廖独行的家还有一里路，在村子的左侧。这座石山所处的地势高，跟其他石山并不连接，有种孤峰耸立的气势。山上的石头块头大，很少有短于一米的，或直立，或平躺，或对峙，或交叠，看得久了，竟觉得不像是石头，而是满山活生生的人。石头之间的空地长着茅草和矮小的灌木。廖独行告诉我，本地人烧柴火，主要靠这两种植物。如果要烧大柴，得到二十里外有树的山上去。

爬到山顶，一块巨石闯进眼帘。石头长约一丈、宽约六尺、高约五尺，石面大致平整，周围一丈之内都不长石头，仿佛一位雄踞在此的王者，无人敢近前跟它平起平坐。我忍不住喝了一声彩，这才叫石头！

廖独行手脚并用，爬了上去。我也学他的样。站在岩石上后，叉腰四顾，近处村庄，远处田野，尽收眼底。天空似离头顶不远，一碧如洗。虽然山顶风大，但毕竟是春风，透着润泽之意。阳光照在身上，暖而不热。我觉得一股生机在体内蓬勃着，忍不住对着天空大叫一声。廖独行也跟着大叫起来。四面山谷荡起隐隐的回声，此起彼伏，更增兴味。我们加起来共叫了十来声，方觉尽兴。我说，在这上面，不写出好诗来，简直是不可能的。

廖独行点点头，脸上漾起许多根粗犷的线条，虽不好看，但颇能表现他内心的高兴劲。他率先矮下去，盘腿而坐。我也效仿他的姿态坐在石头上。两人几乎是同时掏出烟来，却并没有各抽各的，而是递给对方，彼此接过，相视一笑，感觉十分亲密。我的打火机有防风功能，虽然风从四面围攻，但能够顺利将烟点燃。廖独行用的是普通打火机，我担心他点不燃，正想把打火机递过去，却见他将左手一裹，嘴上的烟和右手的打火机同时遁形，瞬间后两手分开，烟头已闪着一星红焰。他深深地吸了一口，在胸中闷了片刻，再喷出浓浓的一道青烟，神色悠然，自在至极。我有很多次憧憬着在这山上跟廖独行谈诗，在我的想象中，那将会比在任何情境中都要谈得痛快、谈得透彻。然而坐在这里，看着他的表情，我觉得谈论已是一件多余的事。只要抽着烟，吹着风，看看石头、田野和天空，就已经进入了诗的内部。廖独行似乎明白我的想法，因为他和我同样沉默着。他坐得比我正，并不随便动摇，凝望着远方时，眼睛微微眯起，眼神又悠远又凝重。我感觉他的形神跟山石极为契合，甚至可以说，他就是它们中的一分子。在我变换了好几种坐姿，屁股隐隐作痛的时候，廖独行扔掉几乎要燃着手指的烟蒂，我带你去看个地方。

从岩石上跳下后，他带着我往山后走去。这一面比上来的那面要陡峭许多，得使劲稳住身子才不至于冲下去。大概往下蹭了五六丈，来到一个岩洞前。这洞开口只有一米高，宽度却略大于高度。廖独行用手撑着地，先把脚伸进去，然后整个身子迅速没入洞中。等到他在里面叫我，我才依样画葫芦，慢慢地先把脚探进去。腰部才到洞口的时候，脚就踩到了一块石头，心里便踏实了，不过我还是谨慎地屈膝矮身。直到全身都进了洞，仰面看见洞顶离头有近两米高，才直起腰。脚下是块长方形的岩石，高约一米，是道天然的台阶。从石头上跳下后，四面一看，这洞方圆有三丈，洞底洞壁洞顶全是石头，竟是个天然石室。因为洞口开在向阳的山坡上，室内半明半暗，光线倒也不差。最妙的是洞里还躺着块巨石，面平如镜，虽然没有山顶上那块长大，但也足可供一个成人平卧其上，像是老天爷特意打造的一张床。地面上散落不少烟头，都是"白沙"牌的。

在洞里走了一圈后，我说，这讲不死是古代哪位高人隐居的地方。

有可能。反正这地方气场好，冬暖夏凉。我到山上来，有时碰上突然变天，就躲到这里，风也刮不到，雨也淋不到。

未必别人不晓得这个地方？

村里很多人都晓得。以前还有些男女躲到这里面谈对象。不过现在年轻人大多出去打工了。这地方又险，一般的小孩子都怕摔下去。有几个胆大的，我吓唬他们说这里是个蛇窝。基本上就没人来了。

你说这里冬暖夏凉，只怕蛇真的喜欢。

石山上很少有蛇的，因为这里没有其他小动物供它们吃，一般都在地里和竹山上。我又天生不怕蛇，五六岁时就敢赤手玩菜花蛇。到现在为止，生蛇胆都吃过十多个了。讲出来你不信，蛇好像有些怕我，有时在路上碰到，都会主动溜走。

你怕真的是个神仙。

见我不甚相信，廖独行也不多说，躺到石床上，两手枕头，跷起二郎腿，对着吊在洞顶的钟乳石哼起小曲来。这曲子，耳熟，一时却想不起名目来。见他如此，我说，你到了这里，比在你家里还自在些。

我本来就觉得住在这里才是最适合我的。

虽然能理解他，但我觉得他这个想法未免过于惊世骇俗，便说，住在这里是不错，但陈彩云坚决不会同意的。

廖独行说，她呀，然后就把后面的内容硬生生吞回肚里去，停了片刻，改哼为唱，我才想起这首歌曲是《沧海一声笑》，便跟着唱了起来：

　　……
　　苍天笑
　　纷纷世上潮
　　谁负谁胜出天知晓
　　江山笑
　　烟雨遥
　　涛浪淘尽红尘俗世知多少
　　清风笑
　　竟惹寂寥
　　豪情还剩了
　　一襟晚照
　　……

我们都放弃了任何演唱技巧，只顾扯开喉咙，怎么畅快怎么唱，虽然前所未有地出现不少破音，但也是前所未有地唱得酣畅淋漓。唱完后，我笑着对廖独行说，就算黄霑听到了，也要承认我们唱出了这首歌的意境。

他不是承认，而是肯定要表扬我们唱得到位。

其实做个像他那样的词人也不错。

他在我心目中，就是个诗人，起码比很多在诗坛上混饭吃的家伙更像诗人。

这样讲的话，崔健、朴树就更加是诗人了。

那还用讲，尤其是崔健，那歌词就写得跟惊雷闪电一样，没有几个诗人能达到他那种力度和深度。

提到崔健，我们都更加来神，从他的《一块红布》说到《像是一把刀子》，再说到《快让我在雪地上撒点野》和《假行僧》，几乎在这个石洞里举行了一场小型的崔健作品研讨会。讨论到彼此口袋里的烟都快抽完了，我才惊觉到出来很久了，张雅兰她们只怕已起来，说不定还等得不太耐烦了，便提议下山去。廖独行意犹未尽，说，干脆你打张雅兰的手机，要她们上来。陈彩云来过一次，晓得路。

我觉得廖独行未免不太体谅女性，说，这山有点险，还要走这么远，两个女孩子只怕有点为难，还是下去吧。

我的语气崭截，神态严肃，廖独行也就没再坚持。出洞的时候，是爬上去的。那一刻，我感到自己就像只野兽，在巢穴中出入。这是种全新的体验，但于我而言，也只能偶一为之。至于廖独行，进洞出洞都动作利索，神态自若，似乎真就是只穴居动物。

回到新屋，张雅兰和陈彩云已经起来好一阵了。廖独行说后村有座清朝留下来的牌坊，提议去看看。出门的时候，他喊母亲来守屋。对他擅自砸锁的行为，廖母明显感到不安，但又没有说出一句责怪的话。陈彩云对此好像一点也没觉察，拉着张雅兰往前头走了。廖独行注视着他矮小的母亲，似乎还想说点什么，但最终没有说，转身勾着头跟了上去。我走在最后面，回头瞥了老人家一眼。她双手插在上衣口袋里，斜靠在门框边，一副六神无主的样子。心里一酸，我加快了脚步。

　　女孩们毕竟步子碎，很快我和廖独行就走在了前面。通往后村的路弯弯曲曲，是条弓背路。廖独行带我们拐到田垄上，显然是想理出条弓弦路来。正是春耕时节，一眼望去，广阔的田野中却人影稀疏。不少田都荒着，间杂在那些秧苗青青的田中，使整片田野看上去像个巨大的癞子脑壳。好在早春时节田野里的气息毕竟清新，间或也能看到白鹭飞起，在阳光下轻快地翔舞。走了一里多路，我看到耕作的人大多在四五十岁左右，也有头上闪烁着霜雪的老头。虽然早就听廖独行说过原因，但目睹实景，我心里还是有些堵。正暗自郁闷，从前头抛来一个脆亮的声音，富伢子，家里来客啦？

　　是啊，来了两个朋友，廖独行的声音也很明亮，你莫太发狠了，没日没夜地做。

　　没办法，才插了秧，田里的草就长得飞快，不除掉那就只有吃草了。

　　等走近了，我才看清是个少妇，正赤脚站在田里。因为站得离田垄近，我能看清她的鹅蛋脸黑里透红；眼睛清亮，看人时目光很定；边说话边笑，露出雪一样白的牙齿；年纪最多只有三十。廖独行郑重地向她介绍了我和张雅兰，又对我们介绍说："这是永芳嫂。"

　　她看着我俩，喜气洋洋地说，富伢子，莫看你吊儿郎当，交的朋友都是很高级的。

　　张雅兰显然对她印象不错，一改不主动跟陌生人搭话的习惯，说，永芳嫂，你站在水里不冷啊？

　　不冷的。我从小就站惯了的。你们这是去哪里啊？

　　我带他们去看牌坊。

　　那东西有什么看头？听我爸爸讲，那是旧社会用来迫害妇女的东西，早该推倒了。

　　现在那是文物了，城里都没有的，我带他们去看个稀罕。

我们说话的这阵，陈彩云已经自个往前走过一块田了。瞥了一眼她那孤军深入的背影，廖独行对永芳嫂憨憨地笑道，那我们先行了啊。

好呢，垄上路不平，你带他们慢慢行，莫跌到田里去了。

往前走出一段路后，我对廖独行说，你这个永芳嫂气质还蛮好。

她是隔壁村的，结扁担亲才嫁过来的。

张雅兰问，什么叫结扁担亲？

她哥哥讨的是她男人的妹妹。

我问，那讨她的是你的正亲戚么？

也不算正亲戚，但也没出五服。我们这里廖是大姓，凡是姓廖的拐弯抹角都能理出点亲戚关系。反正平辈里面比自己大的，就可以算是堂兄堂姐。

那怎么不见她男人下田呢？

她男人到外面打工去了。

怎么不带她去的？

想是想带，她不肯。

为什么？

她讲自己在乡里生活惯了，别讲去沿海，就是往县里跑一趟，闻到街上那种怪味，脑壳就晕，就想吐。他男人要她在家里玩，莫做事，她也不肯，说是在田里做着事，整个人才通泰，一闲下来，就会生病。

那她田里的活都清得起？

何止田里，地里、屋里，里里外外都是一把好手。她爸爸是老生产队长，劳动模范，有遗传的。

张雅兰问，她生小孩了没有？

生了两个，一男一女，把她公公婆婆下巴都笑脱。

我说，那你堂兄这个扁担亲就结来了。

廖独行叹了口气，算他运气好。

在前头听见我们越来越近的说话声，陈彩云便放慢了脚步，终于在一道月口前跟我们会合了。

张雅兰问，你怎么不等我们一起行呢？

我是不想跟那个什么永芳嫂讲话。

怎么啦？她人看起来很好。

我也讲不清，反正一看到她，心里就觉得不舒服。

廖独行说，哎呀，人家又没惹你，你干吗这样子？

哼，一提到她，你总是偏心。

我哪里偏心？

你是没偏心，你就只会帮她下田干活。

我是看她可怜才帮她的。田里的活，你又不是不晓得，看起来惬意，做起来累死人。她一个女的，也太不容易了。

那你怎么不去帮那些五六十岁的？他们也是一个人在做。

哎呀，她家离我家没多远，邻居之间，总要多帮点忙吧。

那你干脆还帮她带小孩算了。

陈彩云控制不住自己，语气越来越激烈，廖独行虽然在竭力忍让，但脸色明显不好看。这种事，我觉得最好别插嘴，但又不能不劝，便说，你们搞辩论赛，也要选对地方。这田里除了我跟张雅兰，就没有其他听众了，你们辩论得再精彩，也是浪费口水。我看不如回到家里，把村里人都请来，请村里的干部当裁判，搞一场大辩论。

张雅兰忍不住笑出声来。陈彩云想必意识到自己的不妥，说，王哥，其实你嘴巴最厉害，搞辩论赛就要你上场。

其实所谓嘴巴厉害，就是说出的话要恰到好处，能收到预期效果，而不是起反作用。

陈彩云不再做声。接下来的路途比较沉默，但并不沉闷。走在这辽阔的田野中，我的感官一下子全打开了，捕捉到了风在禾苗上跳舞的声音，渠水汩汩流动的声音，鞋子跟草叶摩擦的声音，老牛沉沉慨叹的声音，燕子欢快鸣叫的声音，还有一只白鹭哗啦啦急遽起飞的声音。

张雅兰轻轻地哼着一首歌，这首歌遥远而又亲切，就像小时候带过我们后来又回到乡下的外婆。歌名我已忘了，但其中一段歌词她才哼的时候我就记起来了：你从哪里来，我的朋友？好像一只蝴蝶，飞进我的窗口……

田野上也有蝴蝶在飞，粉白色的、淡黄色的，身姿皆娇小，虽然不艳丽，但自有一种朴素轻灵的美。这些蝴蝶陪伴着我们，把我们送到了接通前村和后村的青石板路上。我感觉这条面容沧桑的青石板路是从另一个朝代延伸过来的，也许跟我们即将见到的牌坊有着直接的血脉关系。跟随青石板路穿过两山之间的时候，我总忍不住去望两面山崖切割出的天空。那道狭窄的天空跟撑起它的青色岩石几乎是同种颜色。崖顶寂寂，没有什么东西从上面突然飞下来，像我所莫名担心的那样。

大约走了半里路，眼前豁然开阔。这后村的地盘竟比前村还要阔大，阡陌纵横，屋舍林立。右边两座自成体系的大山蓬勃着翠绿的颜色，在众多苍凉石山间显得格外醒目。张雅兰指着前方一大片紫云缭绕的田土，问，那是什么？

廖独行说，那是紫云英。

好乖态，我要去看看。说完，她拉着陈彩云的手向前跑去。

我还是头一次看她这么欢欢地奔跑，心里也觉得轻快起来，跟着往前走去。

那片紫云英地看着就在眼前，其实还得走上七八分钟。地里早就人影晃动，欢声如潮了。是些小男孩小姑娘，在花丛中打闹、追逐，不时迸发出欢快的尖叫。地上还散落着一些竹篮,不少篮中盛着杂草,只是还没有满篮。看来这些小孩子是出来摘猪草的,因为玩心重,又没有大人监督,于是干脆甩下各自的工作,先玩够再说。别说他们,就连我们这些大人看到满地细巧可爱的紫色花朵,心情也彻底放松下来,只想跟着花丛中众多的蝴蝶翩翩起舞一回。有几个小孩停止了打闹,目光狐疑地看着我们。当张雅兰和陈彩云伸手摘花时,当中个子最高的男孩蹦出一句,不准摘,这是我们村的花。

张雅兰含着笑对他说,小朋友,这都是野花,阿姨就摘一束,好不好?

你是哪里的?

我是从城里来的。

那你要出钱买。

张雅兰顿时怔住了。廖独行大喝一声,搞得没名堂了,这么小就晓得敲诈了,我告诉你爸爸去!

听到这本村的口音,那男孩顿时气焰矮了一半,但还是不肯输口,你是哪个呀?

我是哪个?以后你上学就晓得我是哪个了!

有个小姑娘走过来,凑到那男孩耳边小声说了两句什么。男孩听了后,眼中生出一些畏惧之色,抛下句,我是讲着玩的,然后撒腿就跑。

廖独行不再理会他,笑着对张雅兰说,你只管摘。

张雅兰却没了摘花的兴致,说,看那个牌坊去。

廖独行便带着我们往右边走去。在路上张雅兰对陈彩云说,我还以为农村的小孩子都很淳朴,没想到张嘴就是要钱,还没有城里的小孩子单纯可爱。

陈彩云说,那是你跟农村接触少。其实农村的小孩野得很,骂架时讲的痞话，连我听了都脸红。

廖独行说，骂痞话，城里的小孩也会。主要是现在农村里风气没有过去好，大人开口就是讲钱，小孩不就跟着学样？

我没有开口，心里沉沉的。在我的记忆中，农村最美的地方在于村人的淳朴和勤劳。然而现在这种淳朴和勤劳虽然还存在，但其前景显然不令人乐观，因为青年人大多不会种田，而小孩子竟然学会了开口就讲钱，这些人恰恰又是代表了农村的未来。当这些人成为主体人口时，我都不敢想象那时农村会成为什么样子。越想越觉得这个问题很严重，我感觉头又大了起来，晃了晃，把思绪强行拉回到眼前的田野和越来越近的竹山上。叹了口气，我暗暗对自己说，反正你现在也无能为力，姑且欣赏一下眼前的景致吧。

在离竹山大约还有一里路的地方，坐落着十来户人家。其中有一户竟然是带院子的青砖老宅。牌坊就立在这老宅一侧，青石制成，高约一丈半，四柱三门，虽然没有多少雕花，但看得出，当初是打磨得很精细的。牌顶的"节孝"两个大字一笔未损，跟我在岳麓书院所看到的朱熹手迹很相似。我想朱熹是理学的集大成者，生前大力宣扬"饿死事小，失节事大"之类的观念，估计他配享孔庙后，历代皇帝旌表节妇，这"节孝"二字便干脆采用他的手迹。其他一些小字多有磨损，只能从中看出这牌坊是道光年间所立，旌表的是一位姓廖的节妇。

我问廖独行，这位节妇应该跟你们一族的吧？

廖独行点点头，她很年轻时丈夫就死了，公公逼她改嫁，她不肯，独自带着一个儿子生活。儿子长大后考上进士，从县令一直做到道台，官声不错。当时的宝庆知府将她的事迹呈报上去，道光皇帝就下令建了这座牌坊。据乡里的老人说，她守寡后，每晚上都要把一大碗黄豆倒在地上，直到把黄豆全部捡起，才上床睡觉。

张雅兰问，为什么呀？

廖独行一怔，转头看着我。我干咳了一声后说，以后你就会明白的。

疑惑地剔了我一眼，张雅兰总算没再追问。我晓得她是真的不懂，而把目光投向别处的陈彩云一定懂。为了逃脱有点尴尬的气氛，我提出干脆去竹山看看，说不定还可以捉到只竹鼠。这个提议让张雅兰又兴奋起来。没想到廖独行却大摇其头，说竹山上有不少青竹蛇，有毒。竹鼠住在地洞里，没带专门的捕猎工具是不可能捉到的。他的理由很硬，我无法反驳，只好把手一甩，那就回去吧。

这天晚上，我和廖独行就窝在厢房中那张吱呀作响的老木床上。他精神依旧旺得可以点把火，大有聊到公鸡鸣号的架势，而我却因为白天话说了很多，路也走了不少，觉得有些乏，有一搭没一搭地跟他碎扯，不知不觉就睡过去了。还好，他并没有把我摇醒，强迫我继续做深夜之谈，估计是把烟全抽完，才不情愿地睡下。这夜睡得很沉很香，连廖独行那么扎耳的鼾声也丝毫没有影响到我。第二天起来，神清气爽，看来这失眠多梦的病症，一定是人类脱离大自然进入城市后才产生的。吃过并不早的早饭之后，我提出到廖独行学校去看看，没想到他断然说，那有什么好看的，就是几栋烂屋，一个土操坪，比陈彩云的学校差远了，莫去看了。陈彩云也说那里没什么好玩的，不如早点回镇上。瞟了眼张雅兰，见她神气索然，我也就取消了这个提议。

本来要廖独行留在家中算了，但他坚持陪我们颠簸到镇上。张雅兰又吐了一回，竟比上次还厉害，在陈彩云宿舍休息了两个小时才恢复过来。吃中饭的时候，她略略动了几筷，便再不肯吃。我劝她说，等下坐车全是平路，不用担心晕车，多吃点没事。她很坚决地摇摇头，看来已然患上晕车恐惧症。

饭后廖独行要我们干脆明天早上再走，我笑着说，我还想一直玩到你们放暑假呢，然后你们跟我们回城里玩。问题是都要上班啊。下次再来吧。

廖独行想不出挽留的理由，一路上对我说了好几次有空就过来玩。上了中巴后，因为要等客满才走，他俩又陪我们聊天，直到车子即将开动时才下去。从窗口挥手说再见的时候，我看到廖独行的眼睛中满是不舍，还带着一些惆怅。

虽然路比较平，但中巴车到底有些摇晃。我晓得晕车有一半是心理因素，便刻意引张雅兰说话，好让她别去想晕车的事。张雅兰一向不多话，更不喜欢谈论别人的私事，但这次却主动跟我说起陈彩云的担忧。原来廖独行几次公开顶撞校长，领导对他很有看法。结果教了几年书，连个初级职称都没有评上。对他有个在镇上教书的女朋友，同事都心存嫉妒，又恨他为人高傲，便合力排挤他。如果不是廖独行性格强悍，又是本地人，简直就毫无还手之力。总之，廖独行如果一直待在那里，是绝对没有出头之日的，陈彩云的父母也绝对不会允许他俩结婚。只有把他调上来，事情才会有转机。但廖独行一点都不配合，让陈彩云空自着急。张雅兰叹着气说，陈彩云跟我讲的时候还流了眼泪，我觉得她其实好可怜的，一个人要承担这么大的压力。

我说，我来帮他们想想办法。

张雅兰照了我一眼，这可是你讲的。

难道还是别人讲的？

嫣然一笑，她把头靠在我肩膀上。

七

回到县城后的当天下午，我打了个电话给廖独行，要他尽快写点关于田桥学区的通讯发过来。他仍然推托，我只好说，如果你想让陈彩云继续为难，那你就别写。

廖独行当然不想。于是我安心等他的稿子。等了个把星期，还是没有动静，便又打电话过去。

不是没有写。是写了两句，就硬是写不下去。试了几次都这样。

听口气，说这句话的时候，廖独行十有八九是苦着脸的。他唯恐我不理解他的感受，接着打了个比方，比蹲在厕所里想屙又屙不出还要难受。

这个比方让我实在发不起火，只好说，你把陈彩云的电话告诉我。

他也不问我要陈彩云的电话干什么，老老实实告诉了我。因为办公室有人，我是回家后给陈彩云打的电话。还没等我说上两句她就开始感谢我了。此后在三个月的时间内，她陆续寄来了五六条消息和两篇通讯。修改之后，我统统署上廖致富的名字，推荐发表在新闻版面上。对我这番举动，廖独行打电话来抗议了一次。我说，有意见你对陈彩云提。

他口气弱了下来，我晓得你们是为我好，但也不能这样搞啊。

不这样搞还能怎样搞呢？

他当然讲不出还要怎样搞，在那边闷不做声，又不挂电话。我说，你想不想经常跟我见面聊天？

想。

那就按我讲的办。

哎呀，随你。

听他的口气，我好像在逼他做贼，顿时觉得又好气又好笑。不过从他嘴里钓出句这样的话出来，事情总算能够名正言顺地运作了。这三个月来，我有意识地接近教育局的领导们，跟分管办公室的龙副局长接触得尤其得多。办公室主任杜进我倒早就认识了——他在公务之余，还写点甜蜜蜜的抒情小散文。因为这段时间在报纸上抒情的次数比较多，他主动请我吃过几次饭。每次饭后，我都请他去洗脚，结果每次都是我请客，他买单。我说，你要这样搞，那以后你请吃饭，我都不好意思来了。

那你请我吃饭，我请你洗脚。

要得。

结果下次请吃饭的时候，又变成了我请客，他买单。结完账后，他显然很得意于自己的抢先一着，摇晃着过早秃顶的扁脑袋，向我亲密地微笑着。虽然觉得他神态有些滑稽，但我还是觉得愉快，因为我要的就是这份亲密感。

教育局办公室原来专门写材料的人提了副主任后，动笔的积极性立刻锐减，杜进正在为此事发愁。探明此点后，我不失时机地向他推荐了廖独行。没有说明这位搞新闻报道的廖致富就是写诗的廖独行，因为我担心有些嫉妒廖独行而又认识杜进的人晓得此事后打烂锣。浏览了我以廖致富名义转交的新闻作品剪报集之后，杜进说，你什么时候把他喊过来，见个面。要是行的话，我再向龙局长汇报，先把他借调过来。

见面就定在星期六中午。我提前三天给廖独行打了电话，又通知了陈彩云，要她一起过来。星期五下午陈彩云还有课，可以星期六早上再动身，但她和别人调了课，星期五下午就和廖独行赶过来了。晚上吃饭的时候，我把杜进的性格喜好跟他们说了一遍，又叮嘱廖独行见面时少发些议论，不要谈文学，尤其不要讲学校和学区领导的闲话；杜进讲什么，只管应着好。

沉默了一会儿，廖独行直视着我，不会总是要这样吧？

反正在正式调进去之前，你都要这样做。

那真是痛苦。

哎呀，王哥是为了你好，你就听听他的吧。陈彩云蹙起两道细眉，一脸焦急。

横了她一眼，廖独行说，我又没讲不听。

我对陈彩云说，你嘴巴甜，到时可以多讲一点，杜进喜欢听好话。

陈彩云使劲点头。

中午见面放在县城最好的酒店"丰成"，我昨天就订好了包厢。杜进是个守时的人，我们前脚刚进包厢，他后脚就来了。见到张雅兰和陈彩云，他感叹道，你们都是成双成对，就只我孤孤单单啊。

我提议把他夫人喊过来，他摆摆手否决了。

陈彩云到包厢外打了个转。没过多久，黄俏就来了。虽然黄俏模样差了点，但到底年轻，又打扮得时髦。有她坐在身边，杜进显然不再有孤单之感，频频与之说笑，看来下一篇抒情散文的灵感已经产生了。黄俏一口一个杜主任喊得亲甜。考虑到黄俏是在郊区一所条件比较差的小学任教，她临时应召这样积极，显然是有动力的。我惊异于陈彩云的反应之快，瞟了她一眼。她正笑吟吟地看着杜进和黄俏，仿佛得了好处的红娘打量着自己刚刚撮合成的野鸳鸯。

对于这番局面，廖独行似乎有些反感，闷闷地低头喝着茶。等酒端上来后，他才精神了一些。杜进照例是推说自己胃不好，喝不得酒，等到廖独行替他斟酒的时候，他看着透亮的液体流入杯中，眼中便焕发出拳击手走上擂台时的那种神采。女同胞们点了苹果醋。我则依旧坚持喝茶主义，不理会杜进的奚落。黄俏勇敢地主动敬酒，让杜进大为赞赏，拍着胸脯说要打电话给她学校的校长，命令那家伙好好关照她一下。黄俏眉眼生花，立刻又敬了他一杯。她这样做，陈彩云也不好意思只用饮料相敬，也逼着自己喝了杯白酒，然后微微蹙起眉头，喝了一大口饮料。张雅兰只是用苹果醋敬了一下。杜进晓得她跟我的关系，也没勉强她喝酒。

按照我事先的吩咐，廖独行频频发动进攻。杜进鏖战酒场多年，也是难得遇上对手。两人将遇良才，气氛便持续地热烈起来。陈彩云则大展口才，先以陈半仙的口吻断定杜进是个当局长的相，前程无量，然后对廖独行进行了简要概括：不爱多讲话，只晓得埋头做事。他学校的领导爱听别人讲好话，对他就不是很喜欢。

听到这后面一句，我心里"咯噔"了一下，但转念一想，杜进肯定会打电话到学区去询问廖独行的情况，陈彩云这样说，是在打预防针，很有必要。

陈彩云明白这预防针不能打得太重，点了一下就跳过去，以微带哀怨的口气请求杜进给廖独行一个发挥才能的机会，又替廖独行表了决心：一定发狠做事，杜主任指到哪里，就打到哪里。黄俏也帮着敲边鼓，但她没有参与我们事先的谋划，把廖独行写诗的案底抖搂了出来，立刻引起了杜进的高度关注。他盯着廖独行说，你还写诗啊，怎么没看到在王文真那里发表？

廖独行忘了我不能谈文学的叮嘱，愣头愣脑地说，我是用笔名。

叫什么名字？

廖独行。

你就是廖独行啊！杜进瞪大了眼睛，把他上下照了一回，然后照向我，你怎么不早告诉我？

我强作镇定，微笑着说，你要的是个写材料的。他写材料的时候是廖致富，写诗的时候才是廖独行。

杜进没有深究我为什么要隐瞒，开始和廖独行大谈诗歌。他年轻时也写过诗，心目中最好的诗人是汪国真。我担心廖独行听了会流露出鄙夷之色，连忙把话题引开，向廖独行称赞杜进的散文，说是有朱自清的味道。杜进还是头次听我这样高规格地表扬他，而且是当着三位年轻

女教师的面，顿时脸上大放光彩，几乎成了个小太阳。他激动地谈起了
《荷塘月色》，说那是世界上最美的散文。我晓得廖独行肯定有不同意
见，用目光罩住他，准备一旦发现他有动嘴的迹象，就立刻插话。好在
陈彩云和黄俏都紧跟着赞美《荷塘月色》。尤其是黄俏，说自己学这篇
课文的时候，整个人都陶醉了。杜进显然大起知音之感，看她时的目光
更加炽烈。

张雅兰轻轻说，我觉得《背影》好一些。

廖独行说，我也喜欢《背影》一些。

我连忙说，《背影》跟《荷塘月色》是不同的风格。朱自清是散文
大家，风格比较多样化。

杜进晃着脑袋说，那是，那是。

见他并无不悦之色，我松了口气，转而探讨起民国时期那批散文
大家们的风格来。廖独行对散文看得不多，也就没怎么插话，听着我跟
杜进摆龙门阵，不时地敬他一杯酒。杜进有醇酒助兴，有三位年轻女教
师聆听（其中黄俏和陈彩云还不时投以钦佩和崇拜的目光），谈兴极浓。
这一顿饭吃了足足有两个钟头。下楼的时候，我见他脚步有点飘，便
提出送他一下，他大幅度地摇手，说，没事，就这么一点酒，哪能醉得
了我？

黄俏说，我正好顺路，送一下杜主任。

杜进直直地看着黄俏，那我送你，我送你。

出了酒店门口，我喊了辆的士，让黄俏先送杜进回去。看着的士带
着一屁股烟尘跑远，我转过头，对着廖独行一笑。他嘴角牵动了一下，
想还我一个笑容，但那笑容却凝固在嘴边。

星期一上班后，我打了个电话给杜进。他在电话那头说，听说廖
独行脾气不太好。我的心"咯噔"了一下，正准备做出解释，他又继续

说，不过我看他还是很实在。又喝得酒，又能写，年龄也比较适合。这样吧，我把他的材料给龙局长看看。我连忙感谢，表示静候佳音。他说，你老弟拜托的事，我肯定会尽力。

杜进果然很尽力，第二天打来电话，让廖独行过来一趟。我立刻拨打廖独行的手机，那头却总是提示说暂时不能接通。我晓得肯定是因为信号不好，又无法估摸这个暂时到底会持续多久，便拨通陈彩云的电话，把情况跟她说了。她说，我马上打他学校电话，要是打不通，我就到他那去，反正下午会赶到。

下午三点钟的时候，廖独行跟陈彩云赶了过来。一见面廖独行就骂他学校同事的娘，讲他们硬不肯替他传电话，害得陈彩云不得不跑到万石村来。我也觉得他同事这样做太卑劣，跟着廖独行骂了句娘。陈彩云说，算了，别去想了。只要你能够调成，我再多跑几趟也没关系。

廖独行看着她，目光变得柔和起来。我也觉得应该脱离愤怒状态，争取把事办好。跟杜进联系之后，我们便赶往教育局。先在办公室找到杜进，然后由杜进带着我和廖独行去见龙局长。进门后，龙局长正在接电话，目光微微扫了我们一下，对我挥了下手，又继续以鼻音跟电话那头的人通话，到最后才开口说了句，我再研究一下，便挂了电话，然后一边站起来跟我握手一边说，我们的王大才子也亲自来了。

我不是才子，这位才是才子。

见我如此推崇廖独行，龙局长目光中闪过一丝诧异，照了廖独行一眼。廖独行按照我的嘱咐，用普通话喊了声龙局长。龙局长点点头，却没有跟他握手，只是请我们坐下，要杜进泡茶。他没有回到办公桌后的老板椅中，而是走到靠墙摆放的真皮沙发前，坐在单座的那张上。他先跟我寒暄了几句，然后问了廖独行一些情况：家里是做什么的？结婚了没有？在学校里教什么？当过班主任没有……廖独行都用普通话一一做了回答。他跟陌生人讲话，向来都是惜语如金。龙局长不太喜欢讲话啰嗦的人，这种简洁风格正好对他胃口。谈了五分钟后，他说，这样吧，我跟蒋局长汇报一下，先借调过来试用一段时间。

廖独行竟然没有立刻表示感谢，仿佛借调的是别人。我又不好对他打眼色，便笑着说，龙局长是爱才的人，你要好好干，用实际行动来回报龙局长。

廖独行点点头，咧嘴一笑。

回到办公室后，杜进说，这是龙局长手上的事，汇报只是走过场，应该没什么问题了。

我感谢了他一番，然后又约好下班后吃饭，晚上唱歌。杜进欣然应允。

出了教育局大门后，廖独行对我说，跟领导打交道，浑身不自在。

那有什么办法。你以后在办公室，就是专门跟领导打交道的。好歹你也要熬到正式调过来，到时再想办法换个部门。

挠着脑袋，廖独行叹了口气。

八

正如杜进所言，借调个把人进办公室，对龙局长而言，不是件难事。因为是非正式调动，连调令都不用下，只需打个电话而已。田桥学区的领导倒没有拦阻，但命令传达到万石村小学时，该校校长却提出现在师资力量奇缺，除非补一个人进来，否则不会放人。他的态度被反馈到县教育局后，杜进发了火，在电话中对田桥学区的领导说，局里想调一个人，他一个卵大的村小校长也敢拦？他还想不想当校长了？那边连忙答应做工作。结果是学区同意该校长高中毕业的堂妹当代课教师，廖独行马上就能走。该校长又提出廖独行在学校的那间单人宿舍得腾出来，给他堂妹住校用。廖独行急着要走，懒得跟他争，也就同意了。

廖独行到县里上班没几天，学校里就放暑假了。这段时间于他而言，本是最逍遥自在的，现在却得打点精神应付差事。我其实有些担心他写诗写惯了，那支笔一时半刻转不过腔调来。但一个月过去后，杜进并没有向我抱怨廖独行的业务水平。看来原先廖独行说写不出来，主要是因为思想上没通。能把文学玩转的人，去写八股似的报告和通讯，五分钟就能学会。对于廖独行的这一重大转变，我颇为高兴，当面表扬了他。他却紧皱着眉头说，我每次写材料都有想呕的感觉，但想到是为了陈彩云，还有你也费了不少心，我只有逼着自己写。

叹了口气，我拍拍廖独行的肩膀，表示深刻理解他的感受。但廖独行的牢骚远不止于此。因为是新人，除了负责写材料外，购买办公用品打扫卫生等等杂事，也都派在他头上。这在杜进看来，是理所当然的事。廖独行却怨气满怀，向我抱怨说杜进把他当成勤杂工了。我不好附和他对杜进的谴责，只有以韩信忍受胯下之辱的典故来开导他。廖独行不太瞧得起文学同行，对于沙场名将却向来比较服气，听我拿韩信来做比方，慢慢也就气平了。

陈彩云怕廖独行受不了委屈，闹出什么事来，一有空就跑到城里来陪他，每次来必把黄俏约出。杜进爱打牌，但我和廖独行都对此道不沾边；廖独行和他喜欢喝酒，而我却滴酒不沾；坐在一起谈文学，杜进还只是站在文学的门槛边上，没办法进行真正交流；只有唱卡拉 OK 是三人同好，女孩们也能积极参与。于是廖独行和陈彩云的工资大部分都贡献给了县城的歌厅。晓得他们经济并不宽裕，我便穿插着请客。见我如此，杜进也买了几回单。不过他买单不用付现金，签个字就可以了。每次签字的时候，他都显得很有派头。黄俏在边上瞅着，眼睛发光，还露骨地称赞过一回，领导就是领导，连玩也是公家数钱。她这样说的时候，廖独行脸上微现忿忿之色。还好，杜进只顾着向黄俏微笑，并没有察觉。事后廖独行私下里对我说，看不惯，真的看不惯。我现在才晓得为什么乡里的学校那么穷了。

他帮你买单，你还发牢骚？

不是这一桩。我到这里来也没多久，就看到好多桩了。那钱是水一样地花出去啊。你要晓得，农村里好多学生都是在危房里面上课。

发牢骚有什么用？只有你当了局长，才可以改变这些。而你要想当局长，就必须先调进来，否则一切免谈。

廖独行发了一下愣，然后缓缓摇着头说，我是永远当不了局长的。倒是你，我觉得你可以去从政。

我怎么可以去从政？

我觉得你很冷静，自控力特别强。

我从来就没往这方面想过。从小我就想当作家。

文人一样可以从政。王安石是个诗人，还做到宰相呢。

时代不同了。在古代，把文章做通是当官的必备条件。现在，你把文章给当官的擦屁股，他们都嫌硬。还是别东想西想，把工作干好，再多写些好诗，就可以了。

提到写诗，廖独行两眼就放光，说最近集中寄了一批诗歌出去，都是得意之作，说不定会遍地开花。

你期望也不要太高了。现在没有几家刊物像过去的《诗歌报》那样只重质量不重名气了。

提到《诗歌报》，廖独行脸上掠过一片黯然之色，那么好的诗歌刊物，销量也不错，怎么就停了呢？

是啊。那时我们文学社写诗的人，每次去邮局买刊物，首先问的都是《诗歌报》来了没有。记得我在上面发表第一首诗的时候，激动得眼泪都出来了。

要讲起来，我跟它的感情是最深的。我在全国的大刊物上发诗，就是《诗歌报》发得最多，加起来有十多首，有两首是组诗。编辑还写信给我，鼓励我多写。

虽然《诗歌报》是1999年才停刊的，但我们谈论起它，就好像在谈论一位逝去多年永不再返的朋友，都有不胜唏嘘之感。接下来我们又探讨了国内目前哪家诗刊最关注没什么名气的基层作者，最后一致认为是《青春诗歌》。我提到最近写了一组情诗，比较适合《青春诗歌》，打算投寄过去。廖独行问我是不是写给张雅兰的。我说，这还要问么？

廖独行咧嘴一笑，什么时候喝你们的喜酒？

你跟陈彩云在学校就谈起了，应该是先喝你们的喜酒。

我跟她？起码得等我正式调过来。

你也可以先把婚结了。她父母看到你借调到教育局，应该不会反对了。

你不了解她父母。那是世界上最现实的人，硬要等我调成，才会松口。

陈彩云好像并不是那种人。

她啊，有很现实很精明的一面，也有很理想化很浪漫的一面。喜欢我就体现了她的后一种性格。

没想到廖独行对陈彩云竟会有这样清醒的认知，我看着他那副仿佛漫不经心的面容，微笑着说，理想和浪漫都要现实来支撑，否则就是无根之木，无源之水。要想保持长久，就只有把现实的基础打牢一点。

廖独行点点头，抛了一支烟过来。我晓得他不想再就这个话题继续深入，便又探讨起诗歌问题来。两人就昌耀和于坚这两大高手的长短争论了一通，直论到口水都快干了，才兴尽而散。

尽管我和廖独行的创作热情空前高涨，但诗坛的发展形势并不如我们所愿。圈子化的现象越来越严重，全国几乎所有的诗歌刊物都被大大小小的圈子所盘踞。有些诗刊为了适应市场，招徕读者，纷纷打出先锋性、民间性的旗号，特意请在民间有影响的诗人来主持栏目，以为这样就能打开局面。却没想到这些民间诗人都是拉帮结派搞惯了的，所主持的栏目便成为他们的私家地盘，非哥们儿姐们儿不得进入，结果导致刊物路子越走越窄。那些想挤进刊物的人，只有想办法跟这些新贵们套近乎，在他们经常出现的网络论坛上放肆跟帖吹捧，或者写大块的肉麻评论。这样，新贵们虽诗艺不见长进，但名气日隆，势力渐大。刊物主办方还自以为得贤，宣称是贴近了广大青年诗歌爱好者。

我是傲在骨子里的人，廖独行更是骨子里骨子外都傲，哪个都不愿意去讨好别人，更别说要背离自己的艺术准则去做那违心吹捧之事了。所以我们的诗歌发表率跟热情高涨度成反比。我还寄希望于《青春诗歌》，但投稿照样如同子弹射进大海，了无回音，后来一打听，原来该刊因为资金匮乏，也宣告停刊。廖独行晓得此事后，低着头抽闷烟，久久不说一句话。

抽完了半包烟，他拉着我去吃夜宵。这个晚上，廖独行不停地劝我喝酒，说是为了哀悼《青春诗歌》。我只是摇头，专心拣出菜中的辣椒往口里送。飞龙县以三辣闻名：辣椒、姜和大蒜。这辣椒味够正，劲够足，吃得我额头上汗珠直往外鼓，却不肯停筷。毛泽东说过：吃辣椒的人才革命。此话虽偏颇，但也道出了某种真相：辣椒能激发人的斗志和闯劲。我不愿意被沮丧情绪压倒，更不愿意像廖独行这样，主动加重沮丧情绪，深陷其中，给自己以放纵和颓废的理由。看到廖独行一副比失恋还要痛苦的表情，我冷笑道，发表不了就不发表，大不了不寄就是，自己写给自己看。

廖独行喷着酒气说，我也不是为追求发表才写诗。我只是想不通：一些旁门左道怎么就那样容易出头，把诗写成黄段子也有人喝彩。真正写得好的人反而遭受冷落。

现在不少领域都是道消魔长，不单是诗歌。你要看开点。杜甫在世时还不是遭到轻视和冷落，当时人编的一些选本也没看到选他。他是什么人物？诗圣啊！

未必就这样算了？

什么叫未必就这样算了？留得青山在，不怕没柴烧。我们诗照样写，书照样读。也许再过几年，时来运转，一下子爆发出来，还能产生轰动效应。

廖独行猛灌了口酒，然后用筷子敲着碗，高声吟道，抽刀断水水更流，举杯消愁愁更愁。

我也屈左手中指叩着桌面，跟着吟道，人生在世不称意，明朝散发弄扁舟。

吟毕，两人你看着我，我看着你，惨然而笑，全不理会旁人诧异的目光。

这次相聚后，我们有两个星期没见面，也没通电话。一有时间，我就跟张雅兰泡在一起。对我而言，兰心慧质、活色生香的佳人乃是世界上最生动的诗，能朝夕相对，是为人生至高享受。张雅兰喜欢读词。我买来了《漱玉词》，一首一首地念给她听。她靠在我怀中，眼睛半开半闭，陶醉在词句所散发出的幽香之中。念到情浓处，我便把书抛到一边，肆意亲吻爱抚。这时她的眼睛会完全闭上，仿佛在做梦一样。当我试图接近底线的时候，她便会立刻醒过来，把我推开，动作温柔又坚决。这未免让我感到苦恼。然而这是充满甜蜜的苦恼，回味深长，绝无尽情释放后那种随之而来的空虚感。我尝过那种空虚的滋味，所以一方面想完全得到她，一方面又觉得保持这种将得到而未得到的状态也很好。张雅兰怕我生气，用小手轻拍我的脸，柔声说，你不要着急嘛，到时候会给你的。

看着她清澈的大眼睛，我微微一笑，我不急。

我在抚慰佳人的同时也得到了心灵的抚慰，心境渐渐明朗充实，算是真正斩断了文运不畅所引发的负面情绪。就在我翻出岳麓书社出的《李太白集·杜工部集》，打算以通读加细读的方式再次从这两部伟著中汲取力量的时候，杜进一个电话打来，让我的情绪又变得焦虑起来。

事情很简单。市教育局下来了一个检查小组，由某副局长带队。本来这样规格的检查小组，是轮不到廖独行去陪同的。但杜进见该小组中颇有几员酒场健将，担心己方应付不来，大开宴席的时候，把廖独行也喊了去。廖独行还陷在情绪低谷，正好需要借酒来消除胸中块垒，遂以鲸吞牛饮之势震动全席，让杜进脸上大有光彩。去领导席上敬酒的时候，他把廖独行也带上了。偏偏廖独行不懂行规，没有随同杜进一起敬，而是等他敬完后自己单独敬，以为这样才算尽到礼数。他却没想到领导跟下属喝酒，从来就是不平等关系，你要没点身份，去敬他他还不耐烦。县局的领导还好，在廖独行的豪气震慑下都抿了一口。市里的那个副局长见廖独行没有先来敬他，心里已自不爽，待到听说只是个普通职工时，便不肯喝。廖独行还是头次碰到这事，连眉毛都红了起来，把杯子猛摔地上。杜进见势不好，拉住他的右手，低喝了一声，廖致富！廖独行略略清醒了一点，怔了片刻，总算没有继续发作，而是甩手离去。该副局长平时见惯了在他面前点头哈腰的爬虫们，陡然遇到一个这样有血性的人，愕然之余，也没说什么。但这次检查的结果顿时就变得很悬。事后蒋局长当着龙局长的面，把杜进骂了个狗血淋头。因为廖独行是龙局长手里借调过来的，他碍于面子，没有当场说出辞退的话，但对廖独行做出了如下评价：修养太差，素质太低。

听到这个评价，我忍不住在电话这头冷笑道，到底是哪个修养差，素质低喽？

哎呀，老弟，现在不是纠缠这个问题的时候，而是要想办法保住廖独行。

龙局长是什么态度？

他还没表态。

我给他打个电话看看。

他是什么态度，你打完后就告诉我。

晓得。

在跟龙局长打电话前，我运了五分钟的神，把措辞大致设计好，才拨通他的手机。

龙局长，我是王文真啊。实在是对不起啊。

你有什么事要跟我讲对不起？

就是廖致富那个事。

小廖啊，他火气不小啊。

这个家伙，本来有才华，人也实在，从不搞名堂，就是这个臭脾气害了他。他也没见过多少世面，不晓得并不是每个领导都像龙局长你一样平易近人，结果热脸贴了冷屁股，还受不住委屈。我骂他，说龙局长把你借调过来，你平常也说要好好报答他，就算是为了龙局长，你也要忍一忍。他说那一下气昏了头，没控制住，事后也很后悔，觉得对不起你。

小廖的品性还是好的，做事也可以。但是脾气这么大，会吃亏的。

是啊，我会劝他改的。还请龙局长给他一次改正的机会。

我看看情况再讲。

等那边挂断后，我立刻打通了杜进的手机，把情况告诉了他。杜进在那边沉吟了一会儿后说，我估计只要蒋局长态度不是很坚决，龙局长还是会把这件事抹平的。

那就好。有什么情况你随时通知我。

那没问题。你要好好劝劝廖独行。这家伙，太意气用事了。

我叹了口气，这个家伙，确实让人担心。

你对廖独行真的好，当得是他亲哥哥。

都是哥们儿，难得有缘在一起，能帮忙就尽量帮忙吧。

跟杜进说了再见后，我本想打电话给廖独行，约他出来见个面。但手才按下第一个数字键，又停住了，因为我不晓得该如何跟他说。作为一个追求真情真性的诗人，对他的行为，我应该大声赞美。但是，这时候赞美他就是害了他。那么，批评他呢？他真的没有什么做得不对，不对的是那个嘴脸可憎的官僚。既不能表扬他，又不能批评他，那就只有保持沉默。但这时候廖独行肯定是郁闷满怀，需要有人去安慰他，劝导他。想来想去，我拨通了陈彩云的手机，先把情况告诉了她，然后叮嘱她跟廖独行说的时候，一定不要先责怪他，要尽量安慰他，让他平静下来。陈彩云答应得很好，但声音微微发颤，变得很干涩。

挂断电话后，我预感到陈彩云未必能照我所说的那样去做，但我又不可能再打电话给她，让她先别跟廖独行联系。靠在椅子上出了一会儿神，目光才醒过来，落在放于桌面的《李太白集·杜工部集》上。我随手把书翻开，跳入眼帘的是李白的《答王十二寒夜独酌有怀》：……吟诗作赋北窗里，万言不直一杯水。世人闻此皆掉头，有如东风射马耳。鱼目亦笑我，请与明月同。骅骝拳跼不能食，蹇驴得志鸣春风。《折杨》《黄花》合流俗，晋君听琴枉《清角》。巴人谁肯和《阳春》，楚地犹来贱奇璞……

这些句子以前也读过，但绝没有像此刻这样引起我强烈的共鸣。读着读着，仿佛是看到了廖独行和我共同的命运，我的心战栗起来，眼睛也不知不觉就湿润了。我没有再读下去，而是断然把书合上，抬头看着窗外渐浓渐厚的夜色和夜色中顽强绽放的朵朵灯火，在内心里呐喊道，这不是我们的命运！我要扭转这样的命运……

我的预感没错，陈彩云控制不了自己的情绪，在电话里才说了两句，就忍不住埋怨廖独行。而廖独行绝不承认自己有任何过错。两人便争吵起来，吵到陈彩云哭哭啼啼挂了电话，又哭哭啼啼打电话向张雅兰倾诉。她大概是怕我怪她没按预定方针办，采取了这种转弯的方式把情况反馈给我。其实我不会怪她——所谓关心则乱，廖独行的调动，她看得比任何人都重，乱了分寸也在情理之中。倒是廖独行的态度让我大伤脑筋。这家伙，就像王小波所描述的真理：坚硬无比，直率无比。想让真理服软认错，简直不可能。而他不服软认错就想过关，也不可能。这两个不可能打成了死结，怎么想也想不出解开的办法。我不禁埋怨起杜进来，干吗要喊廖独行去敬酒呢？不去敬不就天下太平吗？但这种埋怨既没什么道理，又无济于事。最后我总算理出了两条对策：一、暂时不去找廖独行，等着他情绪平息了再说；二、密切关注教育局那边的动向，以便及时应对。虽然这两条几近不作为，但我实在想不出更好的办法来了。

廖独行一直没来找我，倒是杜进，频频向我通气。根据他的最新消息，检查小组已经操劳完毕，评定结果虽然没达到预期理想，但也不是太坏。这其中的关键在于充分满足了那个市局副局长的特殊嗜好——每晚县局领导都会陪他去开在环城马路边的"仙乐"洗浴休闲中心。据说那里有不少年轻水嫩的小姐，有的还是出口到深圳等地，学了一身好功夫后再转内销的，足以消解该副局长的火气。该副局长走的时候还有些恋恋不舍。好在他开赴的下一个县以吃花酒闻名，同样会给予他巨大的工作动力。

杜进还告诉我，本来在摔杯后的第二天，蒋局长就想解决此事。但龙局长建议全力应付检查，待检查小组走后，再行处理。如果换了是别人，蒋局长可以立刻否定这个建议。但出自龙局长之口，他得引起重视。原因在于龙局长的后台不比他弱，又比他年轻十来岁，是县教育系统少壮派的领袖。按他的年龄，最多还能再干一届，接班的很可能是龙局长。蒋局长是老政客，善于权衡轻重，不涉及到权力之争，是不会轻易得罪龙局长的，考虑了片刻，便采纳了他的建议。现在检查组走了，龙局长就不能再拖了，便要杜进拟出个具体处罚办法。杜进的意见是：一、扣除廖独行当月的补助（廖独行的工资奖金还是由田桥学区发放，但借调过来后，教育局每月都会给他五百元补助）；二、做出深刻书面检讨。这两条拟定后，他没有先报龙局长审查，而是告诉了我，并说，为了平息蒋局长的怒火，而又保住廖独行，只能这样做。我明白他是怕廖独行转不过圈来，立刻承揽了前去做思想工作的任务。杜进说，你最好当面跟他讲讲。他这几天一下班就缩在宿舍里抽闷烟，很晚才出来吃点夜宵。你六点钟左右去找他，肯定能碰到。

飞龙县城两面临山，一面靠水，夏天不管日头有多烈，一到傍晚，就会有清凉之气微微撩人襟怀。但近年来这股清凉之气出现的时间推迟了。下午六点半走在街上，还是感到热气萦身。尽管我暗自念叨着心静自然凉，但心老是静不下来。等到喊开廖独行的门，进屋看到满地烟头和他灰暗的面容后，我心里更加燥热，问他把自己关在屋里做什么。廖独行嗫嚅着说，收拾一下，准备走人了。

我忍不住大喝一声，你就这样走了，对得起哪个？你怎么这样自私呢？

廖独行被我这一骂，头发都红了，瞪着我，却找不到话来回，只有紧紧咬着下嘴唇。我也直直地瞪着他。瞪了好一阵，他那股红色的怒气才从脖子处退潮。

蹲了下去，他两手插进乱蓬蓬的头发，眼睛看着地上，你不晓得，这几天我活得像条狗，是个人就会踩我一脚。

我蹲下去，拍了拍他的肩膀，问他要了根烟。

我也晓得你心里苦，但这道坎你必须要跨过去。

你讲怎么跨？

杜进把处罚办法告诉我了，一是扣一个月补助，二是写份检讨。

你跟他讲，扣我所有的补助都可以，莫写检讨，要得么？

不可能的事。你不写检讨，蒋局长那一关是过不了的。

廖独行指着自己的心窝，我要是写了这份检讨，这辈子都会瞧不起自己。

我晓得，我晓得。但是你要不写这份检讨，陈彩云这辈子都会被人瞧不起。她的家人、亲戚和邻居都会笑她喜欢上了一个窝囊废，调到城里又被退了回来，真的是出丑哦。

廖独行的眼睛顿时亮如闪电，那一刻，我都害怕起来。如果蹲在他面前的人不是我，无疑会遭受重重一击。我也不想戳出这样刺人的话，但面对这块石头，只有把话磨得像钢钎一样冷硬锋利，才能凿进他的心里去。等他眼神重新变得黯淡起来，我说，先出去吃饭，我请客。

在资水边的夜宵摊上，我没再说什么，只是吃饭、抽烟，看着廖独行往肚子里倒酒。我第一次看到他喝醉了。但他醉了也不要我扶，而是缓慢、沉重地走到僻静处，对着水中惨白、单薄的月亮发了会儿呆，然后腰一弯，猛烈地呕出来。呕完后，他蹲了下去，双手捂面，肩膀一耸一耸的。压抑的呜咽之声，穿透了防护着我心的那层坚硬外壳，让我心酸得也想流泪。我无力安慰他，只有默默地站立一旁，看着他渐渐平静下来。掬起江水洗了把脸后，廖独行似乎把醉意也洗去了。他挺起腰身，看着远处山峦幽暗的身影，长长地吐着气，似乎要把内心的浊气全部排出来。

看着这条本来活得坦荡率性的硬汉憋屈得像个小姑娘，我不禁问自己：你欣赏他直率纯真的天性，却又逼迫他扭曲自己的天性，岂不是自相矛盾？你想帮他过上更好的生活，却让他觉得痛苦和委屈，这到底是在帮他还是在害他？

我晓得自己陷入了一个悖论，一种荒诞，但又想不出摆脱的办法。很想把这些跟廖独行说说，但我明白一说就可能导致前功尽弃。感觉就像挨到了大沼泽的中央，前路固然迷茫，后退也很艰险，那就只有咬紧牙关、硬着头皮继续走下去吧。

廖独行望着对岸，一直没有看我。也不知站了多久，他才蹦出句，走吧。我们掉头才走了两步，就听到后面溅出重重的扑通一声，像是有什么东西跳进了江里。回头一看，江面依然平静，只有月影在微微颤动。视野之内，并没有渔舟出现。感到有些惊悚，我和廖独行对视一眼，在他眼中看到了彼此的茫然。

九

廖独行的检讨书是陈彩云代写的，据杜进说，足有两千字。这一关算勉强混过去了。杜进还说，其实龙局长还是欣赏廖独行这份硬气的，但在公开场合，他只能这样讲：年轻人，受点挫折，多些磨炼，不是坏事，我年轻时也喜欢意气用事嘛。

我说，要是龙局长当一把手就好了。

杜进不接这个话题，转而跟我倾诉起他的苦恼来。这番苦恼跟黄俏有关。杜进很动情地说，她让我觉得活着还有种真正的快乐，然后又说自己毕竟有婆娘，有孩子，不得不注意社会影响，所以很矛盾，很痛苦。

我暂时无法判定杜进跟黄俏的所谓恋爱到底是在真实进行中，还是仅仅出自他的臆想，只有含混地说，感情的事，是讲不清的。

是啊，真的讲不清，太磨人了。杜进感叹着。从这貌似痛苦的感叹中我却能听出得意和幸福来。他平常处事还算老练，但碰到这样的问题，却让我感到像个没谈过什么恋爱的高中生。我不禁隐隐有些担心起来，怕他在这件事上栽跟头。但杜进显然正沉溺于这种甜蜜的痛苦中，我又不晓得该如何提醒他。放下电话后，我想，如果这件事是真的，那黄俏也未免太现实了一点。

关于黄俏这件事，我本来想跟张雅兰说说的，但当看到她清澈如山泉的眼睛时，又立刻打消了这个念头。张雅兰是活在一个纯净的世界中，甚至是一个梦想的世界中，我想我不应该给她的世界带来尘世的浑浊，相反，我还应该竭力击退那些浊世的纷扰，让她安享恬静和快乐。好在她业务能力相当出色，性情又温柔，深得学生的爱戴。任何单位都需要这样的样板人物，所以尽管她不喜欢跟领导套近乎，但在单位中还是活得很好。我有时倒觉得应该向她学习，不要有过多的心机和考虑，尽量活得单纯、坦然。然而这种纯粹的心境又不是想拥有就拥有，它几乎是种天赋，或者说，是慧根。张雅兰有这种慧根，廖独行也有。我向往这种境界，却总是不能做到超脱，很容易就陷入事务的纷扰中，而且这种陷入一半是被动一半也是主动。刚进大学时，我本来想好了四年时间主要用来读书，有灵感就写点东西。然而当看到各大社团纷纷招人时，又忍不住报名加入，结果成了文学社社员、摄影协会会员、书法协会会员。加入后本想安心做个普通社员，潜心研磨技艺，但是看到有些成员热衷于抢夺发号施令的权力时，又起了不忿之心，出头抗争，结果功成之后身不退，成了文学社社长、摄影协会副会长、书法协会秘书长，忙得四脚冒烟。在这些业务性的社团做组织工作，忙是忙了点，毕竟还是能学点东西。等到学生会换届，因为看到自己不喜欢的人报名竞选主管这几个社团的宣传部部长，担心此人若是上位，只怕会挨他整，不胜忧虑之下，也就报了名。从此一入苦海，无法回头，直到大四时卸任，还为所主管社团领导层更替的事，跟后任部长起了冲突。现在想来，当时操心的很多事情都没有什么意义。问题是要再回到当时，只怕还是会去参与。往浅里说，这是性格所决定。往深里说，就是前定。廖独行说我适合从政，大概是因为他感觉到了这点。我很想通过努力修炼化解这种禀性，在文学的梦幻世界里自在遨游，度过纯粹而美好的一生。但能不能做到，我真没把握。这是我最深的焦虑，无法向他人诉说，只能倾注于诗句之中。当张雅兰说读我的诗总让人感到紧张和不安时，我只有苦笑——我只能写出这样的诗，就像廖独行只能写出那些奇崛、沉重的诗句。

因为在外发表的途径受阻，我和廖独行的诗便更频繁地亮相于《飞龙信息》。如果是搭配着发的话，我的诗必然和他的放一起。李总编便戏称我们为"王廖"，说是将来只怕会跟"李杜"、"苏黄"一样并立而不朽。李总编四十出头，清瘦儒雅，据说年轻时也是个风流自赏的文学青年，只是早早放弃了诗歌散文，专攻新闻报道和总结材料，遂得到上头赏识，仕途走得比较顺，三十七岁便当上了报社总编。他说话慢条斯理，轻易不动怒，也不开笑颜，自有一种领导风范，让报社同事很是敬畏。倒是跟我说话的时候，常带着淡淡的笑意，有时还会开个玩笑。我明白这主要是因为大姨夫的缘故，但也能感觉到他确实比较欣赏我。所以我在报社活得还算得意。转正的事，当然没有丝毫阻力，时限一到，马上就办了。照惯例，我请全体同事吃了餐饭。散场的时候李总编叫住我，说是一起散散步。我便陪他走到江边，然后再折回县委大院（他住在大院里）。

一路上李总编先对我父母的身体状况、我恋爱的进程、我工作一年来的感受表示了亲切而有分寸感的关注，然后说他当年参加工作时年龄跟我差不多，很自然地就转到了对往事的回忆中。他提起自己也写过诗，在大学时代就非常喜欢普希金和雪莱。毕业后分配到工商局，订了不少文学刊物，四处投稿，也发了些作品。主管副局长看到了，却认为搞文学创作是不务正业，提出批评。他不服气，跟该局长争论起来。争论的结果就是调离办公室，去工会打杂。这一打杂就是两年，尝够了单位里的人情冷暖。直到他父亲瞒着他，提了高价烟酒，通过关系拜会了工商局一把手，他才重新回到办公室。从此他只好强行压抑住对文学的爱好，专心于公文写作。因为文字基础好，很快就在文秘队伍里脱颖而出，受到关注。县里写大材料，经常会抽调他上去。他珍惜机会，每次都表现优异。当时的宣传部长看准了，点名把他要了过去。此后一路都还走得顺利，只是离文学越来越远。

对文学，我是只能做个欣赏者喽。李总编以这句感叹结束了他的回顾。

我笑着说，现在你要是再写诗写散文，可没人敢批评你啦。

他摇摇头，不行喽，看到你们年轻人写的东西，表现手法那么新颖、大胆，就晓得自己落伍喽。

哪里，我也是边摸索边学着写的。

你写的东西是高层次的，很先锋，这一点我心里是有数的。我们办报纸嘛，阳春白雪和下里巴人，都是需要的。

那是。

他不再言语。到了县委大院门口，我们就分了手。回家的途中，我琢磨着他最后那句话，越想越觉得有深意。不过我并没有感到不安，因为有两件事是确凿无疑的：一、我已经转正，也就是说，进了保险箱；二、李总编对我没有恶意。

第二天，下午五点多钟的时候，李总编把我喊到他办公室，递过来一个大信封，让我带回家去看，不用再还给他了。这信封鼓鼓的，还用胶水封了口。因为急着看，我没有像往常那样走路，而是让的士把我快递到家。真相大白的时候，也就成了我开始胀气的时候。里面全是告状信，清一色打印稿，落款不是"一个热心的读者"，就是"一个忧心如焚的老作者"，或者是"呼唤正义的人"。给我罗列的罪名大致有如下几条：一、身为党报编辑，没有坚持正确的舆论导向，刊发了不少情调阴暗的作品；二、搞小圈子，和少数臭味相投的落魄文人结成一党，排斥和打击热心写稿的老作者们；三、吃喝玩乐，以权谋私；四、作风不正，与多名年轻女性来往。我先是胸口憋闷，再是小腹胀痛，最后手脚冰凉。忍住将信丢往窗外的冲动，我把它们一张一张地撕成碎片，丢进垃圾桶。单凭直觉，我就晓得这些匿名信的作者中有不少是熟人。再从行文的腔调推测，有几个人简直是可以断定的。想到他们当面的笑容和恭维，我恨不得马上冲出去，把这些人找到，点着鼻子痛斥他们的鬼蜮伎俩和阴暗灵魂。但这些人是不会承认的，甚至还会做出无限冤屈状。他们连自己的真名都不敢写上，又怎敢面对面地进行辩驳？这种人只会躲在暗处放冷箭，绝不敢站出来进行光明正大的挑战。但我还是要澄清，起码要写封信给李总编，严正驳斥这些污蔑之词。

启动电脑的时候，妈妈敲门喊我吃饭。我推说已在外面吃过——也确实是吃不下，气饱了。满腔的愤怒随着手指的敲打，化为尖锐的言辞倾注于电脑屏幕。我进行了四点反驳：一、何为阴暗？何为光明？是谁赋予了这些人随意定性的权力？作品只应该论好与差。能够真实生动地表达存在和生存的作品，就是好作品。我用稿就是以此为标准；二、我担任副刊编辑以来，发现和推出了不下二十位有潜质的文学新人。而这些新人在没有被我发现以前，恰恰就是被一些所谓的"老作者"压制着。其实对于任何作者，我都是以质取稿，不看名气。所谓被我排斥的"老作者"们，其实就是那么几个写了很多年，作品却永远平庸的人；三、我是个活人，不吃不喝就会死。叫花子也有三个穷朋友，跟志同道合的朋友在一起玩玩，怎么不可以？未必这些人就不吃不玩，不跟朋友交往？四、我只有一位女友，名字叫张雅兰。如果说陪女友吃饭、逛街的时候，她又喊上同伴，就叫作跟多名女性交往，那这些告状的人统统都是奸夫，因为他们肯定跟自己妻子的女伴们打过交道。

　　写完了这封信，再修改了几处措辞，拷贝到磁盘里，我打算明天带到办公室打印出来，交给李总编。做完这件事，我胸口才没那么憋闷了，但情绪仍是低落。想了想后，我打电话把张雅兰、廖独行、杜进和黄俏全喊了出来，跑进歌厅拿着话筒抒情到深夜十一点，出来后又在江边吃了夜宵。我表现得格外亢奋，不时大呼小叫，让张雅兰很有些诧异。她当然不明白我的心思。我就是要潇洒给那些人看——我王某人就是活得这么得意，这么有劲，你们的龌龊手段，根本就对我不起作用。这样狂欢一通，我身心确实通泰了不少。送张雅兰回家后，我独自走在清寂的街道上，想起了鲁迅的一句话，捣鬼有术，也有效，然以此成大事者，古来无有，更是觉得对那些人只需蔑视，没有愤怒的必要。待到洗脸上床后，我记起李总编让我不要退还信件的话，再想想昨天散步时他的一番长谈，便陡然明白了他的心意，他根本就不认可这种匿名泼污水的行为，所以我根本就不用向他申诉。写那封信的作用，看来只不过是发泄火气而已。我应该删掉它，以达到李总编期待的处理效果：此事根本没有发生过。思索到了这一步，我彻底释然了。这夜的梦做得空旷阔大，见到了阳光、白云和鲜花一齐盛开的草原，没有任何戾气的侵入。

第二天，我打电话给一位姓刘的老诗人，约请他给廖独行写篇评论。刘老满口就答应了，并说自己是真心喜欢廖独行的诗歌，同样也喜欢我的诗歌。这位刘老年近花甲，但仍有童真之心，对有才华的后辈极是爱护；本人的乡土诗写得温暖、醇厚，如同正宗的乡里腊肉；在飞龙县的文学前辈中，是最能当得起德艺双馨四个字的。他原来在设于竹塘镇的县卷烟厂工作，没想到快到退休的时候，烟厂遭遇政策性关停（全湖南的计划外烟厂逐步淘汰，好让"白沙"和"芙蓉王"两家做大做强），领了点遣散费回家。儿子媳妇都是卷烟厂工人，等于全家下岗。幸好还有些积蓄，就在镇上开了家小面馆。他也不再操心，让儿子媳妇张罗，自己在家带孙子，得空时就下象棋。我曾和一些青年作者私下议论：以刘老的才华品行，即便当个市作协主席也没问题。但他一生僻处乡下，只能做个挂名的县作协副主席，外头很少有人晓得他。好在刘老心态不错，自得其乐，每次相见，他都是笑呵呵的，面色红润，以此来看，倒比那些整日忙碌而焦虑的所谓成功人士活得舒服。刘老笔头很快，一个星期后我就收到了稿子。看到那个标题：直面乡村的疼痛，我就明白刘老把准了廖独行的诗歌之脉。文章有两千五百多字，我一字未删，做头条编发。文章刊出后第二天，廖独行就打来电话，大叫着说刘老是他知音，并要我星期六带他去拜访他老人家。我欣然答应。

星期六上午，我和廖独行坐上了去竹塘镇的中巴。因为卷烟厂曾是飞龙的纳税大户，从县城通往那的柏油马路修得早，也修得扎实，远非现在这种刚修好平整气派、半年后就裂缝四现的豆腐水泥路所能比拟。

虽然中巴车不时要上下客人，也只用了半个多小时，就到了目的地。因为事先打了电话，刘老早就在路边张望等候。见到我们，他用比我们还快的步伐迎了上来，两手握住我的手，笑得像个过新年的小孩。我向他介绍了廖独行，他又拉着廖独行的手，仰着头打量着，好结实，像个做田的好把式。你那些诗，我看就是流汗晒太阳在田里熬出来的。面对刘老的热情和称赞，廖独行抓了抓后脑勺，嘿嘿地笑着。

竹塘镇尚存有一条老街，据刘老介绍，有里把路长呢。街上还有几家卖纸马、竹器的老作坊。两边站着的房子有三种材质：木板、青砖和红砖。最年轻的红砖房也有十多年历史了，沾染了老街的古朴气息。让我和廖独行感到惊喜的是：那些从前朝迤逦而来的青石板路还未惨遭现代水泥的覆盖，在时光的打磨中显出一派蕴涵坚强的宁静。走了两三百米，刘老带我们拐上一条小路，上了道坡。坡上有一大块平地，横着三栋红砖屋。屋前栽着几棵芭蕉，在半空中舒展着大片大片透亮的翠绿。几个小孩撅着屁股在靠右手边那家的走廊上热火朝天地弹着玻璃球。两个老头坐在各自敞开的大门口，看到刘老带着我们出现，一边说来客啦，一边向我们微笑，似乎我们是他们家的客人。刘老跟他们打着招呼，语气随便而亲热，就跟自家人一样。

进屋后，我把一袋东西递给他，晓得你不抽烟不喝酒，我们只好给你带了点奶粉和茶叶。

刘老不接，做出生气的样子，来玩就来玩，哪个要你们带东西的？要不得，要不得。

我不跟他争论，把东西放到神龛前的八仙桌上，然后拖了把靠门口的竹椅坐下，你这房子好凉快。

我这里就是在山上，夏天最好过夜了。还是八十年代末，我看中了这地方，就跟厂里两个讲得来的老伙计商量，干脆在这里买块地，一人修栋砖屋。还搭帮我主意出得正。那时厂里效益好，借钱容易，还起来也松气。地皮、材料、工钱也都不贵。要是放到现在，把鼎锅都卖了，我们几个也修不起。

这时刘老的妻子端了大盘的炒花生和红薯干出来，又给我们倒了茶。刘老和廖独行也都拖了把椅子，三人坐在门边聊天。门外的走廊仿佛热与凉的界线，我坐在清凉世界里，看着走廊外强烈的阳光，愈加觉得这份闲适的难得。廖独行屁股下的那把竹椅，不时发出骨骼松动的响声，让人担心他随时会把竹椅坐垮。他还偏要往后倾倒，带得竹椅前面两只脚离开地面，仿佛是坐在自家的椅子上。好在刘老并无不悦之色，不时笑眯眯地看着廖独行，和他探讨诗歌与土地的关系，共同抨击诗坛的不良现象。刘老谈诗的热情不在我们之下，说到激动处，口水还能溅到三尺之外的我身上。他嘲笑有人写的诗永远只是分行的散文，有人写的诗像是把古典诗歌翻译成大白话，还有人写的诗像塑料花，造假的水平很高，但就是没有诗味。他也惊叹现在有些年轻诗人用词造句很怪异，然而仔细琢磨，特别有味道。他说这种"味道"是读多少书都学不来的，味道足的诗就是好诗，味道寡淡的就是差诗，没味的就根本不能算作是诗。

刘老的这些观点，得到了我和廖独行的热烈拥护。我觉得刘老是以他的直感和经验把握到了诗歌的精髓，远比很多理论成套的批评家要懂行，遂提议他把这些看法梳理成文，让飞龙县的年轻诗歌爱好者们好好学习，少走些弯路。刘老却摆摆手，跟你们讲讲就行了。懂的人自然懂，不懂的，你跟他讲得再多，也是空的，他还以为你在充狠。

看到刘老露出一丝索然之色，我明白了他肯定因为直言而遭遇过不快。其实纯艺术上的探讨，只会对双方有利，但有的人就是我执太深，自负太过，容不得丝毫的质疑和挑错。这类人水平往往不高，却还容易狂妄，才发表了一些没什么分量的豆腐干，就敢自称名家。我当编辑的时间没多长，就遇到过好几个此种人物，暗地里送了他们一个外号：井底名家，因为他们跟井底之蛙没什么区别。这类井底名家往往善于拉帮结派，聚集一帮水平跟自己差不多或者更差的人，关起门来称王，在地方文坛上的势力还不小。以刘老的认真和坦率，肯定会让这种人大为光火，然后施展各种手段进行打压。他是老江湖了，身上的刀痕轻易是不露给后辈看的，我也就只能在内心暗自感慨着。

不知不觉到了吃中饭的时间。刘老不沾酒，却提出一锡壶米酒来，说是在镇上最后一家老酒坊里打的。这壶酒自然由廖独行承包了，我和刘老边喝茶边吃菜。席间谈到廖独行的调动问题，刘老停住筷，眼光照着廖独行，要我讲，调得动当然好，万一没调成，在乡里教书，也有好处。

我问，有什么好处呢？

我看廖独行就像棵树，树是不能离土的。

城里也有土，也有很多树活着。

城里的树哪有乡里的树活得自在？到处都是水泥围着，空气又不新鲜。

那也是。

廖独行在一边点着头，也不知是喝出了兴致呢，还是对刘老的话表示赞同。他根本不用人劝菜，仿佛是在自家吃饭一样，肉拣最大块的吃，叶子菜一夹就是一大坨，嚼得满屋子响。刘老的小孙子在边上看呆了，似乎电视里那个吃狗肉喝烈酒的鲁智深跑到面前来了。刘老的妻子立刻进行现场教育，你要向这个叔叔学习，多吃一点，才能长高，晓得么？

他点点头，夹了块肉，学着廖独行狼吞虎咽的样子，小光头一晃一晃的，竟也像个小鲁智深。刘老看得高兴，吃得就是福啊。

廖独行说，正是这句话，然后往嘴里塞了块鸡肉，以实际行动来证明刘老的论断。这时手机响了，他也不去接，等到把鸡肉嚼完，手机开始第二次深情呼唤，方从口袋里掏了出来。才通了半分钟的话，他说了句，我们尽快回来，然后挂了电话，看了我一眼，嘴唇嚅动了一下，又瞟了刘老一眼，埋下头去把饭往嘴里赶。我见状也加快了进食速度。虽然廖独行食量比我大，但还是他先吃完，起身到走廊上抽烟去了。等我走出来的时候，他又前移到芭蕉树下，双臂横抱在胸前，昂着头看那些脉络分明的巨型翡翠。

出什么事了？

杜进和黄俏在宾馆里开房，被他婆娘抓了现行。

现在情况怎么样？

陈彩云也没多讲，只是要我们快回去，她已经到了城里。

我没再多说，转身回屋向刘老辞行。刘老表示连床铺都摊好了，想着我们至少要住一夜的，然后又说，你们硬是有事，我也不好强留。晓得我这地方了，有空就来玩。

我和廖独行连忙应着好。不理会我们一再要求他留步，刘老把我们送上车。直到车子发动，他还站在路边，眼神中透露出无法掩饰的怅然。那一刻，我陡然感受到这位老诗人深藏的寂寞，眼睛便有些潮湿。廖独行几乎把半个身子都探出窗口，向那道越来越远的瘦小身影挥手致意。直到看不见人影了，他才缩了进来，开始抽烟。等到烟抽完了，嘴巴就闭得像块石头。

一路上我们几乎没有说话。

十

尽管有心理准备，但见到黄俏的时候，我还是吓了一跳：她脸上青一块紫一块，嘴唇也破了，这还算是题中应有之意；那头养护得柔顺光亮的长发竟变成了又短又乱的野草，有的地方还现了头皮。据说剪头发是杜夫人亲自下的手。当时黄俏被她的几个娘家兄弟按住了手脚，只有靠发射口水来进行反抗。才吐出一口，嘴巴上就被剪刀戳了一下，吓得她紧闭嘴唇，痛得她直喷眼泪。让黄俏分外伤心的是，杜进竟然像只蔫茄子，全无英雄救美的气概。黄俏边哭边对我们说，要是他像个男人，敢跟他们动手，我也就豁出去跟那只母老虎拼了。早晓得他是个这样的软货，我绝不会跟他好。

我把安抚黄俏的任务继续托付给陈彩云，开始拨打杜进的电话。无论是手机还是办公室电话，都无人接听。廖独行又打了他家里电话，也是响而不通。我猜杜进可能正在竭力施展他的柔术，恳请婆娘大人按照人民内部矛盾来处理自己。问题在于飞龙县城就是块蒲扇大的地方，杜进又是个场面上的人，出事的地方不是在家里而是在宾馆，闹出的又是这么香艳刺激的事，现在起码半个县城的人都晓得了。那些跟杜进有过节的，想扳倒他好为自己铺路的，心存嫉妒只想看笑话的，都会通过各种途径来推波助澜。就算他婆娘冷静下来，愿意平息此事，也会有点欲罢不能。我不禁替他的前途担忧起来。想给龙局长打个电话，又觉得不妥，还是作罢。最后我决定和廖独行一起去教育局转转，看看能否收到什么风声。

教育局伟岸的办公大楼昂首挺胸站在街边，其阴影甚至能覆盖对面矮小破旧的民房。穿过一楼大厅的后门，就到了辽阔的住宅区。新修的几栋楼房裹以淡红色的装饰砖，显得时尚气派，精神抖擞。记得杜进说过，为了选购这些装饰砖，局里成立了考察小组，由局长亲自挂帅，专程赴广州观摩考察，反复比较才定了下来。廖独行住的单身职工楼也是红色的，不过是老红砖而已，像矮小的中年人站在一群身材高大、穿着名牌西装的年轻人旁边，看上去未免有几分局促。在新楼和旧楼间有个门球场，现在场上没人打门球，倒是聚集了两三个人在开展聊天运动。走近之后，那些人看到廖独行，突然变成了哑巴。我看到其中一人有些面熟，似乎来报社送过新闻稿，便对他笑了笑。

他连忙献出笑容，王编，双休日你也来指导工作啊。

我来看看杜进，不晓得他家的门现在好进么？

现在蒋局长和龙局长都在他家里，正开协调会呢。唉……

我点点头，说了句，你们聊，然后掉头往外走。

廖独行跟在后面说，我们不去杜进家了？

你没听到么？两个局长都在他家里，我们去不是添乱么？

回到黄俏家中，她父母正聚集了一帮亲戚，准备开赴教育局复仇。黄俏的母亲拿着把裁缝用的大号剪刀，咬牙切齿地宣布非但要把杜进婆娘的毛都剪光，还要把杜进的卵剪下来喂狗。我觉得她发布的檄文未免太过激烈，连忙劝阻。

她扬起下巴，一双铜铃眼照着我，未必你跟他们是一边的？

我当然跟你们是一边的。问题是，你们这么一闹，气是出了，黄俏以后的日子就不太好过了。你想一下，她是老师，教育局是管老师的。现在两个教育局长都在杜进家里，你们去闹，搞得领导对黄俏有想法，那她以后就有得亏吃，起码想调进城里是不可能了。

那未必就这样算了？我是不会甘心的。

肯定不会这样算了。你们先冷静一下，看教育局的领导怎么处理这事。总之一句话，莫让这件事影响黄俏的前途。

她还有个什么鬼前途？我恨不得一剪刀戳死她，真的是出尽家里的丑。

话虽如此说，黄母还是放下了手中的剪刀，虽然没有立地成佛，但脸上的戾气总算消退了些许。我懒得再去安慰黄俏，也不想留在她家吃饭，找了个借口先走了。很想去找张雅兰，但我明白既然她没有出现，那就是黄俏不想让她晓得这件事，至少是不愿意让她看到现在这般惨状。而如果见了张雅兰的面，不告诉她又不太好，她若是去探望的话，又未免会让黄俏尴尬。在心里拿捏了一阵，我决定，还是回家吃夜饭，然后把上星期买的那本朱光潜的《诗论》好好研读一番。

到了星期一下午，我先打电话给廖独行，他告诉我杜进请了病假。我叮嘱他要埋头做事，就算有人故意找岔子也不要理会，一切等杜进回来再讲。廖独行重重地"嗯"了一声，听得出心里正郁闷着，说不定已经有人趁杜进不在而给他脸色看了。我在心里说，兄弟，这回只有靠你自己顶着了。

放下电话后，我又用手机拨打杜进的手机。通了。

老兄，怎么样，还好吧？

唉，以后再跟你细谈。

要得。有什么事需要我做，只管讲一声。

谢谢老弟。患难见真情啊。

我们俩哪个跟哪个，还这么客气？

挂了机后，我觉得自己该做的都做了，接下来只有靠菩萨保佑杜进，保佑廖独行了。快下班的时候，我打了张雅兰的电话，约她晚上出来玩，她却说得加夜班备课。觉得她语气微透冷意，我一时有些反应不过来，大把的俏皮话和缠绵语都憋住了，任由她挂了电话。本来情绪就不佳，这下就更觉失落。很想再打个电话过去，但经验告诉我，这是愣头青才做的事，往往会惹起对方的反感和轻视，像我等情场老手，千万得忍住，不该出手时坚决不出手。但这样忍是很痛苦的，尤其是在特别喜欢对方的情况下。我还真怕自己忍不住，索性把手机关了，锁在抽屉里，离开办公室。

到了家中，我故意把头扭向右边，绝不让目光沾上放在左边小茶几上的电话。吃夜饭的时候，妈妈说有一阵没看到小张了，是不是喊她到家里吃顿饭。我蹦出句，只怕难喊得动哦，让妈妈大惊失色，连忙追问我们是不是闹矛盾了。在我坚决否认后，还不放心，一再提醒我说小张是个好妹子，这样的妹子现在打着灯笼也难找得到了。我一边含糊地应着那是，一边匆匆扒完饭，逃进自己的卧室。这个晚上，我半躺在床上，对着《诗论》发呆，那些文字也都愣愣地望着我，彼此无所会心，直至昏沉于睡梦中。

忍了两天，我又打电话给张雅兰，约她出来喝咖啡。这次她没有推辞，见面时也神色如常，只是绝口不提陈彩云和廖独行，更不用说杜进与黄俏了。这却让我能肯定她已知此事，同时也感受到了她内心的蔑视和厌恶。是的，妈妈说得对，她是个打着灯笼也难得找到的好妹子，在这个情欲泛滥的年代中独守着一份纯情。我想我不能拖得太久了，在适当的时候就要和她订下终身。我对她说，我妈妈想请你到家里吃饭，她说好久没看到你，很想你。

到底是阿姨想请还是你想请呢？

她想请，我更想请。

她瞟了我一眼，笑盈盈地说，这还差不多。

第二天下午，张雅兰过来吃饭的时候，给妈妈带了份礼物：一个镶着珍珠的宝蓝色蝴蝶胸针。妈妈朴素惯了，连耳环都不戴的，却当场把这份礼物别在胸前，虽然跟其款式陈旧颜色沉闷的上衣并不搭调，她还是对着镜子连说好看。

饭后妈妈拿出一方檀木小盒子，回赠给张雅兰。里面是大姨送给她的翡翠玉佛，价值不菲，妈妈舍不得戴，一直珍藏着，大有把它当作传家宝的架势。现在她却把这传家宝给了张雅兰，还亲自给她戴上，让张雅兰想推辞都不能。我在一边看着，心想，妈妈平常虽然对人礼数周到，其实心里常常设着防的，对张雅兰却这样无所保留，看来她俩还真有婆媳缘。

此后妈妈常越过我直接约张雅兰来家吃饭，或者一起逛街，甚至还在张雅兰的鼓动下，破天荒地烫了次头。我晓得妈妈生怕我没看好张雅兰，让这个她心目中的最佳媳妇人选飞走了，一边暗笑她比我还紧张，一边也为她的苦心而感动。

人在幸福中，总觉得时间跑得太快。而处于磨难中的人，则会觉得时间慢如龟爬，只恨无从下鞭，以使其稍快一些。同样是半个月，我的半个月和杜进的半个月就绝对不是一回事。杜进熬过这段时光，总算把"病"养好了，仍然当他的办公室主任。他的政敌本想借此事把他从办公室这块中枢重地拱出去，幸亏有龙局长在党组会上力保杜进，杜夫人心奥丁明白了杜进遭贬对自己和小孩没有丝毫好处，对撺掇她继续告状的人换了副冷面孔，再加上杜进多年来鞍前马后颇有苦劳，蒋局长也就宽大为怀，只是把提副科级的优先权给了人事股股长。杜进对我说，虽然他小心翼翼地在蒋局长和龙局长之间走钢丝绳，但蒋局长还是觉得他这几年跟龙局长靠得太近，借这个机会在关键性问题上卡了他一把。但这一把卡得冠冕堂皇，连龙局长也无法提出任何异议。杜进还说，本来龙局长还给他设计了一条路，就是到二中去当校长。在飞龙县，论规模和效益，除了一中这所省重点中学外，就数二中了。杜进觉得这样既免去了一番尴尬，又能过过当一把手的瘾，是上策。但婆娘生怕他跟二中

的女教师亲密接触，扬言他要是去二中她也会跟着去，他办公她就在一
边打毛线，他开会她就在一边倒茶水，他上厕所她就守在厕所门口。杜
进实在忌惮这个出身市井的泼辣婆娘，只好硬着头皮继续在办公室混下
去，忍受同僚们隐含嘲讽的目光。但是我不后悔。杜进在沉痛诉说和
频频叹息后又斩钉截铁地掷出了这一句。他目光炯炯地看着感到惊异的
我，因为我终于晓得真正的恋爱是什么滋味了。人生有过这么一次，也
就无怨无悔了。

未必你跟你婆娘没谈过恋爱？

唉，我是乡里出来的，靠苦读考上师范，毕业分到城里教小学。那
时看城里女人，都是花花绿绿，个个乖态，生怕她们看不起我这个乡里
人，捡到篮子里的就是菜。那叫什么谈恋爱喽？

我一边点头一边叹息。杜进又发出一声超重型的叹息，我就是觉
得对不起黄俏啊，然后双手掩面，发出呜咽之声。我顿时手足无措，愣
愣地看着这个比我大十岁的男人像个失恋的高中生那样哭泣，心里说不
出是什么滋味。好在他很快终止了哭泣，用手掌果断地抹去泪水，红着
眼睛盯着地面。我仍然不晓得说什么好，只有掏出烟来。他以前从不抽
烟的，但这回却接了过去，任由我给他点燃。升腾起的迷蒙烟雾是种最
好的掩饰，我顿时感到轻松和自然了许多。他抽完一根，又主动要了
一根。我干脆把烟和打火机放到茶几上，任由他取用。一起抽空了半包
烟，我们才走出小包厢。

出了茶馆门，他偏过头看了我一眼，你不要对任何人讲。

你放心，绝对不会有半句话从我这里漏出去。

他点点头，又拍拍我的肩，眼睛虽然还有些微微发红，但已基本恢
复了杜主任的态势。我笑了笑，替他招来一辆出租车。本来可以跟他共
段路的，但我想独自走走。空气中飘动着隐隐约约的秋意，但天地变迁

的信息越来越弱，在这日趋浮躁和炎热的世界，只有少数心静的人才能及时感知。就像一些微妙的预兆，肯定不会为心浮气躁的人所捕捉。我隐约觉得前路隐伏着变数，但到底会有什么样的变数，却无法明了。本来按常理推断，杜进渡过此劫，至少办公室还是他的天下，龙局长也显示出了他对自己人马的维护和维护的力度。以此而论，廖独行的事未尝没有希望。但是过去的经验告诉我，逻辑推理虽然看上去正确，却不太可靠，往往应验的倒是莫名的担心。廖独行能走到这一步，无论是他，还是我、杜进和陈彩云，都付出了心血。我想我不能让这番心血在变数中化为乌有。必要的时候，得直接去找大姨夫了。尽管我感激大姨夫对我的暗中关照，但他的一贯威严总让我不太想去主动亲近。我也总希望凭自己的能力把事办好，轻易不愿意求人相助。但这次是为了朋友的事，我觉得无损我的自尊和自立。倒是廖独行愿不愿意跟我去见这样一位县里的大官（自从见识过市里那个副局长的做派后，他就认为官越大架子就越大，避之唯恐不及），是我暂时还无法肯定的。不管如何，我得先探探大姨夫的口风了。明确了这点，我顿时觉得前路不那么难以测度了，脚步也轻快了不少。

就在我为何时去找大姨夫而踌躇时，他却打了个电话，要我去他办公室一趟。县政府就在县委斜对面，隔着一条街而已。县长们的办公室集中在主楼第三层的左半边，进去得先经过楼梯口旁的接待室。里面坐着不少人，正在等待着县长们的接见。值班的秘书认识我，说刚有两个人进去找肖县长，问我是直接进去还是在这里等一等。我便在接待室看报纸。看了十来分钟，秘书说我可以进去了。

大姨夫陷在他那张真皮转椅中，年轻时很茂盛的头发显得有些稀疏，整齐地往后梳着。桌上那面小五星红旗鲜艳得像是刚从生产线上走下来。见我进来，他宽阔的脸上现出一丝笑容，然后又复归于深沉。我从小就敬畏他的深沉，却又暗暗模仿这种深沉。这一点，他大概有所察觉，几次向老妈称赞我比较沉稳。于是在他面前，我就愈发沉稳了，很少说话，只是聆听和点头。他表扬我工作做得不错，同事们的反映都很好。我暗想，他们怎么会在你面前说我不好呢，嘴里却说，没给你丢脸就行了。

大姨夫点点头，脸上又现出一丝微笑，你要好好干，我是盼着你比我有出息啊。你爱好文学是可以的，但今后要把更多的精力放在事业发展上来，要多跟人交流，尤其注意多跟上级沟通。不仅要跟报社的领导沟通，还要多往宣传部走一走。徐部长对你的印象也不错，跟我说过你是棵好苗子，我也拜托他多培养一下你。

我有些纳闷——大姨夫对我的关照通常是不动声色的，怎么现在把话说得这么明白呢？

过完这个月，我就要到小梁县当县长了。还没有正式宣布，你先不要对别人讲。

见我愕然，他轻轻地咳嗽了一声，缓缓地说，官场上是人走茶就凉。我虽然还有些老关系在这，但讲话没有以前那么灵了，以后关键要靠你自己。

我这才醒过来，连忙恭喜他高升了，心里却一阵沮丧——廖独行的事是不能提了，提了也不管用。

大姨夫又问了张雅兰的事，说，找个教师当婆娘，比较合适。你妈妈对小张很中意。你要是不愿意现在结婚，可以先订婚，好让你妈妈安心。

我应着好，就起身告辞。大姨夫站起来，把我送到门口，拍拍我的肩，才转身进去。

这天晚上，我总想打廖独行的电话，约他出来好好聊聊，却又不晓得聊些什么好，几次拿起手机又放了。过了一会儿，手机就响了，却是他的名字在闪。他说请我吃夜宵，我说肚子还饱，先散散步吧。他说那就先去洗脚。我听出他非得要请我一回客，便答应了。

我走到"亚美"洗浴城的时候，廖独行已先到了。他叼着烟，穿着我们初见时的那套牛仔服，一手插在口袋里，神色悠然。我连跟他打招呼的心情都没有，接过他递过的烟后，一同默默上了楼。这里最小的包间都是三个位的，不过若是有两个人进去了，别的客人一般不会进来。洗脚的两个服务员看上去都不到二十岁，有一个眉眼都还没长开。我怀疑这两位小妹对穴位的认知程度，好在她们都非风尘侠女，手上不带透劲，就算按错了也没什么关系。廖独行没拿正眼看过她们，只顾偏着头跟我说话。他说杜进一直想去找黄俏，却又不敢去，还问他到底该不该去。

你怎么讲呢？

我说，你要是真喜欢她，就干脆跟婆娘离婚。

他要是敢跟婆娘离婚，就不会来问你喽。老杜毕竟是官场上的人，还想进步的，不会为了个女人抛弃一切的。

那你呢，你会不会？

我觉得他这问题提得有些奇怪，想了想说，爱情和文学就是我的一切。

这话一出口，那两位洗脚妹便抬起头来看我，又互相看了一眼，脸上都露出微笑。这微笑远比室内粉红色的灯光要明亮纯净，

廖独行沉默了片刻，要是在文学和爱情之间你选一样呢？

文学和爱情根本是一体的，怎么会产生矛盾呢？排斥爱情的文学就是伪文学，排斥文学的爱情也不是真爱情。

你这话讲得好，讲得经典。

我看你气色不错，是不是有什么好消息？

有什么好消息喽，坏消息倒有一个。

我屏住气，瞅着廖独行。他又点了根烟，吸了一口，才说，龙局长要走了。

到哪去？

到南庙乡去当乡长。

南庙乡是个大乡，离县城也不远，乡长又是正科级。龙局长这是被提拔重用了，我应该为他感到高兴。但我和廖独行都明白，这对廖独行的调动，是个毁灭性的坏消息。我顿时陷入了沉默。

吸完一根烟，廖独行慢慢地说，你也不要难过。其实我刚借调过来，就预感到是留不住的。之所以尽了力在做，是怕你们失望。

你就不失望么？

我跟你讲，听到这个消息，我确实有些难过。但过了一会儿，心里反而轻松起来，好像压在心上的一块石头突然飞走了。

我冷着脸，很猛地吸着烟，过了一会儿，才叹了口气，只要你真的想得开就好。

我只是觉得对不住你。

我倒没关系，主要是陈彩云。

是啊，我都不晓得该怎么跟她开口。

你讲不讲，她反正会晓得的。你记住，无论她怎么埋怨你，你都不要跟她争。

我晓得。

提到陈彩云，廖独行的脸色就变得黯然。他把目光从我脸上挪开，望向半空，也许我跟她不会长久了。

你别乱想。

我只是种预感，我也不想跟她分开。

只要你不想，那就不会分开。

廖独行苦笑了一下，谁晓得呢？只有天晓得。

我闭上眼睛，不再说什么了。

洗完脚后，廖独行还要邀我去江边吃夜宵。我实在没心情，说，改日吧。

你就当为我饯行吧。

等你回去的时候，我再给你饯行。

我回去的时候就不告诉你了，一个人打个包，就悄悄地行了。

你怎么能这样做呢？

我是很怕离别的。尤其不想跟你离别。

那就去吃吧。

这顿夜宵吃了足足有两个小时。廖独行喝了不少酒，却没有醉。吃完后，两人不打的，不走大街，沿着江边老街，经过老码头，再插进一条又一条寂寥的旧巷，拐上县一中那道长长的坡。到了坡顶，就到了马路上。往左边走一百米，便是教育局大院。廖独行却不肯进去，执意把我送到家门口，才反身离去。看着昏黄的路灯光跟随着他孤寂执拗的背影，我的眼睛有些湿润。廖独行应该晓得我在目送他，却没有回头，而是轻轻地哼起了一首歌。那首歌的旋律悠远、苍凉、旷达：

沧海一声笑

滔滔两岸潮

浮沉随浪记今朝

苍天笑

纷纷世上潮

谁负谁胜出天知晓

......

十一

龙局长调走两个星期后，廖独行就被退了回去。杜进打电话跟我说，他本来还想争取让廖独行留在田桥学区。但蒋局长明显对廖独行有看法，再加上自己地位也不太稳固，就不好跟学区领导打电话了。我表示理解他的难处，心里却在想，如果换了我，无论效果如何，那个电话总是会打的。但责怪杜进也没有用，思来想去，我倒有些责怪自己为什么不早点跟大姨夫说这事？继而又想，假如我是报社老总，或者哪怕只是头版的编辑，也就有点跟蒋局长谈判的筹码。但我现在只是个副刊编辑，在没有半点人文情怀的蒋局长心目中，分量不会比廖独行重多少。这样一想，我的愤世情绪又鼓了起来，连稿子也不想看了，只是盯着墙壁，似乎想用目光在上面凿两个洞出来。

廖独行走的时候，果然没跟任何人打招呼，让杜进连开欢送会的机会也没有。不过这样也许让杜进在尴尬之余也松了口气，因为假如开欢送会，只怕没有几个人愿意到场。廖独行回去第三天后，陈彩云才知晓此事。她跑到城里来，寻着张雅兰大哭了一场。待到弄清楚廖独行的事是彻底没希望了，她反倒不哭了，只是呆坐着，半天不出声。张雅兰从没见过她冷成这样，有些害怕起来，打电话把我喊过来。直到陈彩云脸上的泪痕干得看不见了，我们的轮番安慰才有了效果——她站起来，去卫生间洗脸。出来后，她很凄然地对我们笑，我代他谢谢你们。你们尽心尽力，只怪他没得这个命。

张雅兰上前拉着她的手说，你快别这样讲。他还年轻得很，往后机会多得是。

陈彩云摇摇头，不再说什么。她坚决不肯留宿，甚至连饭也不肯吃，说是要赶最后一班车，又坚决不要我们送她到车站，匆匆地走了。从门口转回来后，张雅兰说，看到她这样，我都好想哭。

我点点头，把她抱住。抱得紧紧的。心里才不觉得那么空。

为了防止廖独行自暴自弃，此后我隔三差五都会跟他打电话。从声音里倒听不出他情绪低落。问他在学校里的情况，他只是说，还不是老样子，然后跳过不提。但我还是晓得了他的处境很糟——因为陈彩云不时会打电话向张雅兰倾诉。校长见他被退了回来，少不得冷嘲热讽。因为师资力量确实欠缺，总算没下他的岗，但校长堂妹占据的那间宿舍，是说什么也不肯空出来。好在廖独行不跟女人动武，否则就会把门踢烂，闹出场大风波来。

这事忍忍也就过去了。没想到快到春节的时候，他哥哥和嫂子回来了。那个女人见门锁换了，马上闹了起来，还大张旗鼓地把屋子的东西检查了一遍，似乎廖独行成了贼，而他的父母是贼之同盟。见父母都羞愧如真做了贼一样，而嫂子却不依不饶，廖独行忍无可忍，指着她的鼻子说，你莫再闹了，不然我真的要打你一顿饱的。他嫂子立刻滚在地上，声称要把肚里刚怀上的孩子滚掉算了。骇得廖母要给她下跪，又让廖独行给嫂嫂赔礼。廖独行看了看满脸凄苦的妈妈，又瞟了瞟半个屁都不敢放的哥哥，吼了句，我再也不进新屋，要得了么？

他嫂子一听，神速地从地上立了起来，你讲话要算数。

廖独行冷笑着走开，上了后山，在岩洞里和衣睡了一夜，居然也没感冒。后来他把这事告诉了陈彩云，陈彩云一听就急了，说，你怎么这样蠢？你这样讲就是把栋新屋白白送给他们了。

廖独行见陈彩云半句安慰的话都没有，也动了火。两人大吵一场。

廖独行赌气走回了万石村。本来说好过年时无论遭受怎样的难堪，也要上门给陈彩云父母拜年的，结果到了大年三十都没有一点动静。陈彩云急了，直接打电话给我，求我来转这个弯。我立刻打电话过去，那边却是关了机。我只好发了条信息：是个男人你就去跟陈彩云父母拜年，别让她难做人。

直到春节假期结束，也没有听到什么回音。散元宵那天，我又打了一次，还是关机。

我想我得去万石村一趟。

本来想约上陈彩云的，但我又考虑到廖独行一时半刻转不过弯，陈彩云可能忍不住跟他急，这个结就越打越死了，还是决定先跟廖独行碰面，看看他到底怎么想。我是星期六早上动身的，等车换车耗了不少时间，快中午了才晃到万石村。在那栋只修了一半的红砖屋门口，有个又黑又瘦的妇人坐在竹椅上晒太阳。我想这就是廖独行所谓的嫂嫂了，遂把头一偏，假装没看到那双直瞅着我的老鼠眼睛。土砖屋的门是半开的，我站在门口喊了两声廖独行，廖父闻声从里面走了出来，见到我，先是愣了一下，然后放出笑容，请我进去坐。他一边递烟一边说，富伢子也是，你要来，他也没跟我讲一声。

我没告诉他要来。他人呢？

吃了早饭就到山上去了，现在还没归屋。

阿姨呢？

在那边帮着做饭。我去催一下她，要她快点到这边来搞饭吃。

你们不一起开伙？

廖父神色黯淡下来，摇摇头。

我还不饿，莫催她，等她在那边搞清场。

那就对你不住啊。

不要紧。

廖父给我倒了茶，又寻出花生和红薯干来，然后说，我先去灶屋里把饭煮好，等下只管炒菜了。

我应着好，往口袋里塞了把花生，端着茶，拖了把竹椅到门口晒太阳。那女人还坐在门口。她已晓得了我是来找廖独行的，便"呸"了一声，把竹椅挪到门口的另一边去了。我当她不存在，目光望向远方的田野和山峦，慢慢地嚼着花生。嚼了十来分钟，廖父从土砖屋走出来，一边说，我去看她搞清场了么，一边拐进红砖屋。

片刻之后，廖母匆匆走出来，一边在围裙上擦手，一边满脸歉意地对我笑，哎呀，你来了我还不晓得。

我连忙站起来，又来打扰你们了。

你是贵客呢，请都请不到的。你快坐，我就去炒菜。

廖母进了屋，搬了条长凳出来，把花生和红薯干放在上面，又给我加了茶，才进去炒菜。见我受到如此热情招待，那妇人重重地咳嗽了几声后，赌气进了屋。我掏出手机，这次传出的声音是：你拨打的电话已停机。

直到饭菜上桌，还是没见廖独行的踪影。廖父说不等了，又说，他这一向经常不按时回来吃，好像不愿意跟我们共一桌吃饭了。

我笑着说，他不会那样想的。

廖母连忙向廖父使眼色，然后招呼我多吃些。为了不冷场，也为了减轻他们的歉意，我努力吃得痛快，不时称赞好吃。廖母不太吃得下，似乎有什么堵在了喉咙里。她看了我好几回，在我把一大块鸡肉咽下去后，才迟疑着说，好久没看到陈妹子，不晓得你碰到过她么？

看到过几次。

是跟富伢子一起么？

那是廖致富在城里上班的时候，她来看他，我和他们在一起玩。

那就好。我还以为他们闹意见了。过年也没看到陈妹子来。

廖父突然说，富伢子在城里是不是犯错误了？

没有。他表现得还不错。主要是现在调动太难了。

不晓得以后还有没有戏？

他还年轻，总等得到机会的。

那要靠你多帮忙啊。

能帮得到的我肯定帮。

廖母在一边说，你心好，命也好，是个升官发财的相。富伢子跟你结朋友，是他前世修来的。

你快莫这样讲。

看着廖母满脸谦卑的笑，我有些坐不住了。加快速度吃完饭后，我往门口望了望，我去找找他。

廖父说，这地方你又不熟，还是我去。

不要紧，我晓得他在哪里。

第二次看到那座山，觉得没有记忆中高峻了，倒是更觉出它的孤独，甚至是无援。满山的石头表情冷漠，似乎没有了廖独行的陪同，它们就不跟我亲近了。好在它们没有公然拦住我的去路，或者脚下使绊狠狠地摔我一跤。对我零零碎碎哼出的小调，它们也只是以沉默来应对。我哼的是《沧海一声笑》。我期待听到突然从山顶飘下同样的曲调。但直到我微微气喘地站在那块石中王者面前时，迎接我的还是一片寂然。爬到石头上，举目四望，我看到了一只岩鹰盘旋于半空的寂寞身影。它似乎在寻找什么，却没能如愿，最终一个无奈的转身，投向侧后方更浩瀚也更荒凉的群山。尽管我能感觉到廖独行就在岩洞里，但我没有急着去那，而是盘腿坐下，背对着岩洞的方向。我期待廖独行能从岩洞里走出来，而我乍然出现的背影能给他一个惊醒。我想象着他默默地走过来，默默地和我并排坐下。在默然中我们完成了沟通，相视一笑，再起身下山。

慢慢地抽完第五根烟，还是没有一点脚步声溅入耳中

我有些动摇了——也许他真不在洞里。为了否定这种怀疑，我站起来，等双腿的麻胀消退后，就跳下岩石，有些迫不及待地往山后走去。

来到洞口，往里面一张望，我不禁有些目瞪口呆——廖独行正站洞穴一角，背对着洞口，褪了裤子，屁股激烈地晃动着。而他的身前并没有人，只有冰冷的石壁。连忙闪到一边，我靠在山坡上，眼泪不禁流了出来。

我等了许久，才强迫自己慢慢挪到洞口。廖独行已经坐在了石床边上，正盯着地面抽烟。我喊了一声。他猛地抬起头，然后从石床上掉下来，几乎摔了一跤。

你出来。

他慢慢走到洞口，就停住不动了。我们脸对着脸。他的双颊明显陷了下去，眼神有些空。

你什么时候来的？

未必我来不得？

他低了一下头，又抬起来，我晓得你要跟我讲什么。

我不想跟你讲什么，只是想来看看你。

他涩涩地一笑，点点头，我现在过得还好，你莫担心。

你这样子叫作过得还好？

那你要我怎么过？

怎么过？勇敢地站起来，去冲，去杀，莫天天缩在这个洞里，像只乌龟。

他直瞪着我，眼睛里一下就充满了血丝，发出沉重的呼吸，像头饿虎。但他没有从洞里扑出来，而是一拳打在洞边。

你要打架，就出来打。

他看着拳头上的血，摇摇头，我跟全天下人打也不得跟你打，但你莫这样骂我。

原来你还没有完全麻木喽。那我问你，你到底还想不想跟陈彩云好下去？

我这一向主要就是想这个事。我已经想通了——我再箍着她不放，等于害了她。

你没有箍她，是她心愿的。

心不心愿，反正都是一回事。我不想再害她。

那你到底还爱她么？

爱。就是爱，我才想跟她分开。爱一个人就是要让她过得好，你讲是么？

你嘴巴讲得轻巧，心里当真受得了么？

受不了也要受，硬起心，总会扛过去的。

那陈彩云受得了么？

与其让她长痛，不如让她短痛。

你真的想清了。

真的想清了。

直视他足足有一分钟，我说，那好，那我行了。

你总要在这住一夜啊！廖独行边说边往外爬。

我按住他的肩膀，我没得心思住。你记得，什么时候想发愤图强了，什么时候再跟我打电话。

廖独行眼神中半是焦急半是愧疚，微微张开嘴唇，却说不出话。重重地拍了他一下肩膀，我离开洞口，迅速往山顶攀去。

快要走到山下的时候，我听到廖独行的叫声轰然在群山间炸响。他没有喊我，只是狂呼大叫，声音高亢、凄厉，像一头找不到出路的饿虎，徒然向天空和大地发泄着内心的郁闷和绝望。我强忍住没有回头，只是走着走着，就泪流满面。

十二

离开万石村后，有四五个月，我没有跟廖独行联系过。一方面是故意如此，另一方面，也因为我接连参与了宣传部几个大材料的撰写，非但白天难得休息，晚上还经常熬夜。尽管写这些东西毫无创作的快感，但我还是强迫自己认真对待。我的工作甚至得到了县委张副书记的表扬，他说我行文简洁有力，而且能够抓住事情的要害。张副书记以严厉著称，长期分管宣传和文教卫。面对他的表扬，我表现出了年轻人应有的谦虚，这让他神色愈显慈和，甚至对我露出了罕见的微笑。那一刻，我还真有些热血沸腾——尽管我晓得这种热血沸腾是可笑的，但我终究无法克除根深蒂固的虚荣心。

正因为工作紧张，一有空闲，我就尽量和张雅兰泡在一起，以求放松。从她那里，我能得知陈彩云和廖独行这一段的基本情况。廖独行也真做得出，虽然陈彩云帮他交了所欠的话费，他却一直关着机。陈彩云终究是忍不住，放下架子，到万石村去了一趟。尽管廖独行父母把她当成皇后娘娘来接待，但廖独行只是蹦出句，以后你不要来找我了，就甩手出门。面对他的绝情，陈彩云的眼泪当场就刷地流了下来。廖母一边劝慰她，一边也忍不住流下泪来。廖父追上前去，想把廖独行拖回来。任凭他如何咒骂拉扯，廖独行就是不往回走半步。廖父情急之下，抽了他一耳光。抽完后，自己倒先惊住了，放开手。廖独行木然地看了他一眼，快步走了。

在廖母的百般挽留之下，陈彩云在廖家过了一夜——她还是期盼着能跟廖独行好好谈谈的。但廖独行一夜未归，估计又睡岩洞了。第二天吃早饭的时候，廖独行的嫂子在门外提着气说，现在的年轻妹子啊，真是不晓得自重。连彩礼都没收呢，就跑到男的家里过夜。要是那个男的对她诚心也好，偏偏连面都不想见。未必书读得越多，就越轻贱。像我这样没什么文化的，还站得正行得稳些。

听了这话，陈彩云气得再也吃不下半口饭。想回骂，但实在没有底气，往日的伶牙俐齿竟全哑了。廖母倒是一反往日的忍让，走出去说，你肚里怀着崽，嘴巴就积些阴德要得么？

那妇人立刻红了脸，嚷道，哎呀，我肚子里怀的是你廖家的崽，你不帮我讲话还帮别人？天晓得这个女的会不会进你廖家的门。八字没有一撇的事，你莫想得太美了！

廖母顿时被噎住了。廖父扯着喉咙把他大儿子喊过来，要他管一管自己的婆娘。在廖独行哥哥的哀求下，那妇人昂着脸得胜回营了。陈彩云却被生生地气出病来，回到家后，休养了整整三天。她跟张雅兰说，以后就算用八抬大轿来抬我，我也不得进他家的门。

张雅兰把这话告诉我后，我说，要是廖独行真的用八抬大轿来抬，我看她还是心愿的。

张雅兰叹了口气，陈彩云还是很专情的，我最欣赏她这一点。所以虽然她有些小心眼，我还是喜欢她的。

是啊。我原来总以为她有点飘，但现在看来，她骨子里还是很正的。

你呀，看人的眼光总带着怀疑，活得累不累？

本来活得很累的，认识你后，就不觉得累了，反而动力无穷。

张雅兰偏着头，微眯着眼，做出怀疑的神态瞅着我。但她这种审查没能持续多久，就化为粲然一笑，像一位灵性的小女孩终于认定对方手中的巧克力是可以放心拿过来享用的。她叹了口气，我们还是很幸福的。

那当然。

所以我也希望别人也能幸福。

要是世界上所有的人都能像你这么想，那这个世界就真的会变得很幸福。

为什么有些人不这么想呢？

因为他们忌心太重，既怕不如自己的人赶上来，又眼红那些比自己过得好的人。

像这样的话，就永远过不好。

是啊。这样的人就算当了皇帝，也过不好的。

这种人，其实都是傻瓜。

这句话的锋利让我心里暗自一惊。张雅兰偶尔也有锋利的时候，不过这是种温柔、明亮的锋利，缘自于她内心的澄澈。拥有这种澄澈的人，本来就是幸福的，因为她的幸福不假外求。只有前世种下慧根的人，才能天生抵达这种境界。我暗自把她比作小观音菩萨。能够跟小观音菩萨相伴相随，自然是福缘深厚，所以我也是幸福的。

在幸福时光中桃红已尽落，碧荷将染朱。我怕热不怕冷，到了夏天，白昼就尽量躲在房子里，成了典型的宅男。在四面墙的掩护同时也是围困下，我一直期盼着廖独行的电话。但这家伙大概没能振作起来，所以也不敢跟我打电话。陈彩云也有好一段时间没和张雅兰联系了。直到六月的一天，我打开邮箱，看到了廖独行发来的信。本来这天我处在情绪低落的周期，但看到邮件，就立刻兴奋起来。除了一组诗外，廖独行什么话也没写。但这组描写禾苗与云霞的诗歌，让我感到了他心情的转变。句法虽然还是那样险峭,但字里行间透着亮色,我甚至还嗅到了爱情清新的气息。禾苗绝不仅仅是禾苗,云霞也绝不仅仅是云霞,在它们后面,隐藏着一个让诗人倾心的女人。莫非他跟陈彩云又和好如初了?想到这,我几乎忍不住要打电话给他了。但廖独行诗外不着一字的做法,又让我有几分不快。想了想后,我打通了张雅兰的手机,请她到陈彩云那里探探口气。

张雅兰是在傍晚才给我回电话的。

情况怎么样?

张雅兰沉默了片刻,才说,他们彻底断了。

怎么会呢?

她说廖独行是个流氓。

廖独行怎么是个流氓呢?

他跟别人好上了。

跟别人好上了,也不能说是流氓啊。

那个女人是结了婚的。

是个什么样的女人?

我们见过的。你还记不记得我们上次去万石村,那个在田里插禾的⋯⋯

我立刻就想了起来。那个女人形象还很鲜明:眼睛清亮,站在碧绿的田野中,笑得露出雪白的牙齿,就像一株健壮、挺拔的青禾。我还记得她的名字:永芳。

是哪个告诉她的?不会是乡里的风言风语吧?

是廖独行学校里的人告诉她的。陈彩云说她开始也不愿意相信,打电话给廖独行。廖独行说,我现在跟哪个好不关你的事了。陈彩云还不相信,问,你是不是在跟她好?廖独行说,是又怎么样?就把电话挂了。陈彩云想到自己连一个乡里种田的女人都没争赢，觉得很丑，不愿见人，请了病假，天天在家里躲着。

唉，你有空多打电话安慰一下她。

我晓得。廖独行也真是的。

我没发表意见，就挂了电话，坐在沙发上静静地想了许久。不管怎么样，廖独行能够获得重生总是好的。尽管我同情陈彩云，但那个永芳给我的感觉确实不坏。我甚至隐隐觉得廖独行和永芳在精神上有种相通的地方。也许正因为如此，他们才能走在一起。唯一的麻烦就是永芳已经结婚，还是廖独行未出五服的堂嫂。这在过去，可是乱伦大罪，要绑起来沉潭的。虽然近二十年来风气大开，但在守旧的农村，这仍然是道坎。长远的解决办法就是永芳跟她男人离婚，再跟廖独行结婚。虽然两方面肯定都会受到阻挠，但他俩都是心志坚毅之人，只要想走在一起，什么东西也拦不住的。廖独行应该懂得走这条法律所允许的路子。我暂时还不想跟他打电话，只是决定这期就发那组诗歌，好让他尽快感受到我的态度。

诗歌发出后，过了两个星期，廖独行还是没动静。我有些愤怒了——莫非这家伙要跟过去的一切彻底斩断联系，包括我这个铁哥们儿？不过火气过了后，我认为这个想法有些偏激。廖独行绝对看重我们的友情，也绝不是个忘恩负义的小人。或许他正在面对一些必然的波澜吧。就在我有些担心他处理不好的时候，这家伙来电话了。一接通他就兴冲冲地说，我准备出诗集了。

出诗集？

是啊。

你怎么突然想到要出诗集呢？

我就是想出。很想出。

你哪有钱自己出诗集？

我攒了六千元。原来准备起房子的。现在我也不想跟哥哥他们住一栋房了，干脆先拿来出诗集。

联系好出版社了么？

是个编辑帮我出。

哪里的编辑喽？

廖独行说出一个名字。这人我也晓得，是西南地区某诗歌刊物的资深编辑。廖独行告诉我，那人曾给他发过几首诗，现在正策划一套诗歌丛书。包书号和印刷一起，印一千册，五千元。

你有把握没有？不要被人骗了。

他叫我相信他。反正我把钱和稿子都寄过去了，到时他还要寄校样给我，让我看一遍。

有收据给你么？

那就没有哦。

我觉得这件事有点悬，但廖独行劲头很足，兴致勃勃地跟我探讨诗集出来后怎么到各个学校去朗诵、推销。我不忍打击他的好兴致，也就在电话里替他谋划了一通，并答应替他看遍校样。从头到尾，廖独行没有半个字提到他的情感变迁，我也就不问。不管怎么样，廖独行能够重新鼓起干劲，是最重要的。看来最终能拯救诗人的，还是诗歌本身。但愿这本诗集能够顺利印出来，让廖独行充满生气地活下去。

此后我一直在等待诗集的校样。我想廖独行是不会寄过来的，他会带着它来见我，也许还会看着我校，甚至是一起校对，为一个字一个词的改动产生激烈的争论，乃至通宵不眠。这样的场景实在让我期待。

我没有等到。

廖独行也没有等到。

　　我曾经暗自设想过一些结局，其中有的结局连我自己也觉得过于冷酷。但我绝没想过廖独行会在诗集诞生之前走向了死亡。我没想到他会那么傻，那么激烈。当永芳的丈夫偷偷从外地赶回，带了一帮人到处找他时，他和永芳正在岩洞里幽会。洞口特殊的形状让那帮人无法发挥人多势众的优势。当试图进入的第一个人才探进小半截身子，裆下就遭到击打大喊救命被旁人拖出后，他们想了个很绝的办法：用烟把这对奸夫淫妇熏出来。他们几乎把半座山的茅草都烧光了。据后来这里面的人说，他们听到了里面的争吵。永芳不肯出来。永芳要廖独行冲出去，她自己想撞死在洞里。永芳不是手无缚鸡之力的林黛玉，如果她不配合，廖独行是没办法把她带出来的。然而要丢下她独自逃生，廖独行绝对做不到的。当争吵声和咳嗽声渐渐熄灭后，那些人畏惧廖独行的强悍，还在洞口烧了几把大火。结果他们进去后看到的是两具紧紧抱在一起的尸体。他们抱得是那样的紧，手指甲都抠进对方的肉中，嘴唇也紧紧粘在一起。这个场景让永芳的丈夫深受刺激，当场就疯掉了。

　　事情过去一个星期后，我才得到了消息。当我赶到万石村时，廖独行已被草葬在那座石山脚下。本来万石村有块专用的坟地。但廖独行是犯了乱伦大罪，族人公议他不能入祖坟。永芳的尸体则被她娘家人运了回去。我有心让他们合葬，却无能为力。站在廖独行的坟前，我很想痛痛快快地大哭一场，却怎么也哭不出。但若是不发泄出来，我的心会爆开的。最后我选择了一种极端方式来宣泄我满腔的痛苦和郁愤：在廖独行的坟边独自过了一夜。

　　那一夜的体验我不想跟任何人说。

　　第二天，我到处寻找廖独行的黑色笔记本。我晓得他应该是随身带着的，首先就到石山上搜寻。洞里洞外的每条石缝我都剔过了，就是不见踪影，这让我心里凉了半截。下山后，征得廖独行父母的同意，我在他住的小房子彻查了一遍，结果连作品剪报也没看到几张——估计是做成剪贴集寄给那个编辑了。这让我心里愈发感到悲凉。我不相信笔记本会跟着廖独行去另一个世界，肯定是被某个心思恶毒的人藏起来或是毁掉了。我的心充满悲凉和焦灼——难道廖独行这些蘸着心血写下的诗行命运将同他一样凄惨？

回到城里后，我连忙同那个编辑联系，打听诗集印刷的情况。那个编辑口气有些漫不经心，说还在审稿。他又问我廖独行为什么不跟他联系。犹豫了片刻后，我告诉了他真相。我期待用这个惨痛的事实来保证诗集的顺利诞生。那人哦了一声，说了句，很可惜，然后说印好后再跟我联系，就挂了电话。他连电话都没问我，这让我心里简直凉透了。过了一个月后，我再打电话过去，他说这套诗集有很多本，他审了初稿，出版社还要审，得慢慢来。我只好又等了两个月。之后又打了几次电话，得到的回答还是很模糊。半年都过去了，我终于肯定这本诗集是不会出来了，便要求那人退还书款和原稿。他支支吾吾了一阵，便挂了电话。此后只要一听到我的声音，就掐断了线。我写了封举报信寄给该刊物的主编，但没有任何回音。后来我想这是我的幼稚。也许这封信正捏在那个编辑的手里，我甚至看到他冷笑着对我说，小子，证据呢？

没有证据，我所指望的是良心，是灵魂的感动。但这个人根本没有良心，没有灵魂。我都想不通他是怎么能够从事跟灵魂密切相关的文学事业的。我只能祈愿廖独行穿过另一个世界与这个世界的秘密通道去找他，掏出他的心来看看。

就是从此时开始，我中断了持续多年的诗歌写作。

十三

两年后，趁着干部队伍年轻化的东风，同时也通过精心运作，我出任田桥镇副镇长。陈彩云还在这个镇上，她已跟镇政府一名普通工作人员结了婚。为了她丈夫的升迁，陈彩云来找过我。经过一番思想斗争，我还是决定相助。因为我始终记得廖独行的话，爱一个人，就是要让她过得好。我相信廖独行始终是爱着陈彩云的。而在陈彩云心中，廖独行无疑将永远占有一个不可替代的位置。我的做法得到了妻子张雅兰的赞许。

又过了三年，我升任镇长兼党委副书记，真正具有了左右全局的权力。履行新职后我做的第一件事，就是想方设法筹集资金为万石村修了条水泥路。村人们请我为这条路取名，我说，就叫致富路吧。这条路的建成，为我赢得了更高的声望，连镇党委书记也说我解决了一个历史性难题。其实施政跟写诗有相通之处，只要感到时机已到，选准切入口，不断变换行进的节奏和姿态，就能抵达完美的结尾。尼克松说得好：政治与其说是一篇散文，毋宁说是一首诗。政治的含蓄微妙、不落言诠与诗歌相仿佛。我想我要尽力把这首无形的大诗做得精彩。

在公务之余，我时常会抽空到万石村走走。不管刮风还是下雨，在半路上我都会下车，让司机先把车开进村里。当我独自走在这条路上时，并不觉得孤单。因为我能感觉到，我的诗人兄弟正陪伴在身边。

笼中人

刚到小梁县的时候，我才十九岁。一个中专生，坚决不要父母陪同，扛着个大皮箱独自上地税局报到。局长宋光明说欢迎啊欢迎，似乎忘记了我是挤掉他的一个亲戚才来成的。他那亲戚在乡里种地。局长刚被提拔，为表示自己不忘本，就要把这位高中没毕业的大舅子从田里搞进地税系统。只是主管县长卡住了唯一的进人名额。这位县长有个侄女，在我们飞龙县那边，师范毕了业，也急着找饭碗。恰好我老舅管教育这一块。两人搞交换，那个女孩到飞龙县东方小学教书，我就来了小梁县。否则就单凭我是学金融的，只怕还竞争不过那个农民。

我被分配在总局办公室。按道理，刚来的人，一般都要到底下分局锻炼锻炼。宋光明虽然对我有点想法，但我终究是主管县长荐的人，再加上毕业鉴定表上显示我在写作方面有特长，他还是考虑了一下的。到底是一把手啊，有些韬略和气量。就凭这点，我对他还算服气。

坐在办公室，就是写材料。开始时我还拿出在校文学社写诗的劲头来，但很快就腻味了。为什么？太假。搞总结就是把些套话空话连缀起来，再掺和进一些注水的数据。弄新闻报道，更是夸大其词。往往事情还没做成，领导就要求见报。明明半年税收任务还差了千把万，报纸上却登着小梁县地税局加大工作力度，提前完成税收过半任务云云。而且这报道还是我写的，真是没意思。当初写的时候我还比较犹豫，问主任赵成这样写行不行，会不会被揭穿？

赵成哈哈大笑，小石，你只管写，没有哪个会讲你是弄虚作假。

我心想你这不就是弄虚作假么，却在他豪迈气概的笼罩之下不由得动了笔。写出来后，看着那些方块字，我自己都疑惑起来——这是我石穿写的么？

报道登出来，我瞪着豆腐块末尾那个名字，耳根都红了，马上把报纸藏了起来。但党报不止一张，看到的同志都说，小伙子，不错啊，差点没把我羞死。然而有了第一回就有第二回。这个事，跟寡妇失节一样，多搞几次就习以为常，收不住手了。只是寡妇做那个事还有快感，我却只有痛苦。最后只能这样安慰自己：就当是对得起那些工资吧。

地税局的工资表上没看到什么钱，比起银行烟草那些行业，似乎差得远。但局里不少人一副阔佬相，平日里都是抽"芙蓉王"喝"开口笑"，打麻将动不动就捶一番。钱到底从哪来？开始我还比较纳闷，但过不了多久便明白了，原来局里很多钱收了都不上缴的，通过各种渠道发到职工手里，号称是为职工谋福利。这钱，我不要还不行。大家都收，你不收，什么意思？

各个部门：办公室、税征、稽核，还有底下的各个分局，又都有自己的小金库。钱从哪来，各有神通。比如说税征股，开铺子的纳税额由他定，税金归他收，这里面就很有名堂。纳税额定高定低，还不是看对方懂不懂味。不懂味，那就严格按规章制度办。懂味呢，大家都有油水，喜笑颜开。办公室则管了几辆车，光每年两次大修理，就很有名堂。

赵成第一次给我塞信封时，我还一愣，这么快又发工资了？

赵成还是哈哈大笑，小石，这是我们办公室的工资，你只管收起来，不要到外面讲。

想问个明白，但瞧赵成那副表情，我便不做声了。回到宿舍拆开来一看，顿时吓了一跳，居然有一千块，比工资还高。这到底是什么钱？没弄清楚，我很不稳心。把钱收好，个把月没去动它。我时刻准备着当有人来查时，立马就把它给交出去。但没有谁来找我谈话。赵成他们个个都是一副泰然自若的样子，不像我，简直有种做贼心虚的感觉。慢慢地我才确信这钱是归自己了，把它存进银行。后来晓得钱是从哪里来的了，我就想，这不是在搞贪污吗？但这个贪污跟我想象中的贪污又是两码事，好像根本不能算贪污。否则全局的人个个都在贪，这可能吗？这样一想，心里就顺了，以后领钱的时候也就表现出一种老手作案时的从容。

除了写材料外，我平常倒也清闲。尤其是晚上，大家都坐在家里打牌、搓麻将。我却一点兴趣都没有，待在宿舍里猛看小说。

有天晚上，我借了套《倚天屠龙记》，边喝茶边看，看到一点多钟才睡下。因为茶喝多了，半夜里被胀醒，只得爬起来去上厕所。单身宿舍是栋老红砖屋，厕所离这栋旧楼还有一段距离。从厕所回来时，我发现一道熟悉的身影从最东边那间宿舍闪出。那不是我们敬爱的局长宋光明同志么？

赶快躲到柱子后面，屏住气。等他走远了，才蹑手蹑脚回屋，轻毛毛地关上门，生怕被东边屋子里那人听到。东边屋里，住的不就是食堂煮饭的郑师傅么？这女人，从乡下来这里没半年，腰杆直了，胸脯挺起来了，金项链也戴上了。局里人怀疑她手脚不干净，却一直没有被辞退的迹象，原来是有这条路。宋光明平时看上去一本正经，私下里竟然搞些这样的事，真是没想到哇。只是要搞就到外面去搞，怎么连个煮饭的师傅都不放过，太龌龊了。不过我也要承认，这师傅黑是黑了点，还是有几分风骚味的。这两个人偷情不要紧，害得我遐想绵绵，翻来覆去睡不着觉，读书时的一些事情又开始在眼前晃来晃去。

我读书的那所中专，谈恋爱特别盛行，大家均以身边无女友为耻。我那时在文学社混，一心想做个诗人。诗人而无女友，更加说不过去。我的女友叫阿卫，岳阳妹子。虽说同班，她却是八〇年生的，比我小三岁，圆脸大眼的很是秀气活泼。两人对那事比较向往，下定决心干了一回。才进去一点，她就大喊大叫，很不爽。要不是我坚持到底，就别想弄成。这事嘛，一回痛，二回麻，三回四回爽上天。她弄出味来了，三天两头就跑到我宿舍来。

学校管理混乱，女的经常跑到男的宿舍过夜，男的也经常在清晨时分从女生宿舍冲出来。谁要管这事，谁就会犯众怒。有个新来的男老师，属于热血青年，看这事不惯，抓了一回，结果被人用麻袋套住头痛打了一顿，那地方被踢肿。从此再无人敢出头，连校长也只是在教师大会上委婉地暗示班主任们要做好宣传工作，发动学生戴避孕套，免得出乱子。于是学校的商店都有避孕套半公开地发售，惹得一些老教师大摇其头，直叹人心不古。其实这里面很有些人，看到清纯小女生，背地里不晓得意淫了多少回。他们痛心疾首还不是因为当初自己没这样搞一把，觉得吃了大亏。对于这一点，我们这些做学生的看得很透，并且深表理解与同情。

因为这事很盛行，大家都热衷于锻炼身体，猛练腰力，生怕女朋友说自己不行；对尺寸问题也格外关注，经常一宿舍的人关上门脱了裤子来较量。我们对面宿舍有个猛男，鼓起来有半尺来长，直径达十厘米。可惜长相过猛，女孩子看了害怕。英雄无用武之地，火气就特别大，动不动就打架，背了不少处分，可怜啊。到最后一年，总算有个肥妹勇于献身，据说搞起来地动山摇，宿舍那张床差点没被他们蹬烂去。

我对于在宿舍搞没多大兴趣，因为那里充斥着一股怪味，洒多少花露水都白搭。我甚至后悔第一次为什么不在楼顶天台上搞。尤其是当夏夜之时，星空璀璨，好风如水，在天台上铺一凉席，两人相依相偎，抵死缠绵，那个韵味啊，真是一辈子都忘不了。夏天天台上地皮很贵，有的人甚至先占了位置，然后向迟来者收费，真不愧是学金融的。只是很多同学不惯人多，尤其是女生，情绪上不来。于是有少数不怕冷的，于秋冬夜深、人烟稀少之时登高做爱。我和阿卫就是其中一对。

多少次在月光下做爱，周遭清冷如银。因为怕冷，两个人抱得紧，恨不得融为一个。在高潮要来未来的时候，阿卫的眼睛半睁半闭，从喉咙里发出一种似乎很痛苦的声音，实在撩人。生怕忍不住，我拼命转移注意力，抬头去瞄四周。四周空旷清冷。那时我突然感觉到，做爱，其实是在逃避孤独，逃避那亘古的寂寞。那种感受，真的刻骨铭心。我还记得毕业前分手的那天，我们抱着哭了一整夜。

这些事，想起就心酸的，不想又做不到。心里翻上翻下，也不知过了多久，我迷迷糊糊睡过去。第二天爬起来，太阳已升得老高。抹了把冷水脸我就冲进办公室，结果还是迟到了。赵成倒无所谓，只是笑嘻嘻地问我昨晚上是不是塞毛去了。拿着这句话我不晓得怎么回答，只有挠脑袋。见我尴尬的样子，赵成又发出一阵豪爽的大笑。

赵成四十来岁，瘦高瘦高，身体却结实如铁打。人家是部队转业回来的，在越南真刀真枪地干过。听他说，在战场上，大家都怕得不行，耳边只听到子弹嗖嗖的飞掠声。但谁也不敢退，一退就是军法处置，格杀勿论，没有谁会出来说半句好话。所以只有往前猛冲，牺牲了好歹也是个烈士，对家里人也好些。大家都是一样地往前冲，有的就栽在战场上，有的就能逃过劫数，还能回来当主任，这只能说是个运气问题。赵主任时常以一种很硬的口气说，他这条命是捡回来的，意思是他什么也不怕。说这话时，他昂首四顾，下巴周围那圈刚剃了又往外冲的胡子格外神气。大家只有洗耳恭听。没办法，人家是枪林弹雨中闯过的，不服还不行。估计只有副主任陈向阳在心里冷笑。

陈向阳财院毕业，一向瞧赵成这样的大老粗不上，明里不敢顶撞，背地里没少嘀咕。这家伙，才三十岁的人，脸上就肥肉横溢，一双门缝眼不知陷到哪去了。幸亏戴了副眼镜，稍稍掩饰了一点。经常咧开嘴故做豪爽地大笑，其实肚子里弯弯肠子特多。此人在小梁县略有名气：一是开了个歌厅叫"紫晶宫"，其装潢在这小地方算得上豪华；二是追女人很有特色。大至快三十的老处女，小至十六七岁的职高妹妹，都追。在这方面他出手豪阔，时有壮举。有次一个女孩生日，陈向阳从长沙定做了一个两米高的巨型蛋糕，清早运了回来，让人用三轮车拖着送上门。只是他谈对象，谈着谈着，十次有九次对象都变成了别人的女朋友，还有一次是根本没展开。于是就喝酒，大醉，痛哭一场，醒来后再接再厉，至今都是如此，也算是小梁县一绝。

对赵、陈二人，我倾向于赵成。主要是因他做人爽快，不像陈向阳，总是吞吞吐吐，闪烁其词。不过这点，我表面上还是不带出来。在单位混了快三个月了，人际关系是什么，我大致也看懂了。说真的，很失望。大家都戴着面具，所做的无非是隐瞒自己的意图，而努力去窥测别人的想法。在这里待久了，你就会感觉是在做戏，很累的。心里憋得慌，想找个人来倾吐一下真心话。但谁是那个能够听你倾诉的人呢？至少办公室这几位，我都不能期待。

　　这天下班后，我不想在食堂吃。快到六点钟的时候，正准备去对面小店点个血浆鸭，BP 机就响了。一回电，原来是赵成，他说陈向阳在"宏发酒家"请客，问我去不。我不能就这么欣然赴宴，说，他又没请我。赵成说，他特意说了要我喊你。喊我还是去一下吧。一个办公室的人，低头不见抬头见。何况他主动放血，不吃白不吃。

　　出了单位大门，我喊了部黄包车。这种车慢悠悠的，有种古城独有的慵懒节奏。坐在上面，看两边的风物，最是悠闲自得。这么好的车，居然有人不坐。像那个管总务的钱菲，经常蹙着个眉头说，唉，我看到那些踩黄包车的心里就不好受，我就不坐。听了她这种高论，我有次忍不住问，要是大家都不坐，这些踩黄包车的吃什么？钱菲说，他们可以改行做点别的什么。我说，要是能做别的什么，他们也不会来踩黄包车。没话回了，钱菲只有笑。过了几天，我便听别人说钱菲到处宣传，讲石穿嘴巴子厉害，经常戳人一鼻子灰的。今天吃饭钱菲肯定会到场。陈向阳不会请了我而不请她。在办公室，她的地位可比我重要得多。人家是管总务的，号称四老板，意思是除了局长和两个副局长外，她就是老大了。你要去领个什么东西，报张什么发票，还得看她脸色。她那张脸，瘦而窄。本来单论五官，不难看的，但因为整天做哀愁状，脸有点扭曲变形，看上去就是一张苦瓜脸。也难怪，丈夫不争气，单位发不出工资，又不顾家，整天在外面打牌，谁拿着都会发愁。那男人，我见过，也是跟钱菲一样的瘦人，要胸脯没胸脯，要背没背，框了副眼镜，脸色有点发青。我不明白钱菲当初看上了他哪一点。本想问问的，但我还是忍住了。因为谁都晓得，钱菲那个心胸，连根鸡毛都放不落，我去讨没趣干什么？

到了"宏发酒家"，钱菲果然在场。她正在盘问陈向阳，有什么喜事啊？这么大方。是不是找到了婆娘？

陈向阳嘿嘿一笑，没有呢，婆娘还不晓得在哪一向。

赵成一副知根知底的样子，笑呵呵地说，他呀，讨跟没讨了一样，过得还舒服些。来来，打麻将。

钱菲说，小石又不打。

赵成看着我，小石啊，麻将还是要学会的。

那是，我马上去参加个麻将速成班。

陈向阳一笑，来来，我们打字牌。

他们三个打字牌，我就在一边剥瓜子，看电视，觉得没味道，又到外面转了一圈。回来的时候，菜正在上。钱菲笑着看我，很意味深长的样子，我们还以为你飞了？

没接她的话，我问哪个赢了。其实心知是赵成赢了，看他脸上的笑容就晓得。那可是发自内心的笑啊，不像钱菲，笑得那么假，纯粹是伪劣产品。这顿饭陈向阳吃得没什么精神，也许是因为输了钱。倒是赵成频频灌人的酒，兴致很高，倒像是他在做东。看着赵成频频在嘴巴上骚扰钱菲，我就想吐，但也只有哈哈大笑。

赵成也可怜，当兵时没得什么选择，讨了个乡下婆娘，矮胖矮胖，大脑壳，眯缝眼，乱发如草，走起路来裤裆里像塞了块大石头，又开走。每天面对这样的婆娘，看什么人都分外地俏。钱菲双颊飞红，眼睛斜着看人，倒比平常多了三分媚态。赵成看得眼睛也直了，要不是还有人在场，只怕那张喷着酒气的嘴就要贴到钱菲脸上去了。我心里想，大哥，做好事，钱菲这样的干瘪货你也看得上，随便找个人都比她强到哪里去了。转念又一想，听说钱菲以前也还有点水色，看得过眼的，就是这几年被烦心事给榨干了。赵主任莫非是老早就暗恋她，现在要圆一圆当年春梦？这样想着，我心里暗笑，再看看陈向阳，他在那里自斟自饮，颇有文人骚客借酒浇愁之态。

钱菲不想在席面上跟赵成过分纠缠，扭过头来对陈向阳说，县政府有个妹子，才上了半年多班，蛮不错的。

陈向阳眼睛一亮，随即漫不经心地说，好像听到有人论过。

人家可是师专毕业，人又长得漂亮。

听说年纪很小。

也二十一二的人了。她妈妈开始操心了，要我帮她做下介绍，找个单位好的。

陈向阳眼神大亮，却不表态。钱菲也不再说了，把脸转向我，撇着嘴笑，小石就是年纪太小了，不然也蛮适合的。

菲姐，莫扯到我身上来，要得么？

赵成在一边说，小石还要你介绍？现在的伢子，比我们当年强到哪去了。

我感到陈向阳在一边脸色很不自然。这家伙，心胸狭窄，跟钱菲有得一比。都说胖人心宽，我真不明白他那胖是从哪里来的。

完事后，陈向阳要请我们去他那儿唱卡拉 OK。

钱菲说，太晚了，下次吧。

赵成对唱歌没兴趣，主要是唱起来像喊冲锋，出不得场。我也只好说不去。正好有人打陈向阳的手机，叫他去玩。陈向阳说声对不住，跨上摩托就飙走了。

看着他单骑远去的背影，钱菲恍然大悟，哦，今天是他生日。

赵成说，这个卵人，也不讲一声。他到底好大了？

怕有三十二岁了。

是的，是的，前年他满三十，我们还到做人情。

我在一边心里冷笑。钱菲其实早就晓得，只是装宝，生怕又要送礼。这种人，也该让赵成占占便宜。为了给赵成制造机会，我说还有事，就先走了。

回到宿舍后，闲得无聊，我把阿卫的照片翻出来看。阿卫不太上相，她的好看全在于那种活泼生动。照片，只不过录下了她的形体而已，却漏掉了最重要的神韵。我是那样感激阿卫，因为她，我才没有虚度一生中最好的时光。十六岁到二十岁这段时间，是上天专为谈恋爱设置的。因为要懂不懂，所以才感动得最深。如果在这段时间里没谈过恋爱，那你一生中会有种挥之不去的遗憾，想起来就心痛的。阿卫家在洞庭湖边。我问她经常下水不？她吐了吐舌头说哪敢，怕得血吸虫病。我还不信，后来跟她去了一趟洞庭湖，看到那些肚子隆起面无血色的病人，才晓得是真的。据说只要一下水就会得。我心里疑惑，问，不是说国家早已消灭了血吸虫病吗？她说，哪有，报上去的都是假数据。我说，国家好像拨了款，专门治这个的。她说，你不晓得，钱都被上面的人分了，落到老百姓头上，就没几分钱了。我那时就想，这个世界真是稀烂的。烂就烂吧，只要我和阿卫能在一起就行。虽然存在血吸虫的威胁，但洞庭湖的茫茫烟水和大片大片的芦苇还是给我留下了美好印象。站在机动船上，我和阿卫肩靠着肩，头挨着头，看着烟水渺渺，感动得不行。什么叫天长地久？天长地久就是我和阿卫都化为尘土后，烟水还是这般烟水，芦苇还是这片芦苇。想清这点，心就被一只手紧紧揪着，痛。那时阿卫也想到了天长地久，但她的天长地久跟我的不一样，所以她才显得幸福而陶醉。做一个清纯女孩是幸福的，而做一个诗人必将痛苦。

从那时开始，我的诗思猛进，进入了一个新境界，看来恋爱有助于创作，确为不易之理。我把诗写在一个红色的笔记本上，本子是阿卫送的。有时我也给她读，因为上面有些诗是献给她的。她要懂不懂，但读得很认真，还特意买来一种彩色信纸，要我把情诗抄在上面送给她。抄完了，她又要我发誓，只准给她一个人写。我调侃她道，那可说不定。没想到阿卫当场就掩面呜呜地哭起来，也不顾教室里还有其他人。虽然觉得她未免天真，但我心里还是很感动。真的，一直到今天，这感动还在，并让我相信，这世界上还存有某种纯净的东西。

第二天下午，赵成又喊我去吃饭。此人有吃饭的瘾，也许跟他年轻时经常饿肚子有关。他是办公室主任，餐把饭钱，随便往哪里一放就报销了。他说老子又不贪，吃几餐饭总可以吧。说是吃饭，其实是喝酒。赵成喝起酒来，全然一副梁山好汉的态势。今天心情很矛盾，我也想借酒麻醉一下，就跟了去。本来以为还有其他人的，没想到只有我一个。看来赵主任是想拉拢拉拢我这个新生力量。这是互利的事，我又有什么理由不去呢？

论酒量，赵成和我差不多，但他喝酒的架势很猛，不知道他底细的人，往往看那个样子就被吓住了。此人有个毛病，喝到得意处，那张嘴巴就挺没遮拦，什么话都往外面倒。这种人，我看准了，跟你好，能把心肺掏出来给你，要是跟你不对头，那就毒辣得很。我们把"开口笑"倒在碗里，颇有梁山好汉的豪迈之风。等碗里的酒矮下去半截，赵成晃着脑袋，看样子是酒意上涌，话也跟着冲出来。

他说起三年自然灾害那阵子，真是没得什么吃。他亲眼看到自己的三爷爷饿死在床上，一身只剩下骨头，鬼一样。那时谁也顾不了谁。同村子有人把自己的小孩煮了吃，骇得他们晚上不敢出门。到了白天，小一点的孩子也缩在家里，等大人从外面刨点食回来。他们这些大一点的，就四处找东西。那时他们每个人都把弹弓练得出神入化，打麻雀不用瞄，随手一放就下来了。麻雀不经吃，一二十只也就只够一餐。这种鸟也倒霉，在全国"除四害"的时候被搞掉很多，后来虽然平了反，但元气大伤，现在又惨遭扫荡，很快就看不到影子了。麻雀之外，什么斑鸠、野鸡，甚至是白鹭，都无一能幸免。斑鸠好吃，野鸡肉就比较粗，白鹭好看得不得了，肉却涩。天上飞的打得差不多了，地上跑的也没剩下什么了，逃脱的都跑到深山老林里，再也不敢露面。那些老林子，几百年来都很少有人敢进去，里面不晓得有好多毒物。以前有不怕死的闯进去，再也没看到出来。村子里有十来个男人快饿晕了，也豁出去了，打着火把，成群结队地冲进去，也没看到出来。以为是死在里面了，没想到过了两年又出来了。原来他们怕大家都来吃，一下子吃光了，干脆就不出来，在里面靠打猎为生。据他们说，刚进去时，树上随时都可能飙下一条蛇，身子有碗口那么大，两眼射着精光。那个样子啊，把人的尿都骇出来了。但是什么野东西，都没有饿极了的人可怕。硬是拼了命，他们跟那些蛇、野猪、麂子做斗争，逐一扫荡。蛇猪之流倒也罢了，里面还住着对大狗熊，看到他们这群入侵者就扑过来，两巴掌就打死了两个，还有一个没逃脱，被其中的母熊按在地上用屁股蹾，活活给蹾死了。叫得那个惨啊。剩下那些人，被这惨叫声激疯了，逮着个机会，舍命把独自出来觅食的公熊灭掉，母熊后来也给乱石打死。从此他们在这里面称王称霸，为所欲为，还圈养了两只岩羊供发泄性欲之用。等把方圆几十里的野东西吃得差不多了，这才钻出来。

至于赵成这些大小孩，到底比不上大人，不敢进老林子，只有跑到山上捉老鼠吃。山老鼠大得很，兔子一样，逮住一只便可吃到肚子滚圆。运气好，还可以捉到穿山甲。只是这家伙满身鳞片，要用石头刮，不像剥老鼠皮那么爽利。这些稍大一点的家伙只有那么多，经不起吃。有时候为了争一只山老鼠，邻村之间经常刀兵相向，打得头破血流。山老鼠、穿山甲，还有青蛙很快就完蛋了，接下来倒霉的就是蚱蜢、蚯蚓之流。赵成村子里有个懒汉，居然把厕所里的蛆扫拢来，洗干净炒着吃了，还抹着嘴巴说好吃。连蛆都没得吃了，就剥树皮，挖观音土。赵成说，有次他吃土吃得口干，猛灌了一瓢凉水，差点就被活活胀死。

我听得津津有味，等他说完，眨着眼睛，神情诡秘地问，你说那个时候真的是闹天灾吗？

搔着脑袋，赵成有些疑惑地说，好像也没看到怎么闹。

我看过《南方周末》，说那三年风调雨顺，哪是什么天灾，纯粹是人祸。

赵成一副恍然大悟的样子，有点苦涩地笑了一下，那时候老百姓什么都不晓得，被人当宝耍，然后又说，还是你们书读得多，有知识的好。

你是真枪实弹干出来的，哪像我们，纸上谈兵而已。

嘿嘿，小石，你写得，嘴巴又讲得，人又实在，不像有的人，读了几本书，就摆出副阴阳怪气的样子，哪看得完。

我一笑，又端起碗，来，赵主任，我敬你。

结账后，赵成又说，洗个脚去，也不容我推辞，就去开摩托车。

两个人都喝得要醉不醉，摩托车开得飞快。我坐在赵成背后，心是吊起的，生怕翻了。车子一路开进党校，里面破旧得很，还是八十年代初的房子。唯独中间的休闲中心装修得很时兴。

我感到疑惑，党校怎么准开这个？

赵成哈哈大笑，似乎觉得我这个问题很幼稚。我也就不再问，跟着走了进去。他像是这里的常客，进门就有人赵主任赵主任喊得亲热。有几个年轻人还跑到他面前递烟，然后鬼鬼祟祟地出去了。

上楼的时候，赵成说，刚刚那几个都是吸毒的。

他们过得很爽嘛，还来按摩，怕是很有钱。

有个屁钱？还不是靠偷，靠抢。这些人，白天就是吸毒，玩，到了晚上十一二点钟，就在角落里乱窜，抢东西。

你怎么认得他们？

我跟他们老大很熟。有次我有个熟人被他们抢了包去，还是我出面摆平的。

他们未必还把钱退给你？

钱就没得还了，就退了手机、银行卡。

现在治安也太差了。

乱得无法。我婆娘有次白天走在大街上，也差点被抢了。就是一部摩托车从身边飙过，后面那个人伸手来抓她的包。还好她反应快，拼命抓住了。

那她算厉害的。

赵成干笑了两声，也不知是得意呢还是别有感慨。这时两个服务员端着洗脚盆进来了，看上去都还不到二十岁。伸脚进去，有点烫，不过浸了半分钟，便觉得舒服。我选的是去脚气的那种。至于到底能不能去，那只有天晓得。又有个服务员端着盘子进来送茶，每人还配了碗银耳莲子汤。赵成训她，说客人一进来就要把茶送上，不要等到脚快洗完了才送来。服务员解释道是客人太多了，又说声对不起，才转身出去。

我以开玩笑的口气说，赵主任，你不要太恶了，对妹子要温柔点。

赵成说，那你就不晓得，硬一些妹子们才高兴，然后一阵狂笑，似乎觉得自己语妙天下，很是得意。

我也只有跟着笑。偷眼看洗脚的服务员，她们也在笑，一点都不害羞。

抽了口烟，赵成盯着电视机说，四牌路那里有个细妹子，才十六岁，就被搞大了肚子。她妈妈没办法，把那些经常跟她玩的细伢子堵在巷子里，一个一个问。结果跟那个妹子上过床的有几个，不晓得是哪个的，只好打胎了事。

给赵成洗脚的那服务员满脸发光地说，现在的人，十三四岁就谈起了。

赵成道，我女儿才读小学四年级，一个男同学就跑到她面前讲，我喜欢一个人。我女儿问他是哪个。他说远在天边，近在眼前。你们讲有味么？

两个服务员都笑起来。

我说，现在的这些小孩子，早熟得很。我们那个时候，男同学和女同学坐在一起，还在桌子上画"三八线"的。

赵成说，我们那时候，根本就不讲话。有一次我跟个女同学讲了两句，其他人就讲我们是夫妻，害得那个女同学一个学期都没理我。

那你现在岂不是可以找那个女同学补偿一下？

快莫讲了，上次在街上碰到她，跟个南瓜一样，哪看得完？以前还算秀气，怎么变得这样快喽？

有些女的是这样，结了婚生了小孩，那个人就看不得了。

有些女的就活得潇洒。迎春亭那边有几个女的，丈夫在外面做生意，她们天天打麻将，一个一部女式摩托车坐起，今天到这个屋里打，明天到那个屋里打。四个人还包了个十八九岁的伢子，经常在一起搞。有次还把那个伢子搞晕了，害得那个伢子的爸爸找上门去，说你们莫搞得太厉害了，他还小，背不起。

他们怎么不找赵主任你这样的猛男呢，莫说四个，十个都不在话下。

赵成嘿嘿地笑，似乎在想象怎么和四个一起来，满脸的憧憬。

　　给我洗脚的服务员说，现在这些有钱的少妇是会享受，我们这里就经常有女的来洗脚，还不要我们洗，硬要男的洗。

　　赵成说，你是不是很羡慕，想找个男的帮你洗喽。

　　那服务员毫不示弱，就找你洗，干不干？

　　笑得眼睛都眯了起来，赵成说，干，怎么不干喽？

　　服务员听出他话中没藏好话，就不说了，起身又打盆水来，把涂在脚上的药膏洗干净，擦干脚，又问我们要不要袜子，免费赠送的。

　　赵成说，你那个袜子，一块钱三双，还是送给你们自己用。

　　两个服务员就笑，老板走好，下次再来。

　　这洗脚还真是洗得全身通泰，走起路来都轻快了很多。

　　这天晚上，我梦见阿卫给我洗脚。她的小手细腻白净，搓揉得我浑身酥麻。只是盆中升起的水汽太浓，使一切变得朦胧。她的脸隐藏在这朦胧中，看不太真切。

　　这个梦让我明白，其实我心里一直都放不下阿卫。但毕业后隔了这么远，两人再发展下去很不现实，为了避免由她开口提出分手，我干脆不跟她联系，然而却忍得很苦。

　　为了逃避这种负面情绪的干扰，我只有埋头做事，白天猛写材料，有空就拿本书看。钱菲笑我是不是准备去考状元，怎么这样发狠？我把书往桌上一放，往椅背上一靠，伸长了双腿，没办法，无聊得很，只有找点事做。

　　钱菲手里打着毛线，嘴上深表赞同。机关里是不准上班打毛线的。但不准两个字只在纸上写着，没看到落实了多少。你不准别人贪污，但贪污的不晓得有好多个。人家钱菲只是打打毛线，算是很守规矩了。钱菲还没小孩的。我问她是替哪个打，她说替侄女打。我问她侄女几岁了，她说快六岁了。我说读小学一年级了吧，她说是啊。就这样，关于她侄女的问题，我们共同讨论了将近十分钟。其实我连她侄女的影子都没看到过。不过这不重要，重要的是她能够成为一个话题，让我得以和钱菲进行一次将近十分钟的闲聊。十分钟的时间不算长也不算短，起码让钱菲感觉到她的这次串岗没有受到冷落，也让我能够心安理得地拿起书来继续看。

总务室在隔壁，钱菲却很少待在那，总是这个办公室坐坐，那个办公室聊聊，就差没公然去局长那里闲聊了。大家基本上都这样。整个机关充满了无聊的气息，而办公室最无聊。税征、稽核股的人可以名正言顺地出去闲逛，这个铺子里抽两根烟，那个老板家里打两盘麻将，吃了喝了还不用数钱。办公室，就赵成一个人潇洒，整天陪着宋局长出巡，自然是风光又快活，连打炮都不用自己数钱。陈向阳虽然混了块副主任的牌子，但跟我一样，是摇笔杆的，跟赵成比，简直一个在天上飞，一个在地下爬。所以陈向阳一直红着眼睛盯着赵成那个位置，我也能表示深刻理解。但人家赵主任跟宋局长可是战友，一起上过战场的。所谓"一起同过学，一起打过仗，一起坐过牢，一起嫖过娼"，这四大铁关系里，战友关系是最硬的。

陈向阳自知宋局长这条路难得走通，便把目光瞄向第二把手梅新。这梅副局长，快四十岁的人，头发稀少，脸白净，一双蝌蚪眼陷在四方脸里，见人就笑，但那双眼睛中难得见到笑意。他是从政府办过来的，通文墨，跟陈向阳一样，也是个弯弯肠子。两人气味相投，一起合作发表了几篇文章。宋光明看到了，鼻子哼了两哼，对陈向阳就再没有什么好脸色。

其实按道理，我跟梅新、陈向阳要有共同语言一些。但我讨厌他们那种阴阴的心术，看人总像在揣测什么，而且说话做事拖泥带水，很不干脆。像宋光明赵成他们，就显得豪爽。再者我是在宋光明手上进来的，很自然地就被看成是宋派人物。

我本不想成为什么派什么派。但只要人在单位，就好像进入了一个大铁笼中，彼此回旋的空间太少，难免会互相斗争，一斗争就会产生派系。管你是自由主义者也好，独立思想家也好，一不小心就会陷进派系里，根本由不得你。你不入派，任何一个派系都会来踩你。入了派，当然也互相踩得厉害，但总有个靠的地方。古龙说得好哇，人在江湖，身不由己，我石穿既然被归入宋光明同志一派，也就算上一个吧。

宋光明和梅新的扳手腕大赛，宋目前处于领先地位。梅新虽然是县政府那边过来的，但他的靠山现在排名还是第七。宋光明的后台，可是常务副县长严师道，也就是跟我舅舅搞交换的那位。这严师道，也是飞龙人，过来有四五年了，办事利索，性格也硬得很，在县里很有威信。梅新的靠山吴世美副县长在他面前，简直像个下属。宋光明仿效严师道，对副手也是不假辞色。梅新心里恨得痛，但脸上的笑容还是蛮丰盛，经常一口一个宋老板地叫，就算在背后，也绝不改口。连我听到了，也有些疑惑，此君难道就是那个屡次唆使手下告宋光明状的家伙？

梅新奈何不了宋光明，陈向阳对我可就颇有办法。他原来还想拉拢我，好在办公室这块小战场里取得优势。但赵成可不是吃素的，对我的关照可就比陈向阳那些含含糊糊的暗示爽快得多，经常把我喊出去喝酒洗脚，距离拉得很近。陈向阳眼看无望，便慢慢地转变了态度。我写的材料到他这一关，就不再那么容易通过。这我就有点火了。我石穿可不光只会写诗，应用文也是得过名师真传的。在中专读书的时候，教务处主任教我们应用文写作。那人可是老牌大学生，北京师范大学中文系毕业，功力深湛，颇有傲气，平生不轻许人。我那时计算机愁着难过级，他居然还肯亲自为我去说项，不就是觉得我得了他真传吗？陈向阳的材料，我看着还觉得有点嫩，只是忍住不说，没想到他倒反过来指摘我。要是他不懂文章，那倒罢了。这样子睁眼说瞎话，你说我火不火？但火归火，我总不能把材料摔到他桌上，吼一声我的比你好！要晓得"不怕县官，就怕现管"。我只有把苦恼说给赵成听。对这种文墨官司，他根本断不清，只是安慰我一番，要我忍着点。看来靠人终究靠不住，只有靠自己。在床上悟了半夜，我终于想出一个办法：拖。以前材料布置下来，我总是提前交卷，以示文思敏捷，现在想起来，真蠢。此后不到要用的前一天，我绝不上交，总是说还没写好。陈向阳被胀得痛，有一次很不耐烦地说，你到底想不想写？我马上毫不客气地反问了一句，我哪一次没写了？他一时噎住气，借跟前来串门的钱菲打招呼，掩饰了过去。此后两个人倒还比以前客气了一些。只是不久后梅新就在会上说，有些年轻的同志，工作上比较被动，要等人来推一下，才动一下。这样不求上进，不好嘛！我在底下听了，心里直骂娘。

梅新会上搞不点名批评，会后见到我，还是笑笑的。因为他是主管领导，我还不能够拉下脸，只有回赠以微笑。只是这笑甚为勉强，远不及梅新笑得那么幅度大。他笑的时候眼睛眯成一条缝，里面藏着两根针，似乎在对你进行透视。据说当初他就是靠这种脸部肌肉体操赢得了平易近人的好名声，看来群众是很容易被表面现象所迷惑的。梅新有时也说，小石不错，小石不错。特别是宋光明在场的时候，更是表扬得厉害。我听了，心头直冒冷气，觉得这人城府实在深得可以。

宋光明可没怎么表扬过我，但他绝不会在大会上对我旁敲侧击。宋光明表里如一，是什么就是什么，显得坦率。但你要说他是个老粗，那就大错特错。人家可是营长出身，说起话来一套一套的。此人眉骨特别高，有看过相书的人背后议论，说这种人天生不能做老二。他确实好揽权，据说有些事在党组讨论时是这样定的，到了在会上宣布的时候，他又变了个调子。看来党组在他眼里，也不过是个女人，想怎么操就怎么操。大概玩女人跟玩政治，在他眼里是一而二、二而一的事。此人胃口大得很，养了个情妇不算，还四处打猎，精力之旺盛，简直不像是五十多的人。我猜他跟赵成一样，在部队里得了性饥渴症，现在要加倍捞回来。这两天他似乎每到深夜就去抚慰食堂煮饭的，看来郑师傅菜虽然炒得一般，床上功夫倒还行。这事，我已经看惯了，反正一个愿打一个愿挨。倒是一些正义人士，对此类事摆出深恶痛绝的样子，其实心里羡慕得要死。但要说我很赞成宋光明，那也是瞎扯。我就不信郑师傅会喜欢宋光明。不过宋光明不会这样想。他会认为自己魅力很足，所向披靡。掌权的人物就是这样，头脑再清醒，搞久了也会分不清哪些是自己的能力所致，哪些又是所坐的位置带来的。

这天夜里，我睡不着，躺在床上想象宋光明怎样在郑师傅身上充分施展他的权力，想到连自己都觉得恶心的地步，猛然走廊上传来踢门的声音。那声音炸开来，只怕整个院子都被震醒了。接着传来女人的哭声，还夹杂着宋光明威严的呵斥声，你们要干什么？

你偷老子婆娘，你讲老子要干什么？

打了个激灵，翻身下床，我拉开门。走廊上灯光昏黄，几个农民模样的人正围住衣冠不整的宋光明，有个人扯住他的手，不让他系上长裤。郑师傅呢，大概在屋里床上伏枕哭泣，以表示自己的无奈和痛楚。

宋光明看到我，立刻叫道，快去喊人来！

其实不用我喊，有几个人似乎早晓得有这回事，已经来了。我一看，里面没一个是宋光明的人，连忙跑去喊赵成。惨，惨，他婆娘说老赵到外面打麻将去了。我要她打手机，喊他马上回来，然后又跑去找保卫股的老王。老王正睡得香，一听就弹了起来，衣服也没怎么穿就往宿舍楼飙去，一边冲一边要我再去喊人。等我把宋派人物喊得差不多时，底下已经聚集了一大帮人。整个地税局像一锅煮开的水，在这深夜沸腾得厉害。

这时赵成从外面骑部摩托冲了回来，一副气急败坏的样子。看清形势后，他就掏出手机打了起来。声音压得很低，几乎听不到。打完后，他在宋光明耳边说了两句。宋光明点点头，神色顿时镇静了许多。老王带着几个保卫干部，挡在脸上青了一块的宋光明前面，似乎生怕眼前这几个农民再施毒手。

郑师傅的老公是个典型的乡里二流子，还不到四十岁，三角眼，唇上留撮胡子，一身松垮垮的西装，蓝不蓝黑不黑的。灯光照着他黑红的脖子，可以清楚地看到巨大的动脉血管随着嘴巴的张合而扭动。梅新正努力做出靖难忠臣的样子，屈尊劝说这位老兄少安毋躁。见这个领导模样的人居然也口气软软地跟他说话，郑师傅的老公气焰蹿得更高，你讲算了就算了？你把他婆娘喊出来让我搞一回，我就算了。

此话一出，立刻惹来许多怒目。当然，也有人在心里大笑。我看到宋光明的眉头一抖，射出一股杀气，心里就替这个不晓得轻重的乡里流氓捏了把汗。平心而论，我并不觉得他错。只是宋光明是我这一边的，我不希望他出这样的大丑。最好能够出点钱，大事化小，小事化无。我想那位老兄此来的最终目的还不是搞点钱回去？无奈他太不懂得分寸，只怕最后钱没弄到，婆娘的好差事也要断送，两头空。梅新不做声了，只是紧皱眉头，表示很无奈。老王要护送局长回家，那几个人马上拦住，双方僵持不下，眼看就要动起手来。这时大门中开，两道雪亮的灯光捅进来，大家都一齐扭过头去看，都注意到了那个血色旋舞的警灯。

第二天，局里又涌进一帮乡里汉子，还夹杂着七大姑八大姨，嗓门都大得能把天上的鸟骇下来。但局里早有准备，十来个公安在五分钟内就赶来了。那帮人中有个年长持重的，见势头不好，提出谈判。哪晓得宋光明根本就不出现，出头谈判的是赵成。

等那帮人义愤填膺地说完后，赵成皮笑肉不笑地说，哪有这事，宋局长前天就到市里开会去了，还没回来。

他说得那样掷地有声。我在一边暗自惊讶，没想到老赵还有这一手。

那边的人立刻鼓噪起来，还想不认账？

赵成镇定得很，要是你们不信就问问郑师傅？

那边就安静下来，静待郑师傅的出场。他们大概想看到一个头发凌乱憔悴不堪眼睛发红的郑师傅。但郑师傅跟平常没什么区别，见了乡亲还笑了一笑，不过这笑，只能算是嘴角牵动了一下。乡亲们看她的表情复杂得很，既恨她不怕出丑，跑到城里来偷人，又殷切期望她能一语定乾坤。

赵成不待众人开口，道，郑师傅，你来讲一下，昨晚上到底是什么事？

他口气异常和蔼，但那目光像是钉子，对直钉住郑师傅。这时真是静得异常。有人放了个屁，显得格外响亮。郑师傅先是看了一下赵成，又看了一下乡亲，再看着地下，马上觉得不妥，抬起头来看着空气，嘴里轻轻地说，没有什么，还不是那个死鬼赌输了，跑来问我要钱，我不肯，他就闹。

说完这几句，她就抿紧嘴，似乎打算这一辈子不再开口。那帮乡里人听得此言，如遭雷击。马上有人骂了起来，几个女的向郑师傅吐口水。

赵成大喝一声，你们再闹，就把你们抓到派出所去！

为首的那个见输了理，叹了口气，拦住几个要跳起来的人，退了出去。

十五天后，被抓进去的人大多放出来了，只是郑师傅的老公永远留在了那里。据拘留所的说法，是得了某种急病，当时就咽了气，被拉去火化了。这一下就闹大了，郑师傅乡里出动了几十号人，扛着几块牌子，上面写着冤深如海之类的字样。但他们还没进城就被堵住了，公安挥舞着警棍，两条大狼狗也跃跃欲试，眼睛闪动着绿莹莹的光。当头的对这些农民训话，现在是法制社会，你们以为还是解放前？什么事要讲证据，你们要告，就要拿证据来。农民们顿时就傻了眼。

这件事最后是不了了之，据说有人暗中给了那些讨命者一笔钱。人反正死了，钱，可是抓在手里看得见用得着的。那些人其实很会打算，怒火平息，忙着分那四万块钱去了。听说因为分得不均，还打起来，差点又出一条人命。

不久后郑师傅也被辞退了。听到这个消息时，她脸上露出副十二分不相信的样子，愣了五秒钟后，发神经一样地叫了声，我要见宋局长。但宋局长这次当真是去市里了。郑师傅死活不肯信，大家也不去赶她。只是新的煮饭师傅很快就来了，是个比她年轻些的女人，也水灵得多。郑师傅这才信了，眼睛像是木雕的，不转了。等她那张脸重新活过来时，脸上竟然笑笑的。见不对头，赵成连忙喊人用车把她连衣物送到乡下。听说郑师傅后来终日里只会翻来覆去说一句话，他讲了把我留下的，他讲了把我留下的。

半个月后，宋光明才露面，仍然板着张脸。有人说他被严师道喊去狠狠训了一顿。领导在上面受了气，自然就要往下转移。很快，门卫被换了。门卫是梅新所荐，据说跟他拐弯抹角地沾了点亲。本来宋光明以为这个位子无关紧要，乐得做个顺水人情。但现在他想法不同了。"千里之堤，溃于蚁穴"。那夜几个农民能顺利潜入，跟这个看门的难道没关系？

门卫也是跳诈之徒，但很明显扳不过宋光明。本来赵成提出是不是多发他一个月工资。宋光明冷笑一声，是多少就给多少，他不要，就一分钱不给。闹？闹就送到公安局去。门卫自知没办法跟宋光明斗，领了半个月工资，在大门口骂了一通娘后，就走了。梅新也不再分管办公室，在背后一口一声宋老板做事太不公正，似乎自己受了天大的冤枉。

这事听说在县委县政府那边传得很开，估计跟梅新的大力宣扬有关系。全县人民中晓得的也不少。大家都说宋光明要不得，做出这样的事，伤阴德啊。不过老百姓说要不得，说得再多也是空话。只要上头不这么认为，宋光明的位子还是铁打的，稳得很。

这阵子，我很怕遇上宋光明。因为看到他，当然要热情打招呼，一如既往，绝不能流露出有什么想法。但我担心自己一不小心泄露出内心的真实想法。宋光明，做事也太狠了，那颗心，简直是冰揉的铁铸的。原来对他敬畏，是表面上的，但现在，实在是有些怕他了。但同时，我还竟然有点佩服他。这么难搞的事，居然被他一举就压了下去，不愧是战场上走过一趟的。这点佩服的心思，让我自己都吃惊。他明明干了很不人道的事，我却还佩服他，哪里还有什么是与非？如果换了是梅新干了这一票，那我就只有憎恨。但宋光明是我这一边的，虽然我晓得他是个混蛋，但感情上却不完全排斥他，反而隐隐觉得他能力强，靠得住。我估计局里很多人都有类似感受。从他们的表情举止看，对宋光明的敬畏又加深了一层。看来在单位上没有是与非，只有强和弱。更糟糕的是，这件事我也做了帮凶。如果当时我闷在屋里不出来，事情也许会向梅新预设的方向发展，那么也不会有人被逼疯，更不会有人被害死。但我可能不出来吗？算了，不想了，这样往深处想，难受。

赵成这次差点没能赶来救驾，但因为我及时报信，立下了汗马功劳，没有辜负宋光明心腹这个光荣称号，气色格外的好。为示答谢，他几次喊我去玩。很不巧，鄙人重感冒，出不得门。其实，身体好得很。主要是想到赵成在谈判时那番表演，心里不舒服。其实这肯定是宋光明授意的。但他做得那样神色自若，实在让我有些寒毛。梅新和陈向阳阴险，宋光明跟赵成狠毒，这都是我不能接受的，真是"洪洞县里无好人"哪。想到此处，我就对自己冷笑一声，石穿你也不是什么好东西。只不过有些事你做不出来而已。讲得好听一点，是还有点羞耻心，讲得不好听一点，就是，没卵用！

接下来的这几个星期，照例过得很无聊。无聊是因为单位里的事本来就没什么意思。星期二下午股室里的政治学习，学得我心里烦躁。赵成在那里拿张报纸念，他用小梁话读的，声音又低沉，不时还咳一下，有些听不清，反正是上头的重要讲话吧，高瞻远瞩，一套一套的。陈向阳捧着个老板杯，腿叉得很开，坐在那里发愣，大概是在纳闷县政府那妹子怎么就看不上自己吧——听钱菲说，他俩约会了一次，那妹子就再也不肯见陈向阳了。

政治学习时间，钱菲是不能够打毛线的，便撇着嘴，眼睛盯着地面，大概在想昨晚跟老公吵架的事。他们两个，几乎天天吵，女的怨男的不争气，男的说女的你有什么本事，要不是占了个好位置，早就到街上擦皮鞋去了。吵了也就吵了，偏偏钱菲上班后还要找这个找那个复述，一边说一边做出痛心疾首的样子。听说她刚来单位时，追的人还不少。左挑右拣，她选上现在这个。这位倒是正牌本科生，毕业后在林场工作了几年，停薪留职出来做生意，结果发现在学校学的那个鬼市场营销学卵用都没得，亏得一塌糊涂。回去后财会科的好位置又被别人占了，只能在办公室打点杂，整个人就蔫了。林场是什么单位？常常半年多工资发不出来的。此人性格里不带钢，经不起挫折，从此缩进牌场逃避现实。钱菲本来还指望他封妻荫子的，这下心脏都要爆了，还谈什么幸福生活？我看钱菲咬咬牙，出点血，拿几万块钱出来，离了算了，清清爽爽。

正这般想着，耳边没声音了。定神一看，赵成正靠在椅子上，头歪向一边，眼睛是闭着的，手中报纸滑落到地上。陈向阳照旧是大马金刀地坐着发愣，钱菲照旧是愁眉苦脸地想心事。目睹此景，我真想放声大笑，好容易才忍住，但肚子痛得不行。

开会时大家都像是蔫白菜，但一说起打麻将，那就立刻来了精神。我总结过小梁县大部分人这一生的理想：修栋房子，然后坐在里面打麻将。打麻将在这里简直造成了一种文化氛围。大家见面，都是问，昨天赢了没有，然后交流心得体会。手气好的眉飞色舞，宣讲自己如何和了个大碰对，如何连捶两捶。手气差的也没看到怎么沮丧，反正风水轮流转，明晚到我家。这些人打麻将，都是搞到半夜两三点，然后早上一个个东倒西歪地来上班。有的人坐了一会儿，等考勤的走了，便宣称有事，回家睡觉去了，这人昨夜肯定是打了通宵。少数几个人有时也做猛醒状，哀叹打麻将不好，几个钱都是你输给我，我输给你，哪个也没看到赢多少，还把身体打垮了。家里要是两个人都爱打，那家务事就没人做，小孩也没人管，当真是要不得。其认识之深刻，反省之痛切，让我觉得此人定会金盆洗手，回头是岸。哪晓得没过五分钟，听到哪里喊三缺一，又屁颠屁颠地去了。老天，这岂不是跟吸毒差不多，上了瘾就戒不脱了？不过吸毒严重影响社会治安，这麻将则有另外的政治功用。小梁县的一个领导曾在公开场合说过，打麻将好，大家都在打麻将，没有人想到造反，这个社会就很稳定。他这句话，我仔细琢磨过。不是说稳定压倒一切么。既然麻将跟稳定有这么大关系，那么也可以说，麻将压倒一切。至少在小梁县，麻将是压倒一切的。如果说，地税局是个小铁笼，小梁县就是个大铁笼，大家坐在铁笼里打打麻将，其乐融融，谁也不会想到要逃到笼外去。

我们局里，宋光明是麻将王。他的麻将技巧，是得到过县里领导表扬的。在小梁县，身为领导，麻将打得不好，那是很出丑的事。你的威信，一半体现在工作上，一半就体现在麻将上。说到底，打麻将也是工作之一种，而且是非常重要的工作。上级领导来视察，饭前饭后打打麻将，你难道不陪？在领导面前出错牌，让领导不高兴，你悟起蛮有味？兄弟单位的人来玩，不打打麻将，怎么体现阶级感情？跟下属在一起，打麻将又是一种良好的沟通方式，充分体现了领导平易近人的作风。宋光明曾经扬言，我这人又不贪，打两盘麻将总可以吧。他确实不怎么贪，反正下属打麻将都是几百几百地输给他，有些求他办事的更是一晚就输掉几千上万，一年打麻将都能赢不少钱。不过等到他跟县里领导打，便只看到他输了。看来这个麻将水平和赢钱的速度，还跟官位高低紧密相连。

话说回来，打麻将毕竟是牵涉到口袋里的米多不多的问题，并不是你有个什么职务就能占上便宜的，还要看坐的是什么位置。梅新比宋光明只隔了半级，就没什么人肯主动输钱给他。我虽然不打，但有时在外面吃饭，他们打两盘，我也在一边看看。我发现梅新开始打的时候还是一副笑容可掬的样子，颇有大将风度。但只要输了一百块以上，脸不知不觉便板起来，眼睛瞟瞟这个，瞄瞄那个，很不爽的样子。等输到几百后，他就会赖账，总有那么一盘大钱不肯数。跟他打的人很有意见，当面虽不说，背后可没少嘀咕。梅新威信不高，跟这其实也有关系。

管业务的华少龙也是副局长，但他在局里干了十多年，是从年轻干部中提拔上来的，大家跟他没有距离感，打起来也很放松。华少龙打麻将，一手夹烟，一手放牌，姿态潇洒得很。打输了，也只是笑笑，推倒又重来。他的瘾并不重，什么时候都可散场，一点也不恋战。我怀疑他打麻将不过是随大流罢了，其实并不真心爱好。不像赵成，那是天生的麻将狂。

跟赵成打，不打到天光他不会放你走。而且要做好充分的心理准备，不是他狂赢你，就是你狂赢他。他一打就是五块十块一子，而且动不动捶两捶。五块捶两捶是二十块，十块捶两捶就是四十块，他一盘能输掉几百上千。你赢得都有点心虚，他却面不改色，继续呦五喝六，说这个牌打错了，讲那个牌出得不好。此人精力过人，打到两三点，等到你打得头晕晕乎乎，他就开始赢钱了。我听人说，那个时候大家都有点精神不济，唯有他两眼放精光，像在战场上打仗一样。跟单位的人打尚不过瘾，赵成还经常去找外单位的大鳄较量。有时实在没人，也跑到麻将馆里打。麻将馆多职业赌徒，有些下岗职工，其他事不做，专门泡在馆子里靠打麻将为生。赵成一个办公室主任，混迹其中，似乎有碍地税局的名声。为这事，宋光明都敲了他好几次，说要注意影响。赵成当时左耳朵听了，说好好好，一转身，话都从右耳朵窜出去了。

陈向阳和钱菲两个，打也打，不过绝对没有赵成那样疯狂。陈向阳打牌，喜欢眯着眼睛。本来就是双门缝眼，这下更是眯得看不到眼珠了，只留两条线在脸上。他打牌，就算在梅新面前，也不让分毫，不像其他人，到底还有所顾虑。钱菲打牌，小小巧巧，算得精，出牌快，但总是不打大的，碎赢碎赢。这些可都是我看出来的。虽然不打，但看了这么多盘，也懂点门道了。麻将本就是很简单的玩意儿，百分之八十靠手气。手气不好，算得再精，也是空的。手气好，一顿乱打，也能赢。有人打着打着就要换座位，因为想变一下手气。但一般没人愿意换。那人心里难免有气，数钱的时候便容易斗嘴，最后还有动起手来的。

我不打麻将，什么事都没有，清清爽爽，但有人就说，小石怕有点不合群，气得我想把他的麻将桌掀翻。看到我天天捧着些文艺书在看，有人又说，小石是高雅分子，怕是看不起我们这些俗人。我心里狂火。你打你的麻将，我看我的书，井水不犯河水，你要这样讲我干什么？但在单位，这道理，行不通。大家打麻将，你不打，有人就看你不惯。反过来，要是换个单位，大家都看书，你不看，也引人侧目。反正你不能做跟大家不一样的事。华少龙有一次跟我说，小石啊，既要特立独行，也要随波逐流。晓得他说得有道理，但我做不到，只有一笑而已。

华少龙以前也算半个文艺青年。听说，刚进单位的那几年，他的头发留得比较长，一副很前卫的样子。不过好在他作风明快，为人随和，大家都还看得惯他。关键是前后两个领导都喜欢他。在前面那个局长手里，提了他当股长，在宋光明这里，又提了他当副局长。他算是一帆风顺，进单位以来，可能就只两个遗憾：一是投文学稿未中。华少龙曾向我透露，他写过小小说。我问他中了没有，他眼望前方，摇摇头，一副未能释怀的样子。不过他后来改写业务文章，倒是大有收获，所以这只算是小遗憾。另外一个就是追求钱菲未遂。

听说钱菲年轻时也算是半个文学女青年，喜欢读点三毛什么的。华少龙当时对她动心，倒还可以理解。只是钱菲为什么不肯，却让很多人疑惑了。对此我倒有个解释：文学女青年总是喜欢做梦，对身边的实在东西不怎么放在眼里，对那些遥远的东西倒满怀兴趣。钱菲年轻时喜欢读三毛，当然追求一种神秘感。她那个号称是本科毕业的老公大概是利用了这一点，追上了她。

华少龙当时受到刺激，发愤图强，在邮电局找了个局花，可比钱菲强多了。钱菲后来因为婚姻不幸，唯一的哥哥又得肺癌死了，性子越来越扭曲，人也变得气色憔悴。华少龙倒不记恨她，常在背后叹息钱菲命不好。别人开玩笑说，钱菲也是瞎了眼，当初要是跟了你华局长，哪是现在这样子。华少龙不接口，做远眺状。

说实话，单位里这么多人，我最欣赏华少龙，有种天然的亲近感。但我也不能表现得跟他过于接近，那样赵成会有意见。当初在提副局长上，赵成跟华少龙有过一争。宋光明犹豫了很久，考虑再三，最后还是定了华少龙。宋光明能这样做，说明他确实有头脑。赵成不敢对宋光明有意见，对华少龙可就有想法了。好在他俩打麻将还合得来，华少龙又不计较，面子上还过得去。只是私下里，赵成让我不要买他的账。我做不得声，只有先保证赵成满意。谁叫我跟他是一伙的呢？我如果跟华少龙走，别人不会想到你是因为情志相投，只会说你不忠。在单位上，你要是被看作不忠，那就人人都会来踩你。想起这点我就窝火。我是我自己，又不是奴隶，要对谁效忠？不过单位上的人都有点受虐狂，总想找个领导来忠一下，我也只好伪装伪装了。

这种伪装实在痛苦，至少对我来说是这样。有时候到了晚上，这种痛苦还没有消除，我就在门口买瓶啤酒，又买些卤豆腐卤牛肉，关上门，一个人慢慢地享用。什么爱情，什么理想，都在这慢饮细嚼中逐渐变得遥远，剩下的只是感官上的享受，单纯而愉悦。那苦涩而冰凉的液体落入胃中，慢慢燃烧起来，身体似乎有点往上飘，又往下沉，整个人像是泡在水中。在水中我看到阿卫向我漂过来。我向她笑，她却不理我，眼睛只看着前方。在水上我们擦肩而过，往相反的方向游去。眼睛中有什么溢了出来，也许是酒，也许是眼泪。不怕你笑话，虽然我看上去很冷，其实是个内心脆弱的家伙。好在无人看见。我独坐在冰冷的宿舍里，大口地喝酒，任凭内心的液体泛滥。这个时候，我突然很想念阿卫，想念她的单纯，想念她的热情，也无比想念她性感的嘴唇和小乳房。

从表面上来看，这阵子我在局里还过得比较爽。宋光明不断找梅新的麻烦，弄得他手脚都没地方摆。赵成有样学样，对陈向阳也很不客气。见势头不对，陈向阳赶紧把那根尾巴夹了起来，对谁都是一副笑脸，可见其深得梅新真传。

在旁边看着，我未免有几分鄙夷。你要硬就硬到底，老子还佩服你一下，这样子，算什么？打落水狗的事，我做不太来，但冷眼对之还是做得出的。心里肯定胀得痛，但陈向阳表面上还是做足了功夫，竟然当着赵成的面称赞起我的文章来。这可是破天荒第一回。赵成冷冷地说，你未必到现在才晓得？我也没去搭他的白，似乎他在称赞别人。陈向阳还在用劲笑，但那笑容明显僵硬。这种人，懒得理会。把事做完，我自去逍遥快活，写写诗，读读小说，有时也投投稿，都在《昭市日报》上陆续发了出来。局里人看到了，便叫我诗人，并说难怪喽，诗人是不打麻将的。我听了，只是笑。

有天我意外地收到了一封挂号信，来自岳阳。看到信封上的字迹，我的心就怦怦地跳得厉害。这小妹子，怎么七拐八弯地打听到我的地址？不想在办公室看，我起身出门，向宿舍走去。阿卫来这封信，让我有些意外。对爱情，我是持悲观态度的，以为男女间的情事，反正经不起时间考验。在一起时山盟海誓，一转背，都是另一番模样。这样的事，在学校见得多了。阿卫，在我眼里，正是那种很容易就爱得如胶似漆，也很容易就接受下一个对象的妹子。在我的想象中，她早就在洞庭湖边开始另一场轰轰烈烈的恋爱了。其实这也很正常，我想得通。倒是她突然来封这样的信，让我疑惑起来。

信是写在彩色信纸上，还是学校里用的那种。她的字还是那样稚

嫩，像个小学生写出来的。这一切都勾起了我的怀旧情绪，过去的那些
时光一下子全浮出水面，在眼前晃动。我急急忙忙地读下去。

小石头：

你是不是忘记我了？你说要给我打电话的，我等了好久都
没等到。其实毕业的时候，你不肯告诉我你到底会分在哪里，
我就知道你不会跟我联系。只是我不愿意相信。我们那么好，
怎么会呢？同学们都说你很冷漠，很怪异，其实我知道你感情
丰富得很，只是闷在心里。但你有时候真的很怪。你为什么不
跟我打电话呢？我很想知道为什么。我好想你。

上班也快一年了，我却没改变什么。我知道，在你眼中，
我很幼稚，像个小孩子。其实我也会想很多东西。只是我还不
想变得很成熟，那样子很累。我宁愿别人说我天真。天真的我
心里还挂着一个人，那个人却不理我。我不明白为什么，你能
告诉我吗？

别人说，女孩子太主动了，男孩子就不会珍惜。可是我改
变不了。当初我就是主动接近你的。也许我喜欢的，就是你的
那种冷淡，好像不把任何女孩子放在心上。我是不是有些傻？
不过我从不后悔。我觉得那时我很幸福。我真的好喜欢你。别
人说你怪，我却知道，你人很好，好细心，又好坚强。我喜欢
跟你在一起的感觉。

你的生日快到了。可惜我不能陪你一起过。

Happy Birthday!

阿卫

信还没看完，我的眼睛竟有点酸了。打开一个上锁的抽屉，把信夹在阿卫送我的笔记本里。抽屉里还有一本相册，里面全都是阿卫和我的相片。这些照片是阿卫一手放进去的。她要我好好保存，永远不准弄丢。当先的是阿卫的一组艺术照，在上面她努力摆出各种造型，连笑，也显得很努力。她是想把最好的形象留给我，但我却喜欢她的生活照，尤其是我抓拍的那些镜头——这些照片里才有一个真实的阿卫。有一张我特喜欢，是在月亮岛上，她站在两棵树之间，笑得噘起了小嘴，阳光照着她一脸的单纯。还有一张，是在"世界之窗"，她背着个小背包，站在那些童话中才会出现的欧洲小城堡面前，手扶着墙，抬头对着打开的窗子看，似乎上面有个王子在对她招手。那些日子多么好，单纯、透明。其实我也很喜欢单纯的。看到这些照片，心里一阵发紧，因为我又一次意识到，最水灵的那段青春岁月已逝，永不可挽回。我怕想到这点，因为它总让我陷入持久的惆怅中。我没和阿卫联系，是不是也因为有点不愿去面对青春流逝而又无可挽回的事实呢？

整个白天，我都在考虑回信的问题。不回，那可能就不会再有什么联系了，而这正是我当初所期望的，让彼此永远都有一份愉快的回忆。但当初是当初，现在阿卫主动给我写了信，按照以往我们之间的默契，我应该热烈地回应她，不然她会很伤心的。我怎么忍心伤害她呢？然而我已经伤害了她。阿卫，她比我想象得要痴情，对爱情的态度，她其实远比我严肃认真得多。过去我的一些看法是不是太偏激了？过去，我信奉李敖的爱情观，觉得男欢女爱，只限于那时那刻。到了巅峰时刻，就要懂得舍弃，不要一起走下坡路，才能保持那份完美的感觉。我甚至嘲笑那些该断不断纠缠不清的同学，认为他们不懂得爱情的真谛。现在看来，不懂得爱情的，恐怕是我自己。但回了又如何？我们能够再走在一起吗？干脆不回，干脆伤完她的心，让她猛醒之下，马上找另外的男朋友，过她的单纯幸福生活。但我不晓得自己做不做得到。阿卫夸我很坚强，其实只有我自己晓得，石穿是个内心软弱充满犹疑的家伙。你瞒得了别人还瞒得过我？这样想着，我的嘴角不自觉地抿了起来，几乎是在冷笑了。到了晚上，我又在宿舍出了半天神，到了要睡觉的时候，终于提笔写了封信：

阿卫：

其实我一直都在想你。只是现在已不复有校园时代的无忧无虑了，很多事情都要从现实层面上来考虑。你将有你新的生活，新的快乐，我不想打搅你，唯愿你幸福。

现在的工作，我不太喜欢，这不说你也知道。将来怎么走，我还没有明确的目标，走一步看一步吧。

时常回忆过去。如果有来世，让我们再在那么美好的年龄相遇吧。我会比今生更好地对你，爱你！

石穿

我想写得很冷峻，但写到"如果有来世"这一句时，感伤和柔情就掩饰不住地涌出来。不想改了，就这样吧。摆在桌上的收录机里正在放崔健的《花房姑娘》。这是一首真正的情歌，质朴、诚恳、富有穿透力。在学校时，我经常和阿卫各戴一个耳塞一起听歌，听得最多的就是这首，还有张信哲的歌。小张的歌我本来觉得有些腻，但阿卫喜欢，我也就不能不喜欢了。我们站在天楼上看着落日浑圆一起听，坐在月亮岛上看着湘江东去一起听，靠在爱晚亭上看着红叶燃烧一起听，我们还尝试过边溜冰边一起听，但那需要高度的协调一致，还要前面的空隙容我们俩并排穿过。几次都被人冲散了，阿卫却乐此不疲，总是说，再来！阿卫最可爱的就是这点，永远都兴致勃勃，永远都不把忧愁凝固在脸上，总是说，再来！以前认为她有些幼稚，现在看来，她才把握到了生命的真谛，而我，只不过是个故作深沉的笨蛋而已。

把信寄出后，我开始发狠看自考书。报的是汉语言文学，那些书看起来有意思。金融，我是再不想学了。在学校里硬着头皮学到的那些东西，简直没点用，现实中没看到谁按照那一套来做，都是乱来的。当初上这个学校，也是舅舅见我数学经常考二三十分，担心我考大学有问题，干脆帮我搞了个金融中专的委培指标，很容易考的。本来我想考师范，但老妈现身说法，说小学老师待遇怎么怎么差，我也就一时立场不稳，稀里糊涂去长沙读了三年。现在想来，肠子都悔断。不过以前还小，不懂事，再就是经济上不独立，只有乖乖地听话。现在，我工资一分钱都不上缴，底气甚足，也就下决心要自己拿主意。学数学我是个白痴，学汉语言文学却像个疯狂的小日本，一本书哗啦啦就读完了。虽然读得顺，但书很多，其中一门中国古代作品选竟有九本，时间上还是感到有点紧迫，就一个多月哪。虽然阿卫的面容有时会在书页间浮现，但我基本上还是能摄住心神，专心看书。

两个星期后，阿卫又来了封挂号信。在信中说看了我的信，她当时就哭了一场，搞得办公室的人不知所措。她说真想再去读书，再跟我在一起。她说这个社会太复杂，她只想永远待在校园里。这话，有点小孩子气，但我也同意。说真的，我也想回到校园里，再读几年书，毕竟，过早踏入社会，不是一件愉快的事。只是我不能再让家里操心了。爸爸妈妈都是小学老师，老实巴交的，吃了一辈子粉笔灰。以前读书太任性，不想学的就不去听，让他们气得睡觉都睡不落。现在，姐姐和我好容易被拉扯大，而且并没有变成街上的流氓阿飞，他俩也算松了口气。可不能让他俩再为我的前程奔波了，所以还是慎重一点，慢慢来吧。不管怎样，还是尽快把大专文凭拿到手。现在这社会，再有能力才华，没有张文凭就什么都不是。该怎么回答阿卫，我也不知道，我想先把眼前的考试应付过去再说。

四月份的考试很快就来了。第一次参加这种国考，我心态未免有几分凝重，坐在考场上默然不语，等待试卷发下来。但旁边很多人可没我这种严肃，大多做轻松之态，谈笑风生，似乎是来进行清谈考试的。也有几个学生模样的人显得紧张，把书摊开在桌前，双手捂住耳朵，口中念念有词。

坐在前面那男的回过头来，笑嘻嘻地问我看得怎么样？我牢记谦虚谨慎的古训，说没看多少。他说不可能喽，看你那样子就晓得。我淡淡一笑，觉得此人梳了个中分头，说话时目光游移，还带点讨好的笑，有些小鬼模样。他又问我是哪个单位的。我说是地税局的，你呢？他自称是金田乡小学的。看来此人从师范毕业没多久，年龄跟我差不多。原来我对老师一职还颇有敬畏之心的，但看到这家伙居然也是老师，我想我百分之百也能当了。这家伙跟我联络得差不多了，又去撩拨坐在右边一排的女学生，称她为师妹，要她到时把卷子放下来一点。那女孩子只是笑。

第一门考的是古代汉语，属于难搞的门类。考场似乎还安静，监考老师一个坐在讲台上，一个拖条凳子坐在教室后面，呈两面夹击之势。教室里安静了个把小时后，各个角落里就出现了骚乱。监考老师收了好几本书，还一脸焦急地指了指外面，说要是被那些巡考的抓住了，你们就死翘翘。我前面那位却不闻不顾，大幅度地扭动身子，四处广采博收。很奇怪，监考的居然不来干预他。我正在做改错题，他扭过头来看，那字是倒起的，所以无法抄。他一个劲地要我把手挪开点。看了他一眼，我慢吞吞地露出半截试卷，让他抄了几个，打发了这小子。然后他又去骚扰旁边那女生。女孩子紧张地往外面瞄，然后慌慌张张地抄了张纸条，揉成一团，抛给他。这家伙如获至宝，一只手把纸条放在腿上，耸起肩膀，发狠抄。两分钟后，背后响起了急促的脚步声，像是挨近了才突然加速的。一只手按在那小子的肩膀上。

抓他的人是个中年男子，清瘦，嘴角旁两道纹路很深，三角眉倒竖。从那小子僵住的手中挖出那纸条，瞄了一眼，他厉声问：这是哪个的？

听得此言，我马上做专注做题状，生怕他怀疑到我头上来。那小子声音萎萎的，说是在地上捡到的。

还不讲？

这时监考的两个老师围了上来。其中一个提示这小子，这是教委的崔主任。

崔主任一点也不理会这两个赔笑脸的人，一手去扯试卷，跟我走。

那小子护住试卷，连声说，崔主任，求求你了，崔主任，我再也不敢了。其声戚戚然，连我也觉得崔主任到此为止算了。

不防这小子如此低声下气，铁青着脸，崔主任站在那里。两个老师严厉批评这小子，有一个说，看着你开始还老实，这下怎么这么大胆喽，真是没名堂。

我在一边听了窃笑，心想这小子要是算老实，全场就没有一个跳诈的了。

崔主任慢慢地松手。这小子赶忙说，谢谢崔主任！谢谢崔主任！

崔主任这一吓，全场的人都老实了许多。我趁这份难得的安静，发狠填空。填是填满了，但起码有二十分的题属于大概加估计。管它呢，反正考题下没有空起的地方，看着心里安稳一些。也许阅卷的老师看在我辛苦写字的分上，就让我过了。

　　打铃出来，还只十一点。小梁中学的大门还是关着的，守门的硬要等到十一点半才放行。这是什么道理，搞不懂。大群大群的考生都被堵在学校处。他们倒一点都不急着出去，兴高采烈地交谈着。这个说自己的考室监得很松，可以拿书出来翻。那个说那我们考室抓了两个，不过都是巡考的抓去的。这个说监考的一般不得抓你，还会帮你看巡考的来了没有。那个说那是，要是他们监考的考室有事，他们也会挨批评的。在一边听了，我觉得他们所言极是，看来是考油了，从实践中摸索出大把的鲜活经验。

　　接下来的这一堂是考中国古代文学作品选。这一门，我是下足功夫的，铺好试卷，笔动得飞快，什么关汉卿汤显祖龚自珍，熟得像自己对门邻居。三个大问答题任选两个，瞄了一下，孙悟空和贾宝玉这二位居然被摆在那里等待分析。我开始后悔，为什么要看那么久的书呢？真是的，完全可以从这一门匀出些时间来，多看几眼古汉语的。后悔也没用，我沉住气，把孙贾二位的光辉形象深刻内涵分析了一通。做得差不多了，后面监考的那位从我面前过，两只手背着。我正好抬起头，看到他捏着一只压扁的纸团。快要过前面那个座位时，他把身子一偏，站在那里，目光凛凛，扫视全场。上午那小子还坐在那，不慌不忙地从他手里取过纸团。过了半分钟，那老师就开始往后面走。看来一切都很正常，并无作奸犯科之辈。

　　出来后，在校门外我看到个学生模样的女考生在哭，另一个在劝她。想必是被抓住，试卷做了零分。叹了口气，我心里对她说，小妹妹，你没有关系，运气又不好，还是扎扎实实看点书吧。

　　第二天是考写作学和心理学，这两门都不难，算是轻松过关。

　　备考的时候，我睡眠质量还过得去，一放松下来，脑袋就开始跑野马，几个晚上都睡不着。只好做俯卧撑，洗冷水澡。虽已到四月下旬，但山区小城的晚上寒气还是很重。搞完锻炼后，我跑到做洗澡间用的小厨房里，拧开龙头，在哗哗的水声中蓄满一桶，提起来就往身上一倒，水仿佛冲进皮肤里，很冷，也很透彻。洗完后，擦干，衣服也不穿，往被窝里一缩，那个舒服啊，非身临其境者不能领略。

局里有人晓得我在洗冷水澡，纷纷感叹道，黄花仔就是黄花仔啊。这跟黄花仔有什么关系？真是什么事都往胯里扯。也有人觉得洗冷水澡对身体好，表决心想试试，但最终没有试成。据该同志说，刚脱下外面的衣服，就感到冷，再看到那一桶冷冰冰的水，哪里还下得了手？

听到他这样说，我就晓得此人一辈子也洗不成了。真正洗，其实并不冷的，很多人都是被自己的想象给吓倒了。就像面对一个很矜持的美女，许多人都不敢追，其实要是真正付诸行动，你就会发现，其实并不像想象中那么难的。有时看着街上走过的时髦女孩，我是想做点什么，但最终没有行动。因为阿卫这件事还没扫尾，我还在想怎么应对。

想来想去真是想得烦躁。人干吗要谈恋爱呢，真是自找麻烦。国外有几个大作家就不谈恋爱，有了需要便找妓女，一辈子就这么过了，清清爽爽。人家是彻底看穿了爱情。爱情说到底也是虚无。这样想的时候，我真的看见了虚无：一片黑暗的海洋，没有边际。像是触到了它，那感觉，说不出，反正心里寒得很。赶快找了本小说来读，看到里面的人物在笑、在哭、在闹，我心里才好过一些，心想，哪怕是悲剧，也比什么都没有要好。

这两天，赵成有了麻烦。本来不关他的事，甚至也不关地税局的事，是乡里那些干部造的祸。但因为出事的是他那个乡，赵家在那个乡又是大族，严师道便打电话给宋光明，硬要指派赵成出面去做工作。其实也很平常，就是农民抗税。这样的事，每年各个乡都有，到头来还不是把为首的抓来狠狠修理一下，该收的照样收了。但这次闹得似乎比较大，需要从对方内部做工作，以求分化瓦解之效。起初赵成生死不肯去，但最后宋光明拉下了脸，他虽有一百个不愿意，也只好去替领导分忧了。赵成的难处，我理解得很。都是乡里乡亲的，穷得交不出税，你还去催，好意思吗？赵成苦着个脸，又问我去不去看看。我想长长见识也好，就讲要得。

乡里的毛马路能把车颠翻。坐在里面，要随时防着被弹起来，碰着脑袋。我没经验，被弹了一下狠的。车快开到乡政府门口，前面就行不通了。猫着腰下车，我一看，被吓了一跳。天，这是些什么人抗税，都是些老头老太大娘大嫂，看到我们出来就齐刷刷地跪倒。跪在前面的那个白发老太咧开嘴号道，干部同志啊，你们做做好事，不要抓他们！我这才明白抗税的另有其人。

严师道没来，坐镇县城遥控。乡派出所所长任现场指挥，他跟赵成讲了两句，赵成便走上前，什么四大娘六爷爷地一路喊过去，欲辟开一条路。才走了几步，他就走不动了，被个四十来岁的妇人一把扯住衣服。

成伢子，未必你不认得我么？我们从小一起长大的，你当了官，你屋里出得起钱。你也要替我们想想，讲两句好话喽！

赵成挣又不好挣，眼睛眯着，一脸无奈，富春妹子，莫这样，快回屋里去，这里的事，政府会处理的。

有人嚷道，莫信他的，他们会把人抓走！

赵成立刻把胸脯拍得咚咚响，都是乡里乡亲，不讲二话，我成伢子今天就是来替你们了难的，你们不信我还信哪个？

人群中嘀咕了一阵，让开条道。赵成大步走了过去，一副慷慨赴难的姿态。大家赶快跟了过去。几个派出所的警察拦住这些人，要他们回去。想想也是，万一闹起来，这些老人妇女的还不好打发些，我也就帮着劝了一阵，结果被人拉住袖子猛倒苦水。

小干部，你不晓得。上面年年喊减税，哪看到减喽。我屋里的人都出去打工，没一个读书，还要我按人头出教育费，你讲天底下有这个道理么？

我们是老实种田的人，交得起还有什么话讲。你是城里的干部，不晓得我们乡里人的难处。现在化肥贵，米又卖得贱，种田是个亏的，这个税那个费，比田里的青蛙还多，哪交得起？

讲好不乱收费的，乡里又收什么修路费。路年年喊修，钱年年交，就是没看到修，钱都被乡政府的人分了。这样去路不清的钱，我们不得交。

……

这些农民话没打草稿，水一样往外倒，不可能是假的。我只好说，你们的难处，政府正在想办法。你们先回去，站在这里辛苦，你们的崽女看到也心疼。

这些人却还是不肯走。我也没办法，只有往前挤，跟上赵成。

乡政府的大门敞开，却堆了些桌子椅子堵住，有一张还是边角包真皮的红木办公桌，想必是乡党委书记所用。踮起脚往里看，里面有四五个青壮农民，掌的掌锄头，拿的拿扁担，站在坪里。几个干部模样的人挤在一个白石灰画的圈子里，一副挨批斗的相。

赵成拿起个喇叭，扯着嗓子，对着里面喊，农民兄弟，有什么话好讲。你们这样是造反，迟早要吃亏的。听我的话，放了人，大家坐下来商量。

里面有人喊道，我们吃的亏还少。你是县长么？不是！那你喊县长来。

我们就是代表政府的。我们也晓得你们的难处，今天就是来替你们了难的，请你们相信我。你们这样是违法的，对你们自己，对你们屋里人都不好。

里面沉默了一阵，有人喊道，这日子反正过不下了，我们豁出去了。

赵成往前又走了几步，喊道，砖头佬，我是成伢子，赵成，让我进来，有话跟你讲。

我晓得你是成伢子。你现在当官了，就不替我们讲话了。

我今天来就是替你们讲话的。砖头佬，你也是个村干部，怎么带头闹事？

我不想干了，干不下去了。我今天就要闹一闹。老子就不信黑了天。上面还有江总书记和朱总理，这些王八蛋就不怕杀头？自己大吃大喝，不管底下人的死活。现在是共产党的天下，不是旧社会。

你晓得是共产党的天下就好。共产党的政策你又不是不晓得？有什么事，好商量。动粗的，只有自己吃亏。

哼，你哄哪个。上次万龙乡那几个出头的，信了你们的话，放了人，结果还不是一样被抓，现在还关在那里。告诉你，你要么喊张书记，要么喊严县长来。答应了我们的条件，我们就放人。

砖头佬，我们就是严县长派来的，你有什么要求，跟我讲是一样的。

你好大的官，我还不晓得？跟你讲没用。

赵成火了，跺起脚喊，砖头佬，我是仁至义尽了，你不听我劝，会吃大亏的！

派出所所长早已不耐烦，把赵成喊下来，指挥警察往里冲。七八条汉子，舞着警棍，推桌子的推桌子，翻墙的翻墙。却没想到砖头佬懂兵法，藏了很多人在乡政府大楼里。英勇的人民警察以为里面就几个农民，斗志昂扬。哪晓得一进去，里面的农民就潮水一样涌出来，怕有三四十个，都是单肩挑百斤、健步翻大山的角色。所长赶快喊他们退。哪退得赢？只有两三个人溜得快，其余的迅速被围住了。有个家伙还有点量，居然舞动警棍迎战，被个农民一扁担就打晕在地上。剩下的几个立刻扔掉警棍，抱着头蹲在地上。农民们围住他们踢。踢了几下，便被砖头佬喝住了。

逃出来的那两个警察脸色惨白，身上散发出一股恶臭。所长咬牙切齿地拨通了严师道的手机，讲了几句后，就关了。他又要赵成跟他们谈，不要谈出什么结果，稳住他们就是。一面又去做外面这些人的工作，要他们回去。我晓得会来硬的了，心中未免有些紧张。外面这些老人妇女硬是不肯回去，铁了心要在这里做个见证。我也不想帮着劝了，有心要看看政府怎么收拾局面。

等了半个多小时，来路上没看到有尘土飞扬的迹象，倒是又有些妇女端着钵子替里面的人送饭。有送给砖头佬他们的，也有送给那些乡干部的。谁也不去阻拦。等她们送饭出来，我看到有几个红了眼睛，不敢看人，想必是乡干部的家属。其他妇女则昂首挺胸。讲真的，我觉得这些农村妇女对什么是羞耻什么是光荣，比有些干部还分得清一些。我佩服她们，更佩服砖头佬和他的那帮子人。

我并不觉得自己站在这里有多光彩。

又过了半个小时，严师道来了，六十多个公安和武警来了，两条大狼狗吐着鲜红的舌头也来了。结局很容易预料，乡干部和乡派出所的警察被解救出来，砖头佬和另外五六个农民被铐着上了警车。被推着上去的时候，砖头佬回头看了一眼，我看到他的额头上青了一块，眼神灼人。一大群农民跪在警车前，齐声大号。有个十五六岁的少年抡起块石头往警车上砸。马上有警察冲上去就是一棍。警棍打在少年身上，发出沉闷的响声。我的背也紧了一紧，似乎那一棍是打在我身上。少年倒了下去。人群又一次骚动起来，石头飞一样地砸过来。公安局张局长见势不妙，对天放了一枪，扯开喉咙喊，都不要动。在枪声中大家都僵在那里。站在我身边的那个老农的脸如古铜铸就，两行泪无声流下。

上车后，赵成红着眼睛说，要不是吃着公家的饭，崽愿意做这种事！

我叹了口气，转头去望窗外。

过了半个月，《昭市日报》一版上面赫然写着金田乡加大税收力度，提前完成季度任务云云。我把报纸揉成一团，扔进了垃圾桶。

出了这事后，赵成心情狂差。听说他住在乡里的父母被人堵在门口骂，几个兄弟走在路上都抬不起头来。至于他自己，据说只要一回去，几十根扁担就在那里等着他。他拉着我去喝酒，苦着脸猛灌"开口笑"，反复跟我讲，这次是猪油蒙了心窍，糊涂啊！又跟我讲砖头佬的事，讲他们是穿开裆裤的朋友，讲砖头佬如何聪明，如何仁义，是个干大事的人。只是屋里穷，读了小学就出来烧砖。要是文化再高一点，何止是个村干部，县委书记都当得落。他讲这次砖头佬惨了，一个人扛起这事，把其他人都保了出来。打伤警察，可是要判刑的。他就只一个崽，这次也被打伤了。我这才晓得那个砸警车的少年是砖头佬的儿子，真是英雄有种。抓紧我的手，赵成盯着我，吐着酒气，晃着脑袋说，你晓得吗，我要人送了两千块钱到他屋里。我还不要那人讲是我送的。

赶快安慰他，我说赵主任你也做到仁至义尽了。赵成良心得到肯定，才松开手，继续灌酒。我心中也有愁，需要借酒来浇。两个人一杯接一杯地往喉咙里倒酒，结果都醉成一摊泥。

醉酒后的第二天，阿卫居然来了电话。我正诧异她怎么晓得我的电话，她却在那头高声质问，石穿，你怎么不回我的信？

我怕旁边的人听到，忙压低声音说，你有手机么，我晚上打给你。

阿卫立刻把号码告诉了我，又问了我的手机号码，才意犹未尽地挂上了电话。我想她工作也有一年半了，怎么还这么百无禁忌，真是个长不大的小妹子。不过她本来就不大，八〇年的，算起来还只有十八九岁，真正的青春年华啊。不像我，跨过二十岁这道门槛，就感觉是成年了，无形中有一道担子压在肩头上。

晚上七点半钟，我如约跑到办公室打长途。阿卫早就在那边恭候，接到我的电话，喜滋滋地说，我还怕你不打呢。

我怎么会不给我的阿卫打呢？

哼，你省点吧，我给你写了三封信，你就回了一封。

我解释说是太忙了，又要写材料，又要搞自考，然后又问她搞自考没有。阿卫果然上了当，被我顺利转移了话题，说没有，自己还想出去读大学。我晓得她有个舅舅在南京大学当教授，好像还有点权威，就问她是不是去那里读。阿卫说是啊。我说你还是中专文凭，不可能直接去读本科吧。阿卫就说到时再想办法吧。再扯几句，这个小妹子就赤裸裸地问我是不是找了新女朋友。我断然说没有找，只想把自考读完。阿卫果然很高兴，问我"十一"长假到哪里去玩？

还没想好。

我想去凤凰，你陪我去。

我根本没心理准备，一时竟然说不出话。阿卫嗔道，你不肯陪我，就说明你找了新女朋友。

没想她如此泼辣，慌乱之下，我只有说好。阿卫大为高兴，马上跟我敲定了十月一号先在长沙碰面，再去凤凰。说了再见之后，我等她挂电话，她却一定要我先挂。

挂上电话后，我发了半天的愣，最后竟觉得有些惭愧。回到宿舍，老睡不着，眼前只看见阿卫在跳来跳去，对着我调皮地笑。我承认，我很想见到她，甚至连"十一"长假后的那场自考也不怎么放在心上了。

十月一号下午，我和阿卫在长沙火车站前再次相遇。见到她的那刻，心居然猛烈地跳动起来。很想跑过去，但我忍住，努力走稳。阿卫喊了我一声，就奔了过来，又是跳又是笑，说，石穿，你还是老样子，一点都没变。我凝视着她，只是微笑。阿卫的打扮还是学校里那样子，俏式利落，只是以前鼓起的两颊微微瘦削了点，显得成熟了些。自然而然地搂着她的腰，她也自然而然地靠着我。我们的恋情在这一刻，又重新开始了——或者从来就没有断过。

从长沙坐火车，二号早上到了吉首。再转坐中巴车，两个小时后晃进凤凰。在沱江边找了个有吊脚楼的人家住下，说好是二十块钱一天，还可以搭伙吃饭，只是要另外算钱。等到安顿下来，房主把钥匙交给我，带上门出去了。

跑过来，阿卫把手吊在我脖子上，眼睛里满是笑意。抱着她转了一圈，我说，你这么高兴干什么？

现在只有我们两个人在一起，真好。

未必你在家里，有父母，有姐妹，有朋友，不好？

那不同。

怎么个不同？

那里很多人都跟我要好，而且他们也互相好。这里嘛，我只认识你，你只认识我，就我们两个人好。

我摆出一脸坏笑，嘿嘿，今晚上岂不是可以那个了……

你好坏。阿卫娇笑着跑开了。

看着她，我底下一阵发热。为了转移注意力，我走到窗口去看沱江。江上不时有渡船悠然而过，上面坐着二三游客。岸边吊脚楼都打理得好，像小脚老太婆穿着玄色的老式衣服，神色自在。阿卫又挨过来，从后面环抱着我的腰，下巴抵在我肩上。

我问她，你说，你比翠翠哪个好些？

哪个翠翠？

就是《边城》里那个翠翠，在学校的时候我还特意要你读过的。

她是她，我是我啊。

我不做声，看着一方竹排独自从上游漂下，上面站了两个苗家小姑娘，身上的花衣裳在阳光下实在明艳。我向她们大声打招呼。她们站在船上向我挥手，大大方方，一点也不忸怩作态。

过了一会儿，阿卫问我，你是不很喜欢翠翠？

我没回答她，只问，那两个小妹子美不美？

衣服美。

我笑了起来，人就不美么？

也许吧。但她们的美是种很遥远的东西，我才是在你身边的。

抚摸着她的脸，我说，是啊，翠翠也是很遥远的，只有你才是真实的。

就是嘛。

这天夜里，我们不停地做爱。开始我要她扮陈圆圆。阿卫叫着说不行，因为她是妓女。我说，人家可是卖艺不卖身，绝代佳人也，你还扳翘？

阿卫这才答应，娇滴滴地说，公子爷，你好讨厌，手不要乱动好不好？

我差点就要欲火焚身，把她按住威猛了一回。阿卫叉开腿，咬着下唇，媚眼如丝地看着我。完事后，她在我耳边小声说，你越来越厉害了。

开玩笑，我忍了好久了。

她笑着摇头，我不信。

不信，不信就再来。我一翻身又骑了上去。这一回她变成了小护士，在值班室被医生抱住求欢。扭着身子她说不要，实际上却想要得很。我们做累了就说话，说着说着兴头来了就又做。最后一次她变成了鱼玄机，在牢房里被狱卒强奸。阿卫问鱼玄机是谁啊。我说是唐朝的一个女道士，很风流，还会写诗。

阿卫问，那她为什么坐牢呢？

我告诉她，鱼玄机发现她的丫头跟自己的情人好，把丫头杀了，所以被抓起来坐牢。

阿卫斜睨着我，你要是跟别人好，我就先把你杀了。

我一边笑着说，那我先杀了你，一边加大了冲击的力度。阿卫哼得更厉害，最后啊了一声，就什么也说不出来了，搭在我肩头上的手掐得很深。

在凤凰的时间安排得很从容。我们到听涛山看望沈从文先生，沿着沱江漂流，在夺翠楼下照相，还看到黄永玉叼着个烟斗在江边作画。更多的时候我们则在老城的青石街上闲逛，一家一家铺子地看。凤凰保存了许多旧迹，而且完整，像在沈从文的小说里一觉睡醒过来，仍然散发着流传久远的魅力。

其实凤凰城最多两天就可游完，我却不肯就这么完事。任何一个地方，它的真正神韵，都不是走马观花所能领略到的。就像读一本书，你绝对不能太着急，要细细地去品，才能深深地体会其中真义。凤凰无疑是一本好书，我们用了五天时间来细读。我们就住在这邻水人家，吃饭也干脆在主人家里搭火，两个人每餐二十块钱，好得很，主人却还觉得有点不好意思，似乎收贵了一样。这里的口味跟我们那边相像，连做出来的腊肉都有相同的柴火气，闻起来亲切。阿卫本来还想去张家界的，但我说了自己的看法后，她马上转过弯来，表示同意。

最后的两天，竟然淅淅沥沥下起雨来。起初有些沮丧，以为天公不作美。但很快我就发现，凤凰的神韵，在雨中才完全显露出来。那些乌瓦青墙，在烟气浮动中变得恍惚起来，仿佛回到了过去的时代。青石老街被雨一洗，泛着幽光和凉意。有人穿着拖鞋在街上走，发出吧嗒吧嗒的声音，显得悠闲之极。阿卫带了把细格子的折叠伞，撑开来，和我互相搂着腰，在老街上走着。一条街一条街慢慢地走下去。雨水从屋檐上流下来，像一些细细的光。

我说，一千年前，这雨也是这么下的。

那我们呢？

也是这样走的。

也在这里？

也许是这里，也许是长沙。这都不重要，重要的是我俩在一起。

阿卫把头靠在我肩上，一副很陶醉的样子。我突然很想让她穿身苗服，那样子肯定好看。但也只是想想而已。真要做，只怕她不高兴，说我把她当成翠翠的化身了。其实翠翠只是书中一个小姑娘，让人怜惜而已，阿卫却是身边人，有着精神和肉体的双重真实，哪能比？雨中凉意弥漫，我们贴得更紧。问她累不累，她说不累，又说，我最喜欢这样了。她是确实喜欢。阿卫有种纯净的浪漫情怀，跟凤凰的雨水和老街正好相衬。至于我，也几乎变得纯净起来，陷入一种持久的感动中。

从凤凰回来后，钱菲说我精神多了。我明白她的言下之意是指我以前总是一副忧思重重的样子。这个人，说起话来总是喜欢撇着嘴，语气尖尖的，好话到她嘴里都变了味道。听说她正在跟老公闹离婚。我看离也离得了，以后要是有了小孩，那就顾虑更多。以前单位有人还劝她生

个小孩，有个寄托好些。她苦着脸说生不出嘛。在一边听了，我忍不住
要笑，心想这种话她也说得出口，也不晓得是她的问题还是她老公的问
题。不过想来多半是她老公不行——单薄得跟个纸人似的，哪有半点男
子汉的气概。听说他也同意离，但要钱菲拿五万块钱。钱菲整天在办公
室叫苦，说他太没良心，这么多年都是她在养他，跟个小母亲似的，现
在开个这么大的口，哪有这么多钱数喽？我晓得钱菲还是拿得出的，但
又觉得这笔钱要是出了，她确实不所抵，心理肯定狂不平衡。但不出，
明显又离不掉。就看她怎么决断了。她总是说，我负担了他这么多年，
现在还问我要这么多钱，你说他狠不狠心？当局者迷，钱菲虽然精明，
也不例外。我很想向她指出，既然这么多年亏都吃了，干脆就再吃一
次，彻底解脱。但这话，我不想说。让她在那里活受罪好了。这种人，
自己活得不爽，也让别人不愉快，我不想搭理。但是她总是撇着嘴主动
来跟我聊天，还探问我放长假到哪里玩，你讲烦躁不？不想跟她啰嗦，
我说，回去了。钱菲不好再问，只是说，放这么久的假，没出去玩？我
说，你出去了？钱菲脸一红，没做声。我对她的脸红没兴趣，展开张报
纸遮住了脸。

　　"十一"长假，陈向阳没出去。他的场子生意不太好，花大钱搞的
装修没起什么作用。这钱，一半是贷款，一半是以前赚的。这么一下子
投进去，本想再火一把，捞票大的。没想到小梁人消费水平只有这么
高，你比别人贵了一截，他不会想到你设备好，物有所值，只会觉得不
划算，宁肯到那些一般的场子去玩，觉得省下了一笔，很开心。生意不
好，他也没心思去外面潇洒，整天闷头看报纸。

　　我调侃他，说你干脆改行开茶楼算了，只怕还赚钱些。他做出一副
很不屑的样子，在小梁开茶楼，亏死去。

　　我笑笑地说，那你意思你开歌厅猛赚了。

他不做声，过了一会儿又恨恨地说，小梁生意没有做场。

陈向阳说得对，小梁生意确实没有做场。开歌厅亏，开茶楼更亏。单位上有个女同事，四十来岁，乡干部出身，听到别人说起去喝茶，就摆出一副很精明的样子，说，喝茶，在屋里用开水泡，两毛钱的茶叶可以泡好多杯。在这样的人面前，茶楼只好倒闭。不独她如此，甚至连赵大主任也有此等意识。他说，别人请我就去，要我自己掏钱，那就不干。赵成最近去桂林玩了一趟，似乎沾上了山水灵气，显得神清气爽。我问他是不是全家都出去。他说没有，跟两个朋友一起去的。见他神色不太自然，我就没问了。

过了两天，我去照相馆取在凤凰拍的照片。老板娘拿出个大盒子在翻。翻出一袋，抽出来看，又放回去，嘴里说，这个也是你们地税局的。我一时好奇，拿过来看，才抽出一张，马上就塞了回去，像被烫了一下手，心里想，钱菲和赵成什么时候搭上了？居然还好到桂林去了。看来她的婚也离得掉了。

不出我所料，钱菲拿出了五万块，摆平了她的老公。过了一个月，赵成也向他婆娘提出离婚。他婆娘平时就晓得勾起个头做家务，还在院子里养了一群鸡，一心替赵成抓好家政。听到离婚两个字，好比老母鸡夯开全身的羽毛发威，立刻跑到办公室大吵大闹，几乎把办公室的天花板吵翻。我在一边看着，觉得这婆娘还蛮厉害，办事有章法。她先是拖着宋光明的袖子号啕大哭，宋局长啊，你要为老妹妹做主啊！宋光明即使有偏袒之心，也只好安慰她，答应要好好批评老赵。然后她又一把鼻涕一把泪，在围观的群众面前痛诉家史，说赵成以前在部队里当兵，什么都没有，一年也没看到回来几次。自己在屋里辛苦操劳，天没光就爬起来煮饭，把崽伢子拉扯大，容易么？现在条件好了，他不晓得到哪里找了个野婆娘，还喊要跟我离婚，你们说，他还有良心么？

我看那些干部职工的表情，十个有九个不以赵成为然。尤其是宋光明的夫人魏姨，因为深受野婆娘之害，当场表态坚决支持赵成的婆娘，还四处搜索赵成的踪迹，扬言要骂他一顿饱的。看到群众舆论做足了，赵成婆娘眼睛便放射电光，咬牙切齿地宣布要晓得是哪个骚货勾引她男人，就拿把菜刀剁烂她的小麻屁。看这架势，我实在替赵成担心，不晓得他如何收场。

赵成是铁了心，不管他婆娘如何闹，硬是要离。有次喝酒的时候，我试着问他，一定要离？

要是不离，这辈子就白活了。

本来我还想劝劝，但听他这么一说，就把嘴巴闭得铁紧。

赵成的婆娘跟他是一个地方的。本来为上次收税那事，赵成在自己乡里已经声名扫地。只是他屋里和他婆娘屋里都是大族，还勉强能站得住脚。现在统一战线破裂，他婆娘跑回屋里一哭诉，立刻惹得群情激愤，无人不骂他是只白眼狼。连赵成的老爸也放出话来，赵成要是敢离，死后就不准进祖坟。听到这句话，赵成坐在那里愣了半晌，然后长叹一声。

这事到了这份上，我估计赵成是要打退堂鼓的。无奈钱菲肯定不干，再加上赵成的婆娘到底是个没文化的人，不懂得把握分寸，一味跟他闹。赵成正烦躁得要命，一巴掌就把她打翻在地上。他是当兵出身，手重，这一掌把他婆娘的脸打得肿起寸把高。他婆娘连夜跑到娘家去展示伤痕。

第二天早上，赵成进了办公室，还没坐稳，五六条长大汉子就扑了进来。"砰"，门重重被甩上，然后就听得里面"砰砰"之声不绝。我从隔壁冲出来，想把门踹开，他婆娘却横在门口，双手叉腰，竟然有《水浒传》中孙二娘的风范。她对我说，小石，这是我屋里的事，你不要管。

她话还没说完，我就转身飞跑，把保卫股老王他们喊了过来。门已经打开，那几条汉子正鱼贯而出，其中一个还扭着头对着办公室喊，我叫你打我姐姐！

老王可能觉得这是别人屋里的事，不晓得如何处理，眼睁睁地看着这几个农民打手扬长而去。

冲进办公室，我看到赵成正艰难地从地上爬起。赶快去扶，他却要我把门关上。我看他脸上实在不成样子，就说，去医院吧。

他不做声，自己找了块干净点的抹布，在饮水机下打湿，抹了把脸，抹布就变红了。

我要外面的人走开吧。

他点点头。我便打开门，反手关上，对外面等着看主角出现的人说，没事，没事。

老王也帮着劝。这群人才各自走回办公室，像鸡鸭走回自己的笼子。

宋光明在县政府开会，回来后听说几个农民跑到地税局打人，居然全身而退，脸顿时就涨红了，却只淡淡地问了句，赵成呢？我告诉他赵成在医院躺着，他就喊上司机，要我带他去。看他那架势，很可能要痛骂赵成一顿的。等到了医院，赵成正一脸青紫地靠在病床上，望着天花板发呆。见他这副样子，宋光明哪里骂得出口，只是说了句，你看你看，怎么搞成这样？然后查问他的伤势。其实那几个人下手是有分寸的，赵成的伤只是看着恐怖，并没有伤着筋骨。皮外伤是不用住院的，但赵成怕自己样子难看，索性就休半个月病假。

他婆娘也蛮有味，端茶送水地服侍得很殷勤。赵成却不跟她说一句话。宋光明批评他婆娘，老妹子啊，这就是你不对了。两个人有什么事好商量嘛，何必要这样呢？

赵成婆娘做发愣状，似乎并没有喊人来修理自己老公。宋光明也拿她没办法，只有叮嘱赵成注意休息，单位上的事不用操心。

赵成缩在医院里，来看他的人不少，这证明他的社会关系网营造得好。我们办公室也集体去看了一次。陈向阳那小子走到半路上，接了个电话，就说屋里有点事，不顾钱菲再三喊他，溜了。对钱菲来说，人越多越好。现在就我们两个，她大有暴露身份的恐慌感。虽然如此，她只是一个劲地骂陈向阳，却没有打退堂鼓的意思。

我故意问她，菲姐，你说赵主任是离好还是不离好？

钱菲反应倒很快，撇撇嘴说，那要看他自己了。

叹了口气，我说，看这样子，只怕难得离脱。

钱菲脸色顿时变得很不好看，眼睛望着别处，再不说话。

没多久就到了医院。看到我们走进来，赵成一时就愣了。我故意不说话。钱菲瞅了赵成一眼，勉强笑了一下，也没说话。三个人一时无语。旁边的病人看着我们，觉得奇怪。才过了两分钟，赵成婆娘端着个煲汤的瓦罐进来了。在她这副大脑门宽嘴巴门缝眼乱发蓬蓬的尊容面前，钱菲简直算得上是美人。她似乎被激活了，脸上现出很蜜的笑容，说，赵主任，你要好好休息，股里的事不要操心，然后又表扬我，小石越来越能干了，现在股里的工作基本上靠他了。

赵成马上做配合，面露主任特有的慈祥微笑，有你们在，我很放心。只是辛苦你们了。

钱菲越发来神，竟然转过头来说，嫂子辛苦了，天天在这里陪着，赵主任真是好福气。

赵成婆娘不晓得如何回答，只有挤出笑。

钱菲戏演完了，就说还要回去煮饭，先走了。

我多坐了一会儿，趁赵成婆娘上厕所，就开玩笑说嫂子还蛮厉害。赵成只是苦笑。见他一副憔悴不堪的样子，我心想这离婚真比打仗还磨人。

　　赵成为离婚而烦恼，我却尽情享受恋爱的愉快。十月份自考早完了，考了四门，每门打个六七十分大概没问题。这样考，顺利的话明年就能毕业。清闲下来后，我每天都给阿卫写信。信不用我亲自寄，给打字员小周妹子就是。她顺路便寄了，而且不用自己数钱。单位所有的信都是在邮电局挂账，每个月统一结算，私人的信也就夹在一起了，也算是一个不上台面的小福利。单位好，就有许多这样的小福利，外面来查，根本查不出的，这就叫公私一体。就像领导用车，你晓得他是办公事还是私事？这里面有个集体腐败的机制。你进了这个机制，就算不贪污不受贿，许多小地方也是不由自主地在撇公家的油。报纸上天天喊反腐反腐，我看不从机制上着手，靠着搞搞道德建设，只怕是一场空谈。

　　这般想着的时候，已经重返工作岗位的赵成走了进来，给我布置了个材料，一副主任派头，绝无私下里的亲密。看着他生硬的背影，我摇摇头，又埋头继续写我的情书。这下半年除了应付工作和看自考书，时间就全花在写情书和跟阿卫通电话上了。办公室的长途电话费一时大增。但大家都用公家电话打长途，谁也不好意思说谁，更谈不上追查了。有次我还寄了首情诗给阿卫，叫作《歌唱我们的爱情》：

　　　　我们的爱情
　　　　总是和一场雨息息相关
　　　　一场雨细致温柔
　　　　我们的说话相互缠绕
　　　　一场雨奔放热烈
　　　　我们的身体相互浇透

而当一场更深的雨降临

我们的心灵战栗

我们的血液燃烧

我们以每一个部位燃烧

以每一种姿势感恩

以发抖的声音歌唱

歌唱雨中

歌唱我们的爱情

我们绿色的、蓝色的爱情

像一些植物生长于陆地和海洋

像一些植物无处不在摇曳多姿

阿卫说她把这首诗贴在床头，每天都要看上一遍，这让我兴致大增，又写了不少情诗寄过去。以前天天泡在一起，倒很少有写情诗的冲动。看来分离并不仅仅使办公室的电话费用上涨，也能够增进创作的数量。

很快就到了春节长假，我回到家里，继续跟阿卫大通电话。她告诉我，今年十月份就去南京大学读本科，新闻专业，已经联系得差不多了。这小妹子以前就跟我说过想当记者，没想到真的付诸行动。心里竟然有点酸酸的。阿卫又问我想不想出来读。我故意口气轻淡地说，等拿到专科文凭再说吧。

那你想好了就告诉我哦。

她的热情实在让我感动。但接下来，这个晚上我心里却一直很酸。连阿卫都能够冲破罗网，按自己的喜好走下去，我算什么？越想越觉得自己没用，但我又不能对家里人说。在老爸老妈看来，一个中专生，能分到地税局，每个月拿一千多块钱工资，够可以的。不要这个工作，那就是细伢子不晓得世道艰难了。

整个假期我闷闷不乐，连惯常的同学聚会都没兴趣参加。我也告诉过自己，要放松，想多了没用。但不晓得怎么了，感觉就是不好，烦躁得很，整天在屋子里踱过来踱过去。

春节长假放到初八。初六上午，电话响了。老姐接的，然后喊我，说是我单位的。我想我又不是领导，不可能谁给我打电话拜年吧。拿过电话，才听了两句，我就断然说，我就过来。

赵成被抓起来了。

事情应该是初四晚上做的。当天晚上七点钟，赵成把她婆娘送到人民医院，说是食物中毒。进了急诊室没一会儿，他婆娘就硬了。医生的结论也差不多，估计是吃的菠菜有问题。现在报纸上不是经常报道菠菜毒人事件吗？眼前就是一桩现成的。当夜赵成跟自己屋里和他婆娘屋里的人打了电话。第二天清早，一帮本想过个吉利年的乡里亲戚乌青着脸来了。赵成痛哭流涕，说那碗菠菜要是自己吃了就好了，自己身体强，兴许还死不了，他婆娘把身体累垮了，怎么经得起？然后他提出拿六万块钱来给他婆娘治丧。其实这就等于送三万块钱给他婆娘娘家的人，因为治丧的话，办得再热闹三万块钱也就足够了。本来有疑心的人，也被这将要到手的大把票子堵住了口。

眼看事情就要了结，人民医院那边却出了岔子。有个年轻医生向法院揭发他科室的副主任医师开假证明，赵成婆娘并非食物中毒，而是死于某种化学制剂。接到检举的那个法官正好是梅新的连襟，行动迅速得很。听说，赵成被抓上警车的时候，直往人民医院那个方向瞪。如果他的眼睛能放箭的话，那个年轻医生肯定被射死了好多次。我晓得他的心情。人算不如天算。赵成策划好了一切，却没想到事情竟然坏在一个小角色手里。

初六下午，我赶到小梁，和老王他们去看守所探望赵成。因为局里跟看守所关系熟，可以直接说话，不用拿支粉笔在黑板上写。赵成状态比我想象中要好，只是不怎么做声。

老王说，老赵，你怎么做这样的蠢事？

赵成只是发愣。

老王又问，那个女的到底是哪个，说出来，你还可以减轻点责任。

赵成苦笑了一下，跟她没关系，是我一个人做出来的。

老王正色说，老赵，你要想清楚啊。

临走的时候，我跟赵成握了下手，他的手是疲软的，全无平时的劲道。

回来的路上，我想，法院怎么没有搜出他们的照片呢？随后便悟通了，照片肯定在钱菲手里。

钱菲只跟单位上的人去看过赵成一次。大家在办公室议论的时候，她只是不做声，神色却没什么异常。我相信这事是赵成自己单干，没和她商量过。我却不相信他竟然会为了钱菲干出这样的事。不晓得老赵是怎么想的？只能解释为钱菲晦气太重，堵死了他的心窍，想问题都想不清白了。

宋光明一直在活动，想把赵成先搞个死缓再说。但这件案子颇有新闻价值，有位记者写了个长篇通讯，在《中国法制报》上发了个整版。在文章中，赵成被描述成一个极端残酷的冷血动物。他婆娘则成了忍辱耐劳命运悲惨的一类中国妇女的典型写照。而那个跟副主任医师有过节的年轻医生，则被赞颂为高尚的人道主义战士。文章的结尾使用了展望式：这件案子到底会怎样审判，凶手会不会得到应有的惩罚，所有富有良知的人们都在拭目以待。

应该承认，这篇报道写得有声有色，某些方面还使用了小说笔法。许多报纸都进行了转载，自然引起了上面一些领导的关注，据说某位省领导还说了话，表示了愤慨。多少比这事大得多的案子，只要没惊动上面，就能大事化了。但赵成活该倒霉，等待他的只能是死刑。

法院宣判的那天，单位里的人能去的都去了。赵成到底是战场上过来的人，还撑得住。他老娘当场就晕了。赵成被押进去的那刻，我高叫了一声，赵主任！赵成眼睛一红，转过头去。宋光明则把烟丢在地上，踩熄，低头大步走了出去。

钱菲一直坐在后面一排靠墙的顶边上。等人群都散了，她还在坐着。我是倒数第二个离场的，本想喊她，但想了想，还是没出口。

赵成这次玩完，宋光明在单位上构筑的坚固堡垒出现了重大缺口。陈向阳灵性得很，这一阵老往宋光明那里跑。他这么明目张胆，估计是得到了梅新的默许，说不定还是梅新在背后指使的。但宋光明没上这个当，最终把保卫股老王调到办公室当主任，另外在保卫股提了个股长。陈向阳以为自己至少会来个副主任主持工作的，这下才明白宋光明是把他看死了。老王跟宋光明也算得上是战友，只不过不在一个连队。虽比不上赵成跟宋光明那么铁，但历来也是同一战线上的人。至于我，工作才一年多，宋光明再怎么赏识，也不可能提我。所以我觉得宋光明的处置很得当，并无不服气之处。单位上有人别有用心地跟我说，小石，这次其实你也可以动一动的。我不做答，只是一笑了之。

现在我操心的是赵成的后事问题。其他都是枝节，主要是他上大学的儿子怎么办？跟钱菲仔细商量过，我们都认为赵成的财产，除了用来办他们两人的丧事，剩下的部分绝对不能落到他亲戚手里，否则他儿子的大学没办法读完。具体怎么办，是个很难操作的问题。我想，只有宋光明能摆平了。

第二天，我特意喊上钱菲，一起到宋光明办公室，把我们的想法说了。宋光明觉得我们的担心有道理，他觉得钱和房子最好由单位来看管，每学期定期给赵成的儿子学费和生活费。等到大学读完了，再把剩下的部分一起给他。怕就怕他屋里的亲戚来吵。这个我倒想好了，对宋光明说，我们先跟赵主任的儿子说好，由他提出来，这样其他人就没话说了。宋光明当时便点头了。

赵成的儿子像他妈妈，有点板。我反复解释他才明白此中关窍，然后就是一个劲地流泪。我想老赵这个儿子将来出息怕是有限，不过这类人有种好处，就是想通了就很坚决。果然，他的那些乡里长辈听到钱不能落入自己掌中，顿时吵翻了天。赵成的儿子却只是一句话，请宋伯伯做主。最后宋光明提出由单位给赵成的爸妈一万块抚恤金。这帮急于发死人财的人还不甘心，老王就在一边吼道，不要就一分钱都不给。宋光明也表示再闹，单位就不管了，然后又说老赵的钱，办了丧事，大概只会剩下几千块。这样搞，你们还不划算。我在一边劝道要为赵主任的儿子着想，这才把他们摆平。

赵成存折上有将近十万块，另外还收了些金器，大概也值个两万块。房子他也买了的，有产权证。办丧事起码要花个三四万。那么现金还有个八万来块，只要不乱花，儿子读完大学绰绰有余。至于房子，等他儿子毕业后，再看怎么处理。要是分回地税局，那是连卖都不用卖了。钱用赵成儿子的名字在建行开了个定活两便的折子，放到办公室的保险柜里。存折密码只有他儿子晓得，保险箱钥匙却在钱菲手里。每年取两次，并由赵成的儿子写张收据，跟存折一起保管。宋光明把这任务交给钱菲，说明他其实也晓得点什么。钱菲只是应着好，说请宋局长放心。

　　这事处理好了，又把赵成送上山，我才松了口气，觉得心里过得去了。赵成做出这样的事，被枪毙是罪有应得。但人总得讲点感情，他对我可不坏。我只希望他来世为人，从小就能吃饱吃好，长大了能如愿找个漂亮婆娘。就这样。

　　这阵子似乎死人特别多，经常看到长长的送丧队伍在大街上游行。现在国家提倡火葬，但在小梁县，只要你有地埋，再花点钱打点下关系，就可以堂而皇之地把尸体抬上山去。对这个事，小梁县的人可看得重。自家父母，在世时可以冷落在一边，甚至还有虐待行为。一旦死了，那就马上变得金贵起来，不但开始猛然记起老人把自己带大如何不易，泪水滚滚而出，而且变得毫不吝啬，大把大把地往外掏钱，开追悼会，办流水席，然后锣鼓喧天地送上山去，好让大家晓得自己是个孝子。新任办公室主任老王就是个这样的人。他经常拖欠赡养费不说，老娘好容易从乡下进趟城，还给脸色看，任自己的媳妇去指桑骂槐，硬是逼得老娘没住满三天，就凄凉地回去了。等到老娘一死，那是满脸悲痛，还主动向乡里两个兄弟提出，要给老娘选块好地，打块好碑，用上好的石头箍起，钱，自己出一半。这事，老王的婆娘大肆宣扬，以证明他两口子对老王他娘是多么的好。在一边听着，我心里很不是滋味。不说别的，老人生前，你就算拿着这些办丧事的钱，给他们买好吃好喝的，对他们好一点，这才是真好。等到死了，再来表孝顺，有什么用？这丧事不是为死人办的，而是做给活人看的。眼前这些号哭的孝子孝孙，也不晓得有几个在死者生前真正对他好过。我操，太虚伪了！

　　送丧队伍一般都有百来米长。主体部分是一队穿红着绿的妇女，年纪从三十岁到五十岁不等。有一半腰上都别了个红色锣鼓，另一半则双手持彩扇，完全是一副欢庆佳节的态势。走在最前面的居然捧着个亮得耀眼的铜号，旁边还有个四十来岁的妇女拿着哨子在吹。只听得锣鼓声咚咚地响。持扇的人左边挥一下，右边舞一下，时不时还要扭一扭腰。那哨子也吹得有节奏。队形在哨声中不断变换，居然训练有素的样子。这可是专门的送丧队，全部由下岗职工组成，生意红火得很。

在漆得油亮的棺材前面，往往还搞了个喇叭，里面放的是《在希望的田野上》之类，也不晓得死者去后能带给他们什么希望。这还算好的，赵成上山的那天，居然放了首黑豹的《无地自容》，搞得我怒火万丈，去质问放喇叭的人。对方是个年轻农民，居然满脸堆笑地说，这蛮好，蛮热闹。气得我没话说。有次看着列长队锣鼓喧嚣地穿过老城门洞子，我突然明白了什么叫红白喜事。既然是喜事，只要热闹，出彩，就很好。看来我还没有一个农民那么认识深刻。

看到送丧的，就想起老赵，心情未免有点沉重。路边有个戴眼镜的男子捧着个小孩在屙粪。这在平时，倒也看惯了。但现在，不晓得怎么搞的，火气特别大，我恶狠狠地瞪了眼镜货一眼。眼镜正好看着我，马上把目光调到一边去。他根本就不跟你计较，你有什么办法？小梁城里每时都有小孩在路边屙粪撒尿，每刻都有人往路边倒垃圾，你奈得何？他们要糟蹋自己住的地方，你就算把眼睛瞪脱，也没半点作用。几乎有点绝望，我不想回办公室了，就在附近找了家网吧，钻了进去。

网吧是今年才在小梁县出现的，短短几个月，就遍地开花。在这里面玩的基本上是些学生伢子，他们除了玩游戏便是聊天，除了聊天就是玩游戏。我对游戏一点兴趣都没有，聊天，也是阿卫硬要给我申请一个QQ号码，我才上去聊了两回。说真的，我不觉得其中有什么意思，都是些无聊的口水话而已。相对于聊天，我宁肯写信。这上网对我来说，最大的用处就是浏览各种信息。在网上我看到余杰又出了一本新书，而比我小的韩寒又在放言高论，对当前的教育制度猛烈开火。一个十八岁的中国少女已经实现了自己的梦想，在罗布泊打了个来回，正准备出本《生死手记》。看着看着我心里就不安分起来。石穿，你看看你自己，在做些什么？再不努力，就晚了！

就这样，我上网也没上出个好心情。出来后，没看到黄包车的影子，只有慢慢走了回来。

听说小梁县城要禁黄包车了，全部改作出租车。

再过得两天，又听说那些踩黄包车的，大概有百来号人，跑到运管所示威。所长根本不露面，似乎不把这些苦汉子放在眼里。结果运管所的门都被冲烂，办公室的窗玻璃大部分牺牲，所长被堵在里面挨了一顿猛打。最后还是人民公安起作用，呼啸着冲进来，对着打人的那几个，一个头上一警棍。警棍可是带着阴劲的，一棍子下去，起码要来个脑震荡，充分体现了人民民主专政的威力。

这事被迅速弹压下去，而且禁止任何报道。那些有点积蓄的还能再借些钱，凑齐了搞个出租车开。买不起的只有坐在屋门口对着无所事事又卖不出手的黄包车叹气流泪。总觉得政府做得过头了，黄包车体现了小城独有的悠闲韵味，为什么不让踩呢？不是说要把小梁发展成旅游城市吗，这可是一种特色，别的地方恢复还来不及呢。越想越觉自己有理，我写了篇杂感，自己动手打印了两份，同时给《昭市日报》和《今日女报》寄去。

没过多久，全国大搞"三讲"，人人都要讲学习，讲政治，讲正气，还须动笔写心得。县里统一规定，凡是行政事业单位，每个职工均要交心得五千字笔记三万字。有些人一辈子也没写过这么多字，不知如何下手，便来找我帮忙。

你还写什么写，直接从报纸杂志上抄不就行了？

那要抄得一模一样呢？

你改一下标题就行了，哪个会认真看你的？

来问的人恍然大悟，赶快去找报纸杂志。这阵子单位阅览室生意突然红火起来，有些人几年都没进去过，现在则整个上午都泡在里面，真的是讲学习了。像《求是》之类的杂志，平时都是蒙了一层灰的，这下竟成了抢手货。有些文章写不顺的人交来的心得，居然有中央大理论家的水平，真令人佩服。至于我，除了写自己的外，还要替宋光明和老王当枪手。你悟起我真的会写？其实呢，通通都是从网上下载，然后在电脑上剪切粘贴一番，可谓博采众家之长。别的倒还罢了，宋光明的发言材料，乃是一个省委书记、一个中央党校研究员、两个省地税局局长心得的综合提炼，理论水平当然高得惊人，在县里还评了个二等奖。至于一等奖，当然是严师道他们这些处级得了。你宋光明一个正科级，文章再好，也只能是二等奖。你要真把一等奖授给他，他只怕还诚惶诚恐，不敢接受。这就是政治啊，你想想看，能不讲吗？

这"三讲"足足搞了个把月，终于到了回头看的总结阶段。宋光明将全局的人召集在一起，满面红光地做了长篇发言。应该承认，他中气足，声音里带铜音，压得住场，不像梅新，细声细气，像个太监。看到他高坐在台上，方面大耳，满口理论名词，很容易让人生敬畏之心的。为什么现在会多？不开会，哪来这种一人在上百人聆听的场面，权威又何以体现？只是在我这种晓得底细的人心里，却觉得好笑。那发言稿是我炮制的，还被他念错了几个字，只是大家慑于宋光明洪亮的声音，没听出罢了。

宋光明发完言，便是梅新说话。梅领导呼吁大家要在宋局长的领导下，团结一致，按照"三讲"的指示，争取把工作提上一个新的台阶。

然后他又话锋一转，满脸义愤地说，现在有些人在散布一些不好的言论，说什么"三讲"其实是讲权力、讲金钱、讲女人。大家听听，这是什么话？这是没有丝毫的政治觉悟。对这样的人，你不跟他讲学习、讲政治、讲正气，只怕要堕落成反动分子。所以说，"三讲"不是讲这么一下，而是要年年讲，月月讲，天天讲。

我在底下听着，停住笔，不记了。看看旁边，钱菲正在眯着眼打瞌睡。自从赵成走后，她人似乎老了很多，但那头发居然染成时髦的金黄色，可见心还不老。只是单位上每有替她做介绍的，她总是反应过度地说，我不要。这个人的心态复杂到无以言喻。我看她其实很需要"讲爱情"，可惜爱情被她从心里面堵死了。

散会后，梅新要我到他办公室去一下。我不归他主管，找我什么事？本想不去，但觉得毕竟是一个单位的，撕破脸到底没必要。把会议记录本放回办公室后，我还是去了一趟。

见我进来，梅新脸上堆砌起一些笑，还起身给我倒了杯茶。他不像宋光明。宋光明对不喜欢的人，从来就是不假辞色。梅新却是对哪个都一味讲客气，不过突然变脸的时候除外，所以很多人说他假得很。

寒暄了几句后，梅新拿出一张报纸，小石，恭喜你，在省里发文章了。

我起身接过，居然是写换车的那篇，《昭市日报》没看到发，《今日女报》却登了。

这阵子忙得很，没注意这些。

这篇文章，写得好的。

我淡淡地说，领导过奖了。

连吴县长都看了这篇文章。

是吗？

梅新盯着我，笑容开始凝固，眼睛里有两根针在闪耀，《今日女报》是全国有影响的报纸，政府领导都很关注。吴县长还特意说了，你提的意见很好，但也要注意维护小梁的形象。尤其是现在县里要搞明星演唱会，全面宣传小梁县，有些情况，不要随便捅到外面去。

我没有捅到外面去。我是在中国的报纸上陈述自己的想法，这有什么不对？

梅新一时语塞，眼中有怒意一闪而过，但他忍功好，只是加重了语气说，小石，你还年轻，有些事要往深处看。

嗯了一声，我想起身，他却还东拉西扯了几句，才放我走。

事后，我听说吴世美打电话给宋光明，指出像石穿这样的人，不宜搞跟意识形态有关的工作。宋光明只是听着，没表态。过了一天，老王找我谈话，要我把精力放到工作上来，不要去写那些东西，少给领导惹麻烦。

我只是听着，最后很真诚地说，干脆给我换个岗位算了。

老王蹙起眉头，你不要说赌气话嘛。宋局长是保你的。

我不是赌气，我是觉得应该去搞搞业务。

现在局里不缺搞业务的，就缺笔杆子。办公室是要害部门，别人想来还来不了。你要体会领导的用心。

我无话可说了。

也许是忙于搞演唱会的缘故，吴世美并没有继续追查石穿是不是受了应有的处罚。我乐得无事。大专毕业的手续也早已办好，心里是难得的轻松，静待城庆。让我微觉不爽的是，金田乡舞弊的那小子，居然和我一起毕了业。他是没看什么书的，我是辛苦用功，结果却一样，实在让人心理不平衡。

说实话，这次县里搞活动，宣传工作很到位。在报纸上、电视上，以及巡查时，县里的领导们都深刻地指出，这是把小梁县推向外界的一次重大契机。活动内容主要有两项：开明星演唱会，搞产品交易会。吴世美管宣传，主抓明星演唱会；严师道负责经济，便抓产品交易会。一开始县报上的报道还算全面，县电视台则只看到播放有关明星演唱会的花絮。严师道不干了，在常委碰头会上当面质问吴世美，产品交易会就不重要了？经济搞不上去，你吃什么？吴世美把责任推到电视台，说要好好追查一下。严师道却冷笑道，你怕要追查一下自己。

张书记只好出来打圆场，说都是为了小梁的发展，都重要，并当场打电话给电视台领导，训了他们一顿饱的。严师道却表示这工作没法做，自己能力太差，请求换将。他嘴里说着是换自己，其他人都明白他想换掉谁。晓得他的脾气，张书记只好让电视台台长停职反省，副台长主持工作。台长在背后不骂严师道，却一个劲地操吴世美的娘，并猛然醒悟到紧跟领导太蠢，你替他流血流汗还要做替死鬼，实在不值得啊。他到处对人宣扬这重大发现，听他口气，似乎大有重新做人的决心。只是没过几天，他又上蹿下跳，打算换个单位，谋个局长当当。

演唱会定在十月八号，这日子，可是县委常委们反复讨论才定下来的，据说还请了几个高人算过，都说这是个难得的良辰吉日。定好之后，才有人想起了应该去问问气象台台长。台长说那几天有晴有雨，很难说。领导们信心十足地说，肯定天晴，肯定天晴。

还没到八号，小梁城里便热闹起来，寥寥几个宾馆根本挤不下。县里领导开始动员机关干部，在家里开辟临时旅馆。

产品交易会在十月七号开。是个嫩阴天，天空像块打湿的绸布，随时会渗下水来。不过我有种预感，不会落雨，所以没带伞便去了广场。那里到处摆着包装好的卤菜，支着许多产品介绍牌，还站着不少促销小姐，穿的衣服很好看。场内秩序不错，来看的人也很多，但没见到几个外地客商当场下订单。

小梁县产的卤菜本来很不错，但外面的包装，就两个字：寒酸。我要是外地客商，就算晓得里面的东西好吃，看那包装，也不会买的。东西好还要包装好，我就不信那些做卤菜的不晓得这道理。一句话，舍不得。又想挣大钱，又不愿把成本下足，总是要出不出，这种古怪心理，我在小梁见得多了。转了一圈，我就意兴索然，打道回府。在单位停车场边碰见宋光明。他夹了个包，眉头紧皱，对我视而不见，让我觉得有些纳闷。

这天傍晚，我才晓得，县政府那些搞后勤的做鬼事。本来说好凡是住在小梁宾馆的统一开餐，连开餐费都收了的。结果就供应了一个早餐，到了中午，餐厅里连个卖白饭的都没看到。几个级别比较高的干部当然不愁，本来他们就有县里领导陪，不在这吃。只苦了那些一般领导，纷纷去找小梁县本系统的头目，问是怎么回事。

地税系统主要是市里来了一个正局长，几个科长，再就是邻县过来几个局长。局长是正处，有县里领导陪。几个科级只有找宋光明了。宋光明打电话找后勤组的人，结果个个都玩失踪。他气愤不过，忍不住当众大骂组委会，为了多赚万把块钱，就干出这样的蠢事。他骂的时候，我正在旁边张罗酒席，解决那些科级的吃饭问题，却还不敢相信这是真的。那些人真的会做出这样的蠢事？

吃饭当然要喝酒，喝了酒说话便放得开。何况一桌人除了我跟老王，都是科级，谁也不用顾忌谁。市地税局办公室主任喝了几杯，一张团团脸在灯光下红灿灿的。拍着宋光明的肩膀说，老宋，不是我讲怪话，你们小梁人太不会办事。我总结了，有两条：一条就是老以为自己在封建时代是个州，比别的县地位高些。总是沉醉在过去，关起门来称王，结果现在周边几个县都比你们搞得好，一年的税收比你们多几千万。你们还不服气，总是以为别人报假数；第二条就是目光短浅。就说今天这个事，无非是多赚了万把块钱，但名誉坏了，以后哪个还肯到你地盘上来？我晓得，这肯定不是你们县领导的意思，是部门利益。但这也体现出你们小梁人不抱团，只管打自己的小算盘，不为小梁的长远发展考虑。你说对不对？

说完了，这主任哈哈大笑，又开始灌酒。有今天的事摆在这里，宋光明再怎么热爱小梁，也没法反驳，只有一笑，仰脖把一杯酒灌下去。在一边，我简直想喝彩，觉得到底是市局的办公室主任，一针见血，有水平啊。

这餐我也喝了几杯，回去倒头就睡。第二天睁开眼，已是八点了。打开门，心里便喊了声不妙，外面竟然落着毛毛细雨。我一边往对面的粉店里奔一边祈求不要再落大了。吃完饭，就在路边等出租车。今天的出租车可俏得很，过去十多辆都是载了人的。好容易等到一辆，司机却要五块钱。五块就五块吧，不过是多了两块钱而已。一边关上车门我一边说，你随便提价，就不怕罚？

开车的师傅哼了一声说，怕个鸟！哪个不趁这机会多捞几个？

不做声了，我扭头去看窗外。雨似乎大起来了。

演唱会放在开发区新开辟的大广场举行，再走五分钟路便到了。这广场号称容纳万人，大是够大，但还没搞好，只不过是把土压平而已，其实是个超级大黄土坪。场外用油布绑在铁管架子上当围墙，让人疑心里面来了个马戏团。进场的时候，门外挡了不少闲人，都是不买票就想进去的。

守门的一脸不屑，去去，花不起钱就不要来看。

那些人也不恼，只是笑笑的，探头探脑往里面张望。

进场便看见一排一排的高脚塑料凳，用横木固定了。整个看台布局不是前低后高，而是一展平。见这样子，心里觉得有点不妥，但不妥在哪里，又说不上来。管它呢，先找到座位再说。

我的座位在 B 区，比 C 区稍好一点，但离台子也远。好在我有个单筒望远镜，真正军用的，距离再远也不怕。把在门口领的简易雨衣套上，专等节目开场。

人差不多来齐了，一眼望去无数人头。这才发现前面的人只要上身长一点，视线就会被遮住。要是站起来，那又势必挡了后面人的视线。只有扭着身子看，怪不舒服的。再就是过道里居然不站武警，就台下横了一排，场后面围了一排。大概是等万一乱起来，好来个前后夹攻吧。只是中间的空当太大，怕来不及哦。

台上张书记正在致开幕词，说了足足有十分钟。底下的人听得不耐烦了，有人便怪叫。等到武警赶来，那声音早就消失，根本找不到人。好容易等开幕词说完，又宣读来电。我旁边有人开玩笑说，要么就来人，来什么电喽。

好容易又等电来完，主持人才出场，是湖南卫视的两位主持，全国有名的，李兵和李湘。底下有人喊，兵哥！还有些年轻男女发出激动的叫声，李湘，我爱你！台上两位满脸笑容，一口一个小梁的朋友们好，哄得台下的人脸面生辉，以为这二位真的拿他们当朋友。

首先是大型歌舞，本地的演员，人多而已，没什么看头。接着是几个要红不红的二流歌星出场，小梁人没见过什么世面，都激动起来，给予了热烈掌声。这时雨越下越大，不少人撑起了伞。立刻有人叫，不准打伞！但叫归叫，打开的伞仍是我自岿然不动。被挡住视线的人便从后面抓起沙土往打伞的那边扔。一时叫骂声四溅。但沙土威力不大，又有雨衣护身，那些打伞的先行者们发扬挺住就是一切的精神，终于稳住阵脚。打开伞的人越来越多，没带伞的人无法，只有站起来。这就像打伞一样，会产生连锁反应的，最后个个都站起了。大家都站起跟大家都坐下，效果一样，个子矮的反正吃亏，于是有人站在凳子上。第一个上去的被周围的人轰了下来。但这种英勇行为很快得到仿效，有些人唯恐天下不乱，站上去又被轰下来，轰下来又站上去。最后那些主持正义的人士自己也上去了。也有不肯这样做的，只有小声咒骂。等到后面的武警赶来，轰下这边，那边又站上去了。其实早就应该站在过道里，看到一个拉一个。现在说什么都晚了，警力配备严重不足。后面一撤防，外面那些等着白看戏的便冲进来，堵都堵不住。

场面越来越乱。还好，这时杨钰莹出场了，大家的注意力被吸引了过去。雨很突然地小了一点，杨钰莹说，还是我厉害，老天爷都给我面子。

底下一片欢笑。这玉女派掌门人就是有水平，声音甜得出蜜，把小梁人黏得晕晕乎乎。她唱了《茶山情歌》，唱了《风含情水含笑》，还唱了《月亮船》。歌声柔到极致不说，连举手投足之间都仿佛是在向你示意，要你去怜爱她。什么叫天生尤物，这就是。

突然，有个青年男子钻了个空子，爬上台去，搂住杨钰莹亲了一口。全场立刻轰动起来。马上有武警冲上去把人带走。我在望远镜里看到那男子满脸自得，还向底下挥手。估计这是他有生以来最大的壮举，怕是要让他得意许多年的。杨钰莹一点都不露恼色，只是笑，然后继续唱，果然是大场面上的人。

那些免费冲进来的人都是没带望远镜的，为了更清楚地瞻仰杨大小姐的风采，一路冲到贵宾区。买票的人当然愤愤不平。见喊不住，也往前面冲。全场顿时大乱。有人把横木踩断，提着凳子到前面去找空当。坐在贵宾区的都是讲身份的人，哪会跟后面冲上来的人争，纷纷离座而去。马上有人来劝他们，但哪劝得住。实在看不下去，我心里说了句，真的是出丑，便先走了。

听说，最先离场的是市委书记，出来后坐上小车就要回去。书记、县长马上坐车去赶。冒着翻车的危险，这两位命令司机把油门踩到最大，提前五分钟赶到了出城的十字路口上。两个人也不撑伞，站在路口。市委书记看到这二位落汤鸡似的站在那里，一脸惶恐，心一软，说了句，天不从人愿啊。

确实是天不从人愿。第二天便放晴了，阳光灿烂得很。大家摇头叹气，说小梁没时运，似乎责任全在老天爷身上，自己并无过错。倒是严师道在总结会上大骂后勤组，说他们是杀鸡取卵。这样子下去，哪个还敢来？吴世美辩解道，他们也是好心办坏事，想为县里多抓点收入，出发点还是好的。最后两个人是不是辩出个是非好丑来，我就不知道了。反正严师道还是抓他的常务，吴世美还是继续管他的宣传，那些搞后勤的还是搞他们的后勤。过了个把星期，《昭市日报》第一版上便出现关于小梁县城庆的报道，无非是各级领导出席，群众热情高涨，演出精彩纷呈，取得了圆满成功云云。

国庆后，阿卫进了南京大学。为什么不是九月开学的时候进去，我也搞不明白。进校的第一天，她便给我打了个电话，欢呼又回到了校园时代。她的声音透着无限喜悦。这是从心底深处发射出来的，尽管相隔千里，我还是能强烈地感受到。除了祝福，我没有别的好说。我只是觉得自己好糟糕，也许比小梁更糟。在很多人眼中，我单位好，还能在报纸上发表作品，够可以的了。但我的自我感觉从未好过。我甚至羡慕那些很容易就能满足的人。可惜我不是。只要想到有可能在这种小地方平庸地度过一生，我便有种深深的恐惧感。这种恐惧不可言说，我只有独自面对它，并尝试着摆脱，像一个人在黑夜里摸索，试图找到一条前头有点亮光的小路。在朦胧中我感觉到，也许，阿卫能帮到我。

没过多久，我收到了一封信，南京来的。摸了摸，觉得有点硬。不晓得为什么，我没有立刻拆，而是把它带回了宿舍。关上门，用小剪刀先剪去边上一角，再顺着封口剪开。抽出信，是一份招生简章。南大作家班，两年制，本科。有大专文凭者皆可应考。每学期六千块，不包食宿。发正式文凭。简章后面用彩笔画了个女孩，背着双肩包，对我伸出一只手。这画，笔法稚拙，但画出了阿卫的神气来。我似乎看到她对着镜子边看边画。

整个晚上，我都没睡。第二天，我跟阿卫通了电话，告诉她会报名。我努力说得很平淡，但心里晓得，我是在做出一个重大抉择。

我不打算现在就告诉家里。

考试在一月份，有写作、文学、汉语知识、哲学四科。除了备考外，我对其他事情都不再关注。看书，做题，我都是在一种隐秘状态下完成。每天早上五点，我就爬起来，抹把冷水脸，开始用功。这在以前，根本不可想象。甚至我考中专时，也没这么发狠。我开始领悟到早起的好处。别人都还在梦中，你便开始工作。等到别人睡眼惺忪地起来，你已差不多完成了一天最要紧的事。这种感觉，真好。

时光在轻快地滑过。十一月的时候，人大代表换届选举。首先是单位选人大代表。宋光明也不开会，就把大家喊到坪里，排成三队，自己站在前头，主持选举仪式。老王第一个举手，喊道，我选宋局长。马上一片响应，手接二连三地竖了起来。我看到梅新也满脸堆笑地举起手来，大概他也觉得选一把手做人大代表是天经地义。宋光明一笑，又选我啊？大家不容他谦虚，一致通过，然后作鸟兽散。

宋光明这阵子老是往下面跑，督促收税，令底下的人分外感动，纷纷说，宋局长，你亲自来，是对我们工作的重视啊。

本来往常的年底收税，都是管业务的副局长打先锋，宋光明只是坐镇后方。这次如此卖力，估计是跟明年政府要换届选举有关。明年严师道很有可能当县长，宋光明要是想再进步，今年的工作成绩就是关键了，所以呢，你要他休息一下都不行。

今年县政府的宏伟目标是争取财税过亿。报纸上、电台上天天都在说这事，每个领导都在关注这事，似乎不过亿天便会塌下来。也怪不得他们，上头考察你，就看 GDP，你能不重视？中央年年要求保增长，底下就拍着胸脯做保证，好像当年放卫星一样，唯恐落到别人后面。别的县我不晓得，小梁县的经济一年比一年不景气，很多单位工资都拖了好几个月没发，国民生产总值却一年比一年高，不晓得是怎么高起来的。好在数字这个东西写起来不费力，随便添个零立马就大了好多倍，只要哄得上面开心就行。你要是说这些当官的没费力，那也是太冤枉他们了。你看那些农民，大多是穷垮了的，还被他们放到油锅里榨，只想多榨几个钱出来。只是小梁县财源太少。讲到企业，企业都是要倒不倒，时常有退休工人到县政府门口静坐，要求补发拖欠的工资。讲到农业，农业更加没戏，一个乡要养百来号乡干部，还有什么钱贡献给国家？讲到做生意，小梁本来就吸引不了外资。本地人做，都是小打小闹，不成气候，而且善于偷税漏税。这纯粹是巧妇难为无米之炊。严师道管经济以来，干的其实是拆东墙补西墙的活，能支撑到现在，也算他有狠。

转眼到了十二月三十号，这是见分晓的时候。局里开了两辆车，一路冒烟地飙到人民银行。我也挤在里面，还夹了个包。包里装着十二个红包，是打点人民银行领导和会计国库股经办人员的。还没到七点，人民银行的坪里便挤满了车。会计国库股的营业间本来还算大，这下却几乎被撑破。各个单位的人都拿着拨款书往里面冲。人行就把营业间的门锁了，只放财政、国税和地税的人进去。有个县一中的人也想混进去，却被会计股长挡了出来。这股长蛮年轻，刀脸白净，却弓起个背，镜片后面闪射出两道寒光。他说得很客气，请你出去。

一中这位也是戴眼镜的，立刻鼓着白多黑少的眼睛，咆哮道，等你崽伢子考初中喽！

咆哮归咆哮，他还是被挡了出来，站在柜台边，横眉看着里面的会计股长。不过他的威胁也还有点作用，手上那叠拨款书很快就递进去了。

七点半的时候，严师道大驾光临，在人行二楼的办公室坐镇指挥。此人脸色黝黑如乡下老农，大背头却梳得一丝不苟，穿着中山装，风纪扣把领子严严实实地系住，在满屋西装中显得很另类。他稳稳地坐在那，不太说话。别人敬烟也不要，却从自己口袋里拿出一盒"芙蓉王"来，抽得很专注。偶尔眼珠子一转，就现出锋芒来。只有一个晚上和一个白天的时间，他要调度起所有能用的资金，完成今年的宏伟计划。往年宋光明总要留个百把万摆在过渡户里，以备不虞，这次他倾其所有，没有留一手。对此，严师道知根知底，很满意。国税局局长却没如期完成任务，结果被严师道骂得厉害。

严师道骂他时居然嘴角带着一丝笑，看你肚子也有个米缸大，是吃了些屎还是吃了什么？你现在栽起个脑袋站在这里有卵用？平常看你牛皮吹到天上去了，到了关键时候就拉稀。你讲你还有什么脸站在这里？

国税局局长，也四十多岁的人了，平时威风得很，经常昂着脑袋看着天上，现在勾个头站在众人面前，被严师道骂崽一样地骂，眼睛居然红了。宋光明在一边坐着，脸色严肃得很，但嘴角处却有一丝压抑得很深的笑容。这笑，你甚至根本看不到，只能感受到它确实存在。

我也想笑。笑这些平时在小梁有头有脸的人，此刻像孙子一样，在另一个更有头脸的人物面前听训。怕自己真的笑出来，趁大家不注意，我偷偷地溜了出来。外面冷，但空气清新，深深地吸了一口，我努力把体内的浊气吐出。

这次财税入库，尽管严师道挤油一样，还只搞了不到九千万。最后只有去做人民银行的工作，在记账时玩空转，同一笔钱进去又出来，出来又进去。千把万，很容易变出来了，账面上便有一亿多，好看得很。这个数字报出来后，我听到满屋的人在内心里都长长地吁了口气。

任务出色完成，宋光明心情好得很，显然是得到了很有分量的表扬，甚至是某种许愿也说不定。有次去他办公室送材料，宋光明没头没脑地蹦出句，小石不错，好好干。

哪里，还要宋局长多关照。

我望着宋光明笑，然后退出，轻轻掩上门。出来后，脸上的笑凝固了，心情有点复杂。

本来领导特意说了这句话，就表示着你有进步的希望了。可是这一切对我来说，都已毫无意义。就算今年给我提个副股级又怎么样？就算我坐到严师道那个位置上又怎么样？还不是整天想着怎么糊弄上面的领导和下面的群众，在虚情假意和阴谋诡计中周旋，有什么意思？我不想在这个大铁笼里混日子了，我要踢开笼门，做自己喜欢做的事。我可不想将来所收获的只是一筐无聊和后悔。

我请了十天假，前往南京。阿卫在那边安排好了一切。

考试其实是次要的，关键是要拜访有关人士。首先是阿卫为我引荐了她的伯父，一个中年白头的教授，新闻系的系主任。再由他请了几个关键人物，都是些儒雅矜持之士，看上去崖岸高峻得很。但吃了餐饭，喝了通酒后，一个个都显得和蔼可亲，对我带过去的诗歌大加褒扬。没想到印成铅字的作品能帮我这么大忙，看来有些人急于发表，也是有他们的道理。

一切都打点到位后，我和阿卫就在城里闲逛。南京不愧是六朝古都，那种悠扬气韵，随处都能感受到。我们在莫愁湖边漫步，在雨花台上蹲在地上寻找那些幸存下来的精美石头，在明孝陵的那些石像间跑来跑去捉迷藏。离别的时候，阿卫送我上了火车。一直到汽笛拉响她才下去。火车徐徐启动的时候，她还跟着窗口跑动着，挥着手喊道，石穿，我等你！

看着她的身影越来越小，很快缩成一个小黑点，接着消失，我缩回头，把身子在卧铺上伸长。说不出的疲倦涌上来，我这才感到好累。

这个冬天比较暖和，甚至到过年，都没有下雪。没有雪的冬天，简直不像冬天。过了年后，就是县政府换届选举。出乎意料，坐上第一把交椅的不是严师道，而是管党群的副书记，吴世美居然接了那个副书记的位置，排位急剧上升。那些晓得内幕的人却一点也不奇怪，他们以淡漠的口吻说，这是肯定的，老严不讨上面喜欢。

严师道没选上，便不会再待在这里。很快，他的任命来了，是到更西边的一个县当常务副县长。看来上面用人也蛮有一套。你确实能干，那也用你，但就是不让你更上一层楼，永远当你的救火队长吧。

严师道走的时候，宋光明去送行，喝得大醉而归，跳起脚骂上面的娘。很少这么当众失态的。一个素来持重的人突然这样，只能说明他没了主心骨，再不能把持。对他，我本来一向敬畏，但看到现在的样子，我陡然发现他其实也有很脆弱的一面。

待在机关里的人，是最会观望风色的。连我都看出不对来，其他人，更不用说。大家对宋光明的态度，顿时微妙起来。陈向阳甚至在公开场合议论，说老宋为了讨好严师道，把钱都交了上去，害得大家过年都没什么钱。说完，他就扶了扶镜框，一脸冷笑。马上有人附和。令我惊讶的是，老王也混迹其中，虽不做声，但微微点头，似乎在表明自己的态度，以便日后与宋光明划清界限。

半个月后。清早。一辆检察院的车子开了进来。宋光明正从楼上下来，办公室都没进，便被带了上去。局里立刻炸开了锅，大家都不办公了，跑到坪里议论纷纷。梅新也不制止，只是蹙着眉头。看那样子，我怀疑他早就晓得这事。倒是华少龙提出去检察院打听打听。梅新这才猛醒似的，要老王派车。

下午，梅新主持召开了紧急会议。我注意到他还是坐在老位置，只是说话的口气变得强硬了。关于宋光明，他只是简略地说是挪用资金，大概有一百来万。底下的人一片惊叹。等到惊叹声平息下来，梅新要求大家沉住气，不要乱讲。又说虽然一把手出了事，但班子还在，一切都照常运转。看他那副嘴脸，似乎已经是一把手了。如果赵成还在，一定会和他顶起的。但现在局里，找不出这样的人了。连华少龙都只是默坐在一边，没表情。

宋光明这一落难，便显出老婆的重要性来了。魏姨全然忘了宋光明经常干些对不起她的勾当，憋足了劲，到处找关系。县里的领导个个都找到。她一把眼泪一把鼻涕地哭诉，说老宋干了这么多年，没有功劳也有苦劳。那笔钱又不是他贪污了，是你们领导要他拿出来救急的，要怪也不能怪他。领导们生怕她再说下去，连忙劝住，并保证会调查清楚。

魏姨说得对，宋光明挪用那笔资金，是为了修县政府招待所。严师道虽然走了，不少当事人可还坐在那里。吴世美当时不管钱粮，不太清楚底细，光凭梅新的一面之词，就想利用这事把宋光明往死里搞。搞了半天他发现搞不落，背后总有人在挡着。他是刚上位的人，还没坐稳，当然也不敢太用强。这事，最后只有不了了之。

宋光明不明不白地被抓进去，又不明不白地被放出来。他扬言要告到市里去，要死大家一起死。本来上面的意思，让他提前光荣退休算了。但怕他真的去闹，考虑了一番后，还是把他调到国税局当局长。地税这边，由梅新主持工作。

虽然没搞垮宋光明，但梅新到底在地税局称了王。他还是一副笑脸，然而动不动便拉下脸的次数增多。我晓得，我的日子会不好过了。果然，在一次大会上，梅新突然不点名地说，有个别年轻同志，好出风头，心思没完全放在业务上，喜欢写一些跟工作无关的东西。

听到这话，我当场就把椅子摔在一边，冲了出去。不防我有这一手，梅新顿时愣在那里。

会后，老王找我谈话，要我忍耐一点。又叹了口气，他说，这是没办法的事，三十年河东三十年河西。

看着他那副两面做人的嘴脸，很想一拳砸过去，打他个口鼻流血，但我忍住了，只是微微冷笑，不做声。

最高领袖指明了风向，自然会有人跳出来咬我。首先是舆论。说我非常高傲，看不起大家，连麻将都不打。有些平常对我很热情的人，见面顿时没了笑容。当然，也有些看不惯梅新的人，私底下跟我议论，说那样的阴险鬼，不要怕他。华少龙也特意找我谈了次话，拍着我的肩膀说，老弟，没有过不去的坎，不要放在心上。

确实，没有过不去的坎。我工资照领，饭照吃。陈向阳一遍又一遍地打回我的材料，我干脆不写。梅新把我找去，问我怎么回事。

我横着眼睛说，我水平太差了，陈向阳水平高，要他写去。

对你，就要严格要求。你坐在这个位置上，就要写。

　　这个位置你要别人坐吧，我坐不落。

　　没想到我这么无所谓，梅新口气缓了下来，小石，你还年轻，不要太意气用事。

　　我没有意气用事，我是实事求是。

　　梅新板起脸，要我回去好好想想。

　　走出去时我门都没带。那边钱菲正好过来。看到我，她眼睛便转到一边去了。我也把头一扭，装作没看到她。这臭婊子，真是欠操。本来我的心境比以往要平和了许多。但现在，激愤又重新控制了我。心里一股天大的火，如果不是还有个目标，我真不晓得自己会做出什么出格的事。

　　办公室现在成了陈向阳的天下。老王虽然在梅新面前跑得欢，但这样的贰臣，终究不受人信任。经费和车辆，逐渐转移到陈向阳手里。手中有权，鼻孔出的气都粗些。除了在梅新面前保持谦恭外，陈向阳对谁都摆架子，连在华少龙面前，也一副平起平坐的态势。但局里的人都吃这一套，假如你掌了权，还一副谦卑的样子，那倒是不正常了。那些以前喊他做陈向阳的人，现在都是一口一个陈主任。连钱菲也是这样，喊得亲甜。我在旁边听着，浑身起鸡皮疙瘩。其实梅新和陈向阳都想把我踢出办公室，理由是现成的——我写换车的那篇文章梅新还收在抽屉里。但一时半刻找不到可以顶替的人，所以他们才暂时按兵不动，单等八月份有大学毕业生分配下来，就把我换掉。

　　强忍住心头焦虑，我闷不做声，只是竖起耳朵等南京那边的消息。我开始变得沉默寡言，连跟同事都很少打招呼。华少龙又喊我去谈话，给我鼓劲。我明白，他是在扩建自己的班底，好跟梅新大干一场。我嘴上应着好，却只想捂住耳朵。我真想告诉他我已厌倦了这种游戏，但时候未到，我只有强作微笑。

录取通知书来了之后，我回了一趟飞龙。先是找到老舅。他忙得很，人却胖了点，不像以前那么精瘦。

把通知书递给他，我说，舅舅，你要帮我做一下说服工作才行。

老舅仔细地看了一遍，然后注视着我，你悟清楚了？

悟清楚了。我要走自己想走的路。

学费没问题？

没问题，我这两年攒得很。

他默然了许久，拍拍我的肩，你在那边的情况，我也晓得一些，基本上不是你的问题。幸好还年轻，到外面闯闯也好。

谢谢舅舅。

出乎我的意料，老妈听说我要去上大学，没有立刻嚷起来，只是坐在沙发上，发了半天的愣，然后叹了口气说，我晓得，你不上个大学，是不会心甘的。只是现在工作难找，你读个大学出来，不一定找得到个好工作。

见她瞬间似乎衰老了一些，我心里也难过，拍着她的手背说，老妈，我都这么大的人了，自己路，就让我自己走吧。

她看着我，眼神一半是无奈一半是怜爱。

回来后，我大摇大摆去找梅新，把辞职书甩在他桌上。硬着脸看完，他半天没做声，最后说了一句，先放到我这里再讲。

出来后，我揣摩着他的语气和神情，总觉得不放心。再往深里想，猛地就打了个激灵，我意识到他会卡我。努力使自己冷静，我觉得当务之急便是把档案拿到手。档案归钱菲兼管，明着问她要，是绝对行不通的事。一想到梅新很可能在打电话指示她卡住我的档案，我头上便直冒汗。我恨自己为什么事先没有考虑周全。一想到有可能会功亏一篑，我就脑袋一炸，什么也不顾了，一头闯进总务室。

钱菲正坐在那看报纸，见我扑面而来，伸手戳向她的腰间，顿时脸色都变了，说小石你干什么。我根本就不回答，扯下她的钥匙串，扭头就跑，顺手把门砰地重重关上，三跑两跑蹿到四楼的档案室，一个钥匙一个钥匙地套。开始手都有点发抖，戳钥匙不进。仿佛过了很久，才把门打开，反手关上。又在里面寻找了一个世纪，才翻出自己的档案，心里长长地吁了口气。

接下来就是争吵，拍桌子。我对梅新说，你把我留在这里，对你也没好处。现在档案在我手里，你再怎么卡也没用。

梅新冷笑道，我会打电话给南京大学的。

我几乎是狞笑着说，你打也没用。你知道我在那边的关系有多铁？不铁我也不可能去读。何况作家班本来就是赚钱的。我考上了，又出得起钱，人家会不准我读？

梅新一时说不出话来，脸色有点苍白。见他这样，我又缓和了一下口气，梅局长，我也不想这样。你高抬贵手，我们各走各路，对哪个都好。

梅新回过神来，说了句，小石，你想问题太极端了。其实我并没想过要卡你，是你这么做，让我太生气了。

我心里冷笑，但嘴上还是承认了错误。最后梅新伸出手来，我跟他握了一下，就出去了。钱菲正在走廊上传播我的暴行，见我向她走来，就闭了嘴，脸色又变了。把钥匙塞到她手里，我说，你怎么把钥匙落在我办公室了？也不等她开口，便扬长而去。心里真的爽，爽极了，这两年多来在单位受的气全都出了，还有得赚。

在单位上，我辞职这件事当然引起了轰动。但紧接着又爆出另一件事，那就是陈向阳宣布跟钱菲结婚。听到这个消息，我也感到不可理解。但转念一想，上个月县里痛下决心搞金融维权，凡是在金融机构贷款的机关干部都要还。陈向阳在信用社贷了七八万，全投进他的歌厅里去了。现在生意又是亏的，哪还得起？那就只有扣工资，一个月除了给三百块吃饭钱外，其余的全部划给信用社。他确实很惨，折腾到三十五六，要房子没房子，要婆娘没婆娘，欠了债又还不起。那么，跟钱菲结婚，倒不失为一个现实的选择，至少房子和婆娘问题都解决了，至于钱嘛，慢慢还。钱菲可是个小富婆，大概也不会看着老公喝西北风吧。只是这个富婆晦气太重，不晓得会不会给陈向阳带来好运。

陈向阳为了我抢钥匙这件事，扬言要为未来的婆娘报仇。我就在办公室当着他的面问，要不要我等你们结婚的时候，从飞龙拖一车人过来？他被击中要害，一时愣在了那里。

看着他死猪般的样子，我感到从未有过的快意，把办公室的门重重一甩，大步走了出去。门外有一个无限广阔的天地在等着我。

图书在版编目（CIP）数据

对河／马笑泉著． -- 北京：作家出版社，2022.11

（中国少数民族文学之星丛书·2022 年卷）

ISBN 978 - 7 - 5212 - 2001 - 8

Ⅰ.①对… Ⅱ.①马… Ⅲ.①中篇小说 - 小说集 - 中
国 - 当代 Ⅳ.①I247.5

中国版本图书馆 CIP 数据核字（2022）第 160625 号

对 河

作　　者：马笑泉

责任编辑：史佳丽　李亚梓

特约编辑：翟　民

装帧设计：孙惟静

出版发行：作家出版社有限公司

社　　址：北京农展馆南里 10 号　　　邮　　编：100125

电话传真：86 - 10 - 65067186（发行中心及邮购部）

　　　　　 86 - 10 - 65004079（总编室）

E - mail: zuojia@zuojia.net.cn

http:// www.ZUOJIACHUBANSHE.com

印　　刷：唐山玺诚印务有限公司

成品尺寸：152 × 230

字　　数：228 千

印　　张：18.75

版　　次：2022 年 11 月第 1 版

印　　次：2022 年 11 月第 1 次印刷

ISBN 978 - 7 - 5212 - 2001 - 8

定　　价：49.00 元